U0465417

作者介绍

邹亮，1963年出生，江苏苏州人，编审。1986年华东师范大学中文系本科毕业，获文学学士学位。1989年浙江师范大学中文系研究生毕业，并获杭州大学（现浙江大学）文学硕士学位。曾任浙江文艺出版社总编辑、浙江出版联合集团出版业务部主任，为浙江省作家协会第八届、第九届、第十届委员会委员，浙江省文学创作、出版系列高级职称评审委员会专家。

长期从事中国现当代文学出版和研究工作。20世纪90年代初策划出版汪曾祺、梁晓声、苏童、叶兆言等作家的"系列小说"，产生较大反响。主持出版"中国当代最新小说文库""诺贝尔文学奖文库""萌芽青春文学丛书""名家散文典藏"等20余套大型文学丛书。策划、组稿、责编或主持出版的图书中，有4种获中宣部"五个一工程"奖，2种获鲁迅文学奖，另有10余种获中国图书奖、全国优秀畅销书奖等国家级图书奖项。在《光明日报》《文艺报》《中国图书评论》《书城》等报刊上发表出版学、古典文献学论文及文学评论50余篇；著有《律通幽谷集：无锡邹氏文史考索》《中国当代儿童文学史》（合著）、《中外儿童诗精选》（选编）等。

書事餘墨

◎ 鄒亮 著

浙江教育出版社·杭州

图书在版编目（CIP）数据

书事余墨 / 邹亮著. -- 杭州：浙江教育出版社，2025.3. -- ISBN 978-7-5722-8752-7

Ⅰ．G23-53

中国国家版本馆 CIP 数据核字第 2024V6Y100 号

书事余墨
SHU SHI YU MO

邹 亮 著

出版发行	浙江教育出版社
	（杭州市环城北路177号　电话：0571-88909724）
责任编辑	姚　璐
美术编辑	韩　波
责任校对	陈阿倩
责任印务	陈　沁
封面设计	张　磊
图文制作	杭州天一图文制作有限公司
印　　刷	浙江海虹彩色印务有限公司
开　　本	710mm×1000mm　1/16
印　　张	17.5
插　　页	4
字　　数	197千字
版　　次	2025年3月第1版
印　　次	2025年3月第1次印刷
标准书号	ISBN 978-7-5722-8752-7
定　　价	98.00元

版权所有·侵权必究

代 序
我与90年代的文学出版

当代文学史上，有一个重要的"杭州会议"，这次会议直接引发了"寻根文学"的勃兴。1984年12月，一群青年作家和批评家在杭州开了个名为"新时期文学：回顾与预测"的主题研讨会，在会上初步形成了"文化寻根"的艺术思维格局，会议的发起单位是《上海文学》杂志社，杭州的浙江文艺出版社和《西湖》杂志社共同参与了这次会议。

1984年，我在上海的华东师范大学（简称华东师大）中文系读大三，那是个理想主义气息最浓重的时代。华东师大徐中玉、钱谷融门下有一众青年才俊，人称"华东师大青年学者群体"，个个意气风发。特别是青年教师许子东，不仅娶了个美女主播燕子姐姐，还出了本专著《郁达夫新论》。那时出书是件了不得的事，许老师一时成了学生的偶像。他给我们上当代文学史课，他的书差不多学生人手一册。我也从许老师手上买了一本，这是"新人文论"丛书的第一本，我第一次知道了印在书上的"浙江文艺出版社"。随后我买了这套丛书中陈平原、吴亮、王晓明、南帆等人的作品。也许受几位"青年学者"的感染,我们82级几个趣味相投的同学成立了文学理论兴趣小组,几个人一有时间就聚在一起清谈,什么张承志与艾特玛托夫的比较,什么高加林的爱情观之类,搬弄半懂不懂的西方文学理论,侃侃而谈;许子东、王晓明成了我们的学术顾问。我们会去拜访施蛰存、贾植芳、钱谷融等教授,这更强化了我们对现当代文学的兴趣。

1989年,我从浙江师范大学中文系毕业,当时研究生分配异常艰难。在王晓明等老师的热情推荐下,过五关斩六将,也许是缘分,我进了浙江文艺出版社工作。

"杭州会议"之后,"文化寻根"意识兴起,阿城、韩少功、王安忆等人写出了《棋王》《爸爸爸》《小鲍庄》等一批作品,摆脱意识形态对文学的束缚,唤醒了作家对文学本体的自觉关怀。随后,马原、莫言、残雪等人的先锋小说崛起,格非、苏童、余华、洪峰等人的大量文学实验涌现,把中国文学推上了一个高峰。

我因为受华东师大文学氛围的影响,当年是十足的文学青年。我特别钦佩美国著名编辑家麦克斯韦尔·埃瓦茨·珀金斯和萨克斯·康明斯,前者发现和扶植了菲茨杰拉德、海明威、沃尔夫等作家,后者与尤金·奥尼尔、威廉·福克纳、辛克莱·刘易斯等人结下了深厚的友谊。20世纪二三十年代是美国文学辉煌的年代,这与编辑的卓越眼光、编辑与作家之间的亲密合作有重大关系。我为进入浙江文艺出版社的当代文学编辑室感到特别幸运:一则对浙江文艺出版社本来有感情,这个社里有温小钰、李庆西等著名编辑;二则做文学编辑实际是延伸了我大学时代的"文学梦"。

我一进社就参与了"系列小说书系"的出版工作。"系列小说"是新时期以来的一种新的文体实验，它继承了《儒林外史》以及一些笔记体小说以中短篇建构长篇的创作传统。当时，社里已出版了林斤澜的《矮凳桥风情》、李国文的《没意思的故事》、李锐的《厚土》三种，我力主将"系列小说书系"扩大规模，变成一套有影响力的丛书。我首先想到的是汪曾祺的"高邮故乡"系列。我联系了汪老，他的回信十分可爱，竟问："出这本书有没有附加条件，如要作者自己赞助或包销若干册之类？"可见20世纪90年代初文学出版的艰难。汪老说他的小说以水为背景，记忆中的人和事多带有点泱泱的水汽，因此截取了秦少游的诗句中的四个字"菰蒲深处"作为书名。汪老为本书作的长序是研究者的重要资料。然后，我将目光对准1985年后冒出来的新锐作家。苏童在《收获》上发了《妻妾成群》，他放弃了他惯用的童年视角，执着于把握久远年代女性的细腻情感，追慕在历史厚重积淀中裹着的原始生命力。因为是苏州同乡，我们很早相识，我便与他联系，正好他刚写完《红粉》，我建议他再写两篇，组成女性系列。于是他又赶写了《妇女生活》和《另一种妇女生活》，并用了反讽式的书名《妇女乐园》。这是苏童最早的小说集之一。与此同时，叶兆言在写民国时期秦淮河边的故事，拟用金、木、水、火、土名之，《追月楼》《状元境》《十字铺》《半边营》四篇创作完成后，独缺《桃花渡》一篇迟迟完成不了。五行缺水，书名《夜泊秦淮》，这是叶兆言的第一本书。十年后的2000年，叶兆言在再版序中十分感慨："没有当时的督促，也许就没有这本书，因为开始写这本书的时候,并没有想到自己日后会成为作家……对于一个作家来说,第一部小说集的重要性不言而喻……""系列小说书系"出了十几种,还有梁晓声的《黑纽扣》、贾平凹的《逛山》、马原的《游神》、格非的《青黄》等,在读书界的反响很好,《当代作家评论》多期作专辑评论,《读书》也发了多篇书评。

20世纪90年代初,我与这批"先锋作家"交往甚密。余华因为浙江出了苏童、叶兆言的书,在回乡途中,专门来社与我碰面,还帮助联系莫言的作品。马原、格非曾跑到杭州住在小旅馆跟我通宵聊文学。有一次,苏童在信中提到还没来过杭州。1994年6月,我趁杭州的求是书店开业,邀他来签售《苏童文集》。"之江度假村"是杭州第一家休闲度假酒店,总经理杜觉祥是个文学爱好者,我跟他很熟,便张罗请苏童携夫人魏红、女儿天米来住了几天。此事给苏童留下了很深的印象,几年后他还谈起过。之后,"之江度假村"成了文学会所,不断有作家受邀前来,连钱谷融先生也小住过。

1992年,我又萌发了出版总结1985年以来的小说创作现象的"文库"的想法,目的是为当代小说的新发展提供一个较为清晰的轮廓,体现出出版界对文学创作的参与意识,这就催生了1993年初出版的"中国当代最新小说文库",有《新写实小说选》《新历史小说选》《新乡土小说选》《新都市小说选》《新笔记小说选》《新实验小说选》六种,内容含"导论""作品选""短评""作品要目"。这是国内最早总结20世纪80年代中国小说创作成果的一套书,此后"新历史""新乡土""新笔记"等概念在学术界也渐渐流行开了。

在20世纪80年代，《收获》是最具影响力的文学杂志之一。有人称"一部《收获》史就是一部中国当代文学的简史"。《收获》杂志社没有出版社，而浙江文艺出版社没有杂志社，两者联手，是最好的双赢发展。《收获》杂志主编李小林曾在《浙江文艺》编辑部工作过，与我社蒋焕孙社长共过事。于是，我在领导的支持下，启动了"收获丛书"的出版工作，《收获》发表的优秀长篇小说由我社出版，《收获》编辑部帮助我社组稿。"收获丛书"名誉主编为巴金，主编为李小林、蒋焕孙，我负责统筹、担任责编。第一辑出版了洪峰的《东八时区》、王安忆的《父系和母系的神话》、格非的《边缘》，在"荟萃当今文坛重要的作家，显示长篇小说艺术成就"的期望中，这套丛书受到读书界的好评。于是，我又上报了李锐的《无风之树》、李晓的《四十而立》的选题，格非的《欲望的旗帜》、余华的《许三观卖血记》刚在《收获》上发表，也准备列选。这批选题因被媒体先行报道，引起了出版系统内的关注。有人提出李锐的《无风之树》涉及"文革"内容，调子太低沉。当时我已编辑完了李锐的作品，编辑过程中与李锐交流甚投缘，然而社里还是决定中止这套书的出版。这是我编辑生涯中最为痛心的一件事。不过，与《收获》编辑部的良好关系，也带来了其他成果。李小林老师帮助我社组织了《秋雨散文》一书，当代文学室的其他编辑在此基础上进一步开拓，形成了"学者散文"系列，影响很大。

在浙江文艺出版社工作了二十多年，我从普通编辑到室主任，从副总编辑到总编辑。20世纪90年代的当代文学室人才济济，有汪逸芳、严麟书、张德强等优秀编辑，分管领导黄育海有很好的出版眼光。我和当代文学室的同事一起出版的主旋律作品，获得过多项大奖，如《都市风流》《南方有嘉木》两种图书获茅盾文学奖，《生命之歌》《南方有嘉木》《中国院士》《一户人家五十年》四种图书获中宣部"五个一工程"奖，还有多种图书获中国图书奖和全国畅销书奖。我们编辑室是"获奖大户"室，这些大奖受关注度高。但是，回顾我的编辑生涯，最让我怀念、最让我激动的还是最初出版的一批文学书，因为这寄托了我自己的文学理想。进入21世纪后，出版的商业化气氛越来越浓，对经济效益的要求越来越制约着个人的兴趣爱好，编辑成为一种职业，文学理想不再是选稿的唯一驱动力。随着文学的边缘化，20世纪90年代的文学出版故事也成为浪漫的记忆。然而，随着岁月的流逝，记忆反而越来越清晰，越来越让人难忘。

（原载《华东师大出版人》，
华东师范大学出版社2011年10月版）

目　录

第 一 辑
书里书外 / 1

变革时代的都市景观——简评长篇小说《都市风流》
/ 2

都市里的"乡下人"——评《闯荡都市》
/ 7

被张艺谋搬上银幕的一部小说——简评苏童的系列小说《妇女乐园》
/ 11

中国科技精英的艺术群像——读长篇报告文学《中国院士》
/ 14

一部独具特色的"中国院士史"——介绍长篇报告文学《中国院士》
/ 18

环境与人的双重污染——读长篇小说《涨潮时分》
/ 26

与历史对话——读"二十五史随笔"丛书
/ 29

数目字里的中国历史——读《礼华财经历史散文》

/ 32

洗尽铅华求本真——读《长河东去》

/ 35

镜头中的中国历史——读"学者镜头——影像中国文化"丛书

/ 40

以稀土书写中国人的强国梦——简评《淬炼：中国稀土科学家创新报国纪实》

/ 43

讲述走向世界的温州精神——简评《巴黎有片榕树林——海外温州人的家国情怀》

/ 48

1991年浙江作家小说创作述评

/ 53

第 二 辑
编书者说 / 61

谈谈编辑与当代文学的出版工作

/ 62

凝聚各界心血，铸成艺术精品——长篇报告文学《中国院士》出版前后

/ 67

试论书刊编辑在当代文学发展史上的作用

/ 75

编辑室主任的个性色彩与出版社的特色

/ 85

文学出版：在理想和现实的夹缝中求生存

/ 94

《西湖》琐忆

/ 98

在兰登书屋前留影

/ 102

文学史是文学创新的历史——"中国当代最新小说文库"出版说明

/ 106

诗是心灵智慧的产物——《中外儿童诗精选》编后记

/ 109

出版人的文化追求——《浙江省出版论文选（2019—2020）》编后记

/ 112

散文是高难度的写作

/ 118

出版需要创意更需要传承文明

/ 120

中宣部"五个一工程"奖评选图书类（1991—2022）综述

/ 127

元宇宙与出版业的前景

/ 170

第 三 辑
读书生涯 / 177

略论现代派文艺与儿童文艺的契合及其原因

/ 178

简论蒋风的儿童文学观

/ 193

开拓，在中国儿童文学研究的空白点上——谈蒋风的儿童文学史论

/ 206

路一定会越走越宽——刘厚明儿童小说论

/ 210

从小说到电影的《闪闪的红星》

/ 219

新时期动物小说的开拓

/ 226

个体在四重矛盾痛苦中的群体抉择

/ 238

后 记

/ 262

第一辑

书里书外

变革时代的都市景观
——简评长篇小说《都市风流》

在改革题材的诸多作品中，长篇小说《都市风流》（浙江文艺出版社1988年10月出版）是较为引人注目的一部。它在思想内容和艺术创造上确实有超乎一般同类题材作品的独特个性。这主要表现在三个方面。

第一，视角独特，结构宏伟。以改革为题材的作品一般有两种视角：一种是从改革决策层着手描写政治上改革与保守之间错综复杂的矛盾冲突；另一种则立足于基层，描写商品经济冲击下人们在道德伦理观念、生活方式、文化心态等方面所发生的变化。《都市风流》却与此不同，它力图把两者结合起来，从上到下全景式立体俯视都市各阶层人们在改革大潮中从外在行为到内心世界的变化。小说一开篇就冷不丁地询问城市中心的位置，接着不紧不慢地描叙这座城市的起源、沿革和现状，从发源地普店街说到现在的政治中心厦门路，在说古道今中巧妙地引出两条线索——以厦门路222号为象征的城市领导层和以普店街为代表的城市普通居民，并以这两者为轴心向外辐射开去，构成了巨大的多层次网络，各阶层形形色色的人物依次登场：从市委书记、市长到居委会大妈、大杂院居民；从流行歌星、个体摊贩到合资企业老板、政治投机分子；从养尊处优的高干子女到忘我劳动的城建工人……四十万字的篇幅内容纳了四十来个性格不同、身份各异的人物，结构异常宏伟。作者在描绘一些主要的人物时，始终围绕人物的生活际遇、爱情悲欢、家庭纠葛展开，注重刻画人物在激烈的历史风云中和复杂的人际关系间的行为和心态，从中透视出现实生活大裂变中人们的观念冲突和价值取向方面的困惑，这样不但使中心人物形象丰富、富有立体感，而且将今天和昨天联结起来了，从而构成了一幅气势雄浑、背景深邃、充满生活质感的艺术画卷。不仅如此，作品铺得开又收得拢。作者选择了人们最为关心又与每个人息息相关的市政改造作为中心事件，通过这一中心事件把领导层和大杂院居民联系起来，辐射出去的人物又围绕这一中心事件聚拢起来以显示他们的生活和心态，因此小说不但视角独特、构思宏伟，而且结构严谨，显示了作者的艺术匠心。

第二，主题鲜明，振奋人心。受"非英雄"文学思潮的影响，近几年以城市为背景的作品着力刻画的是一些所谓被现代城市文明异化的人，他们玩世不恭、猥琐疲惫。这些精神沉沦者在"玩文学"的口号声中更是粉墨登场充斥文坛。《都市风流》给我们展示的是都市的另一种景观，它塑造了一批生机勃勃、充满创造精神和理想主义光芒的建设者形象。市长阎鸿唤是作品的中心人物，这位从基层提拔上来的领导者"最知道老百姓的冷暖"，他不习惯按常规惯例去思维，他喜欢创造奇迹，他从到任的第一天起就立志要以最快的速度让他的城市变成最现代化的城市，为此他不惜与提拔他的市委书记争论，进京求援，通过给城市动大手术的"七一五"市政改造方案。他为了这座城市甚至放弃了个人生活中一些珍贵的东西，包括爱。女总工程师徐力里在她身患绝症之时仍以坚韧不拔的毅力拖着重病之躯，向全城规模最大、最复杂的立交桥设计进军，她用热血和生命换来了百年不朽的光明桥。从北大荒回来的市政公司经理杨建华一到施工指挥部仿佛又感受到了当年几十万知青向荒原开战的气魄和激情，就在他日夜奋战在工地的时候，唯一的爱子延误了治疗以致双腿瘫痪。火热的生活和忘我的劳动甚至唤醒了落后青年的良知和勇气。一向吊儿郎当的陈宝柱带领落后青年组成的"陈宝柱青年突击队"在立交桥施工中打头阵，在工程奖金制度横遭阻挠时，陈宝柱将母亲遗留给他娶媳妇用的宝石戒指卖了，犒劳苦干中的伙伴。还有一听有任务就浑身来劲的老队长，顶着军令状的市政工程局长曹永祥，等等。整部小说在错综复杂的矛盾曲折之中渗透着人民群众对社会主义建设的高度热忱，歌颂了作为城市建设主体的工人阶级、知识分子以及其他阶层的创造力量，说明他们才是城市的"当代英雄"和社会主义建设的脊梁。在精神沉沦的故事像瘟疫一样滋蔓文坛之时，《都市风流》自然会触动空虚、麻木的人们的神经，引起反响。

第三，剖析心态，丰富多彩。改革大潮汹涌而来，原有生活方式、道德观念和伦理习惯受到冲击，社会生活处于极度不平衡的状态，人们的心理也发生了倾斜。《都市风流》较细腻地剖析了现实生活大裂变中人们的心态。市委书记高伯年是小说塑造得较为成功的老一代干部形象。这位解放城市的战斗英雄，进城以后一直是城市的领导者，确实为城市付出了他全部的心血。矛盾的是，农民的出身和艰苦的军旅生活使他在衣食住行上保持着艰苦朴素的状态，却也使他在工作方式上固守先建设后生活的原则，在城市建设中始终迈不开步。小说出色地刻画了他行使决策权遭到挑战时的失落感和寂寞心理，描写了他在历史阵痛中的艰难痛苦。相对于老年一代，年轻一代在面对历史与道德之间的选择时表现得更加坦率，也更加浮躁和焦虑。市委书记的女儿高婕过着养尊处优的生活，却对现实生活和道德观念有着天然的反叛意识，追求放浪不羁的自由生活。然而生活跟她开了个大玩笑，她被碰得头破血流。小说深入到她的内心世界，剖析反叛心理与根深蒂固的传统思维习惯之间的争斗。对于大杂院的青年来说，他们的价值选择更是丰富多彩。他们中不仅有杨建华式的理想主义建设者，还有各式各样追求个人现实功利价值的青年，如热衷于政治投机而变得残忍冷酷的大学毕业生张义民，一心想成为大企业家的精明而圆通的个体户万家福，冒充高干子女混迹于上流社会又愤世嫉俗的流行歌星罗晓维，以及怀着报复人世的想法，离夫别子远涉重洋的知青柳若菲，等等。作者并没有从外在指责他们，而是通过他们的命运悲欢、生活遭际，体味他们的内心矛盾和复杂情愫，进而分析他们身上发生的商品观念、实利原则与道义原则之间的强烈碰撞和重新组合的心路历程，使这部作品具有强烈的时代气息和历史纵深感，显示了作者敏锐的眼光和扎实的生活功底。

（原载《文艺报》，1989年10月21日）

都市里的"乡下人"
——评《闯荡都市》

人类自从开始过定居生活以后，便越来越密集地聚居起来：从村落到村镇，进而形成城市。从某种意义上来说，人类的进化过程就是以血缘关系为纽带的小型村落向人口高度集中、社会结构复杂的大型都市中心发展的过程。相对于乡村而言，城市意味着一种现代化的生存方式。进入城市成了许多人不可遏止的冲动，在人们的心目中，城市似乎提供了实现个人价值的可能性，城市又成为一种现代生活的象征。城市以其特有的魅力强烈地吸引着大多数中国人，尤其是希望有所作为的乡村青年。

肖建国的长篇新作《闯荡都市》（浙江文艺出版社1990年

2月出版）叙述了农村青年李顺祥向往城市、闯荡城市，最后重返故土的曲折苍凉的一段人生经历。小说通过描述一个自小受传统乡村文化熏陶的纯朴青年置身于功利主义、商业意识的城市生活中所产生的精神挤压，反映了在农业文化向城市文明过渡的过程中，人们所面临的历史进步与道德反向的痛苦选择。

李顺祥是农村中出类拔萃的青年，粉红色的城市文明对他有磁铁般的吸引力，他一直梦想着到城里去当一名作家。当他还是个十六岁的中学生时就尝试到梦寐以求的省城逛一圈，可是城市露出了它阴冷的刀锋。李顺祥还没有走出县城，钱就给人扒走了，但那次不成功的出走更强烈地激起了他的欲望。于是，他为了理想而苦心经营起来。当他在农村发财致富，有了厚实的物质基础以后，他就向省城发起了冲击。

小说是从李顺祥的第二次进城展开情节线索的。李顺祥进城后，第一件事是联系城里的社会名流。正如乡村社会关系建立在亲缘乡土关系基础上一样，他第一步先找到了同县的老乡以及由老乡辐射出去的朋友。第二步，他在老乡的帮助下，找到一个通往城市和作家梦的窗口——到个体的文化书刊发行社当临时工。第三步，在逐渐对城市有所了解之后，他向进城的目的冲刺，终于如愿以偿地到可以与作家名人为伍的《科神》杂志社当起了编辑。从表面上看，李顺祥事事遂愿、步步顺利，他拥有了向乡间朋友夸耀的编辑记者的工作证和名片，甚至还受到了城里异性朋友的青睐；他曾一度觉得"在城里扎稳了""可以在大街上挺高胸脯走路了"。然而这一切仅仅是表象性的、肤浅的城市装饰品，一旦他深入到城市的本质，便发现他的乡村习惯无法吻合城市生态和社会关系模式，城市特征就骤然凝聚，与他根深蒂固的农业文化传统发生强烈的冲突，粉红色的诱惑一旦置于传统价值观烛照之下，就变成贪婪、纵欲、庸俗、冷酷的异己力量。李顺祥发现自己一向奉若神明的名人学者圈，其实是卑鄙龌龊的名利场，而过去他一直敬重仰慕的老乡朋友也接二连三地蒙骗他：报社记者金应秋为了获得百分之二十的广告回扣而不择手段；出版社办公室主任彭郁文为了取悦名人求得字画，不惜让李顺祥做冤大头，借走了他辛苦赚来的一万五千元；眼慈心善的大学老师王云清为了副教授职称到系里去绝食静坐；此外，《科神》杂志社错综复杂的人事关系，采写报道时的避实就虚，大款们的骄奢淫逸，房东老头的斤斤计较……这一切都是乡村青年李顺祥所不能接受的。而这一切又构成了拜金主义、个人主义和享乐主义的城市氛围。

或许李顺祥的感觉和感受正是一种农业文化对都市文化的道德旅行，是基于信奉平和、崇尚情义、恪守习惯的乡村文化意识对物欲横流的城市生活的批判。小说借助曾介和瞿大居（这两个始终是李顺祥钦佩的人物）愤世嫉俗之口，撕下了城市名流圈的圣洁面纱，露出城市人虚伪、矫情、欺诈的一面。李顺祥试图融入城市文明中去，在城市中出人头地的幻想最终被无情地粉碎了。随着主编邓和明的免职，他也被杂志社解聘了。正如第一次进城一样，最后要离开城市时他身上的钱又被小偷悉数偷光，除夕之夜他形单影只、不名一文地重返故土。李顺祥用他的青春和金钱换来了一段人生经验：他是一滴油，城市是一座湖，油永远也不可能融进湖水里去。他的土地在家乡，他的"根"在家乡，他的事业也应该在家乡。

在对现代城市文明进行批判的同时，作家又描绘了乡村这一传统文化的清新乐土的生活图景。故乡作为喧嚣城市的对立面成为一种消除道德惶恐的安宁与温馨的象征。小说表现了城市文明与乡村文化冲突中对传统道德的价值认同。不仅如此，小说还塑造了一个既符合传统道德又具备现代生活气息的理想人物彩莲，她为李顺祥勾勒了乡村的美好前景，邀他回去共同办服装厂，在自己熟悉的土地上完成光辉的事业。

读《闯荡都市》不禁让人联想到路遥的小说《人生》。李顺祥无疑属于高加林一类的农村新人，他们向城市奋斗的最后结局又何其相似，他们都不情愿而又无可奈何地认识到回到故土的合理性。因为他们从小就受乡村文化的熏陶，人性淳朴的田园生活方式已融进他们的血液、固化了他们的思维、支配着他们的行动，即便是都市的标记装饰满他们的全身也依然改变不了他们乡村人的血统和本色，他们在城市永远是感情的零余者，于是他们只能回乡，重返精神的故土。

《闯荡都市》思索的是一个历史与道德二律背反的命题：一方面，人类的进步必然是从农业文化向工业文化发展，现代生活方式必然代替落后的乡村生活方式；另一方面，都市化运动伴随而来的都市综合征无时无刻不在磨蚀古道热肠、急公好义的传统美德。作者肖建国试图寻找一条折中的途径，这无疑是一种浪漫主义的理想。事实上，李顺祥的感受某种意义上就是作家自身的感受，即怀着对乡村文化的眷恋来批判现代文明的缺陷。而李顺祥的重返故土或许也是作家自身的道德选择：一种根深蒂固的恋乡情结。

（原载《浙江图书发行》，1991年6月5日）

被张艺谋搬上银幕的一部小说
——简评苏童的系列小说《妇女乐园》

张艺谋是活跃在国内外影坛的著名电影艺术家。他执导的《红高粱》《菊豆》相继获国际大奖。张艺谋的成功与他精心选择文学脚本是密不可分的。《红高粱》取材于莫言的同名小说。《菊豆》根据刘恒的小说《伏羲伏羲》改编。最近张艺谋又看中了苏童的小说《妻妾成群》,电影取名为"大红灯笼高高挂",由名角巩俐主演,现在已拍摄过半,这无疑又将是一部具有国际影响力的巨片。

苏童是20世纪80年代中后期崛起的"第三代小说家"中的杰出代表。他的早期作品《飞越我的枫杨树故乡》《1934年的逃亡》等以飘逸诗意的童年视角,挥泻出用生命的汁液浸泡出的意象之流，构筑起神话与现实融为一体的模拟的故乡"枫杨树乡村"。他向人们叙述了祖父母、父母、玄叔、哥哥等"童姓家族"的逸闻轶事以及"枫杨树乡村"的风情人事，在历史的苦难和人生的伤感之中缠绕着童年的美丽幻想与憧憬，为读者广泛称道。

从《妻妾成群》开始，苏童一反原先的童年故乡世界，独辟蹊径，深入到妇女生活这片特殊的领域。随后一发而不可收，连续发表了《红粉》《妇女生活》《另一种妇女生活》三个中篇。这四篇作品组成了系列小说集《妇女乐园》。

在这个系列中，苏童以他出众的才华，充满灵性地描述那些久远时代的比他年长的女人的细腻情感，挖掘那种在历史和人生厚重积淀中包裹着的原始生命力。在这些作品中，苏童刻画了形形色色的女性形象：有大家庭中的姨太太、丫头，有深陷风尘的妓女，有过气的电影明星，还有破落旧家族的离群索居的后代。这些人的生活原先很少有作家关注。苏童却深深地同情在历史的绳索捆绑下的旧式女子，关注这些扭曲的女子的精神痛苦，以及在压抑中渗透出的顽强生命力。在叙事风格上，苏童通过温婉柔情的笔触，讲述了一个又一个凄迷感伤乃至惊心动魄的悲剧故事，达到一种透明澄澈、如泣如诉的艺术效果。

读苏童的小说，犹如观看梅兰芳演的花旦戏，他对女性精神世界的灵性感悟，其委婉细腻，不要说一般男性作家难以企及，即便是在当代文学史上优秀的女性作家中也是罕见的。这是新潮文学的又一奇异景观。

当然，读者如果要观看电影《大红灯笼高高挂》，想更深地理解其中的意蕴，非先看苏童的系列小说集《妇女乐园》不可。其中，中篇小说《另一种妇女生活》是苏童专门为这本小说集最新创作的。

（原载《浙江图书发行》，1992年6月9日）

中国科技精英的艺术群像
——读长篇报告文学《中国院士》

科学金字塔是分层的，院士，由于其非凡的科学成就，成为塔尖那耀眼的明珠。然而，科学金字塔是如此深奥莫测，使得文学家望而却步，这个题材领域一度成为空白。1978年，著名作家徐迟率先涉足这个空白的领域，创作了《哥德巴赫猜想》，引起全国轰动，陈景润和他的"1+1"，曾经感动过一代人，同时吹响了"向科学进军"的号角。此后，随着商品经济大潮的冲击，一批歌星、影星你方唱罢我登场，让青少年中的一批"追星族"如醉如痴。大浪淘沙，邓小平同志"科学技术是第一生产力"这一著名论断越来越深入人心，而中央提出的"科教兴国"的发展战略口号，再度把科技精英们推到历史的前台。最近，由浙江文艺出版社出版的《中国院士》一书，再次唤起了人们对科技这一神秘领域的热情，文学界和科学界对该书的交口称赞表明：作为工人阶级一部分的科学家，已经辉煌地登上了新中国文学的艺术殿堂。

与《哥德巴赫猜想》等单个科学家的传记不同，作者张建伟、邓琮琮选择了塑造中国院士群体形象这个前所未有、难度极大的写作角度。中国院士有千余位之多，涉及农业、地质、航天、核工业、生物工程、电子技术等一系列领域，每一个领域又极为艰深，要将奋斗在祖国各条战线上的千余位科技精英条分缕析又生动形象地浓缩在这三十余万字的篇幅里，如果没有深厚的文学功底、扎实的史学素养和丰富的科学知识，恐怕是难以企及的。

那么，作者是如何去梳理纷杂的材料，勾勒一幅壮丽的当代科技群像图的呢？作者在后记中坦言："这是一部中国院士制的沿革史，一部中国院士的奋斗史，一部中国科学的成就史。"这是一种水乳交融的因果关系：正是中国院士的顽强奋斗才换来了中国科学的丰硕成果，而中国院士制的沿革史正是一部"科教兴国"史。于是，作者找到了以人串事、以事写人、人事相联、浑然一体的艺术途径。而贯穿始终的是作者的一种"史"的眼光和"史"的意识。

张建伟曾经写过《世纪晚钟》，对晚清历史了如指掌，因此，作品从现代中国的科技史和教育史的深远背景展开叙述，从"翰林"到"院士"，寻名质实，娓娓道来；从中外院士的历史演变起笔，获得了广度和深度。于是，我们看到李四光、竺可桢、杨石先、张钰哲等第一代科技精英，面对中国的积贫积弱，负笈国外求学，又怀着科学救国之梦，回来报效祖国，成为各学科领域的开山鼻祖。1948年3月，通过对全国科学界的层层选拔，华罗庚、李四光、郭沫若等八十一人当选为中央研究院第一届院士。随之，在解放全中国的进军号中，国共两党围绕这批院士展开了激烈的争夺。竺可桢、梁思成等五十多位院士与敌特作了坚决斗争，留在新中国跟共产党走；华罗庚等院士克服重重困难，响应祖国母亲的召唤，毅然回来建设新中国。1955年，新中国终于迎来了自己的第一批院士（当时称"学部委员"），是他们拉开了新中国院士史的序幕，他们和后继的院士们一起唱出了中华民族的科学进行曲。

在这样广阔的背景下，作者全面展开叙述，以史诗的笔调揭示了新中国科技事业一系列成就的来龙去脉。于是，我们看到侯光炯院士"累断肋骨口含泥"，与红土地相濡以沫几十年，建立"大土壤学"理论体系；孟少农院士"为车消得人憔悴"，辗转一汽、二汽创建中国的民族汽车工业；沈鸿院士不愿当部长只想当工程师，硬用"炒什锦"的方法，设计出了万吨水压机；李四光、黄汲清、谢家荣等院士为摘掉"贫油"的帽子，决战于松辽平原，发现了世界级的大型油田——大庆油田；以王淦昌、邓稼先、王承书为代表的"596"群英，隐姓埋名几十年，使关系国家命运的两弹蘑菇云在大漠上空升起；钱学森、赵九章、钱骥、孙家栋等院士使中国的卫星第一次飞上太空……此外，还有袁隆平院士的杂交水稻技术、朱洗院士的人工单性繁殖、钮经义和汪猷等院士的人工合成胰岛素……在这一系列重大成就的背后凸显的是群星璀璨的院士的艺术群像和他们无私无畏、襟怀坦荡的人格魅力。

读《中国院士》一书最让人感动的是院士们炽热的爱国主义精神、虔诚的科学奉献精神和百折不挠的奋斗精神,这是贯穿全书的主题和灵魂,这批科学精英是国家的栋梁,是民族之魂,在他们身上集中体现了吃苦耐劳、忍辱负重、见义忘利的传统美德,而这些恰恰显示了中国院士的精神风采。作者无论写哪一代院士、哪一个领域,其浓墨重彩、热情歌颂的也是这些可歌可泣的精神品质。我们看到,共和国的风风雨雨对科学家也有影响,但是,正是始终不泯的爱国热情和科学精神支撑着他们在极端困乏的物质条件下,以惊人的毅力在科学的崎岖道路上奋力攀登,摘取了一项又一项科学皇冠。正是院士们"虽九死其犹未悔"的献身精神,才筑起了共和国科技事业的丰碑。

《中国院士》一书的出版给当前歌星、影星满天飞,大款、倒爷唱主角的图书市场注入了凛然正气。科学是全民族的大事,也是千秋万代的事业。要提高全民族科学文化素养,不仅要普及科学知识,还要普及科学精神、科学思想、科学方法。《中国院士》一书最后意味深长地增加了"下一代"一节,为了我们的科学事业的薪火相传,为了我们的文明链条不至于脱节,科学普及工作显得尤为重要。正因为如此,《中国院士》一书对于教育广大青少年,激励优秀人才成长,都是很有益处的。

(原载《中国图书评论》,1997年第10期)

一部独具特色的"中国院士史"
——介绍长篇报告文学《中国院士》

中国科学院院士和中国工程院院士,是中华人民共和国设立的科学技术和工程科学技术方面的最高学术称号,获得这一称号的人们组成了中国科技前沿阵地的精英集团。他们在各自的研究领域作出了杰出的贡献,他们的知识、人品都堪称青少年的师表,是我们民族的宝贵财富。院士们在经济建设、国防建设、科技发展和社会生活中所起的作用是至关重要的。然而,长期以来,对科学家的宣传力度很不够。在中央提出将重点依靠科技和教育来推动经济发展与社会进步、"科教兴国"已经成为国家发展的重大战略的今天,宣传科学家的科学活动,普及科学精神、科学思想、科学方法是文学界和新闻界刻不容缓的职责。浙江文艺出版社不久前推出的《中国院士》，第一次用报告文学的体裁全景式地展现中国几代院士的感人事迹，描绘了他们的科学人生、科学贡献和科学精神，特别是写出了几代知识分子献身科学、报效祖国的爱国热情，同时画龙点睛地勾勒出新中国的科技发展史，全书洋溢着积极向上的鼓舞人心的力量。

作者张建伟、邓琮琮都是《中国青年报》的记者。张建伟是"范长江新闻奖"得主，所著《大清王朝的最后变革》曾获全国报告文学奖。邓琮琮则长期从事科技人物、科技事件方面的报道，对科技界较为熟悉，两人合作，可谓相得益彰。《中国院士》一书是两位作者联手，以"史志性报告文学"形式，将中国院士这个群体作为观察与思考的对象，以生动可感的文学手段逼近和进入抽象深奥的科技领域的一次成功尝试。综观全书，有以下特点：

一、视野开阔，跨越时空

与以前出版的单个科学家传记不同，作者选择了塑造中国院士群体这个角度。作品时间跨度长达一个世纪，描述的对象是站在科技金字塔尖的千余位老中青科学家，涉及农业、地质、石油、航天、核工业、生物工程、电子技术等一系列领域，时间之长，人数之多，领域之广，专业性之强，让人望而生畏。要将这些错综复杂的材料组织起来，作者必须具有高屋建瓴的眼光和条分缕析的能力。《中国院士》的作者采用了"史"的方式来构建全书。作品一开头就以"院士"名称的来源起笔,寻名质实,描述了西方院士制的形成和发展过程、西方院士制与中国古代翰林制的区别,以及中国院士制的最初诞生,在广阔的时空背景下,勾勒出"院士"的历史沿革,视野开阔,气势恢宏。值得称道的是,作者从历史纵深角度切入,分析了中国知识分子从"翰林"到"院士"的演变。传统的中国文人,在科举制的千年尘封中苦苦挣扎,以托身明主、展才济世为最高理想。然而,从隋以来科举制产生了十余万进士,却依然避免不了中华文明的衰败。而第一代院士是在现代教育和现代科学的孕育下诞生的,他们是中国第一批现代意义上的知识分子,他们为漫漫黑夜中的中国科学迎来了黎明的曙光,而新中国的成立,才真正使他们有了施展才华的用武之地。作者将院士放在整个民族的文明史中来考察,把握住了院士与传统文人的区分脉络,从而使作品获得了高度。随后,作者将中国院士划分为五代来描述:第一代院士以秉志、李四光、茅以升等人为代表,他们于1910年前后赴东西洋留学,回国后开创了中国的大学教育,创办科研机构,成为中国现代科学的奠基人;第二代院士以童第周、苏步青、周培源等为代表,他们于20世纪20年代后出洋留学,回国后成为生物学、数学、物理学等学科的学术带头人;第三代院士以钱学森、钱三强、钱伟长等为代表,他们在抗战前后出洋,于新中国成立前后归国,成为新中国科技事业的先驱;第四代院士以周光召、高景德、梅自强等为代表,于20世纪50年代至60年代初,奔赴苏联等社会主义国家留学、进修,回国后为我国经济建设和科技事业作出了卓著的贡献;第五代院士是指改革开放后与世界科技接轨过程中涌现出的科技精英,如路甬祥、韦钰等。作者还分析了五代院士的成长机制、成才背景和成就水平，从而勾勒出五代院士的奋斗史。这不仅使作品脉络清晰，还使这部报告文学有了"中国院士史"的色彩。

不仅如此，作品又是围绕着各个阶段的重大事件展开的，以此展示五代院士丰富多彩的人生追求和奋斗业绩。正如作者在后记中说的："这是一部中国院士制的沿革史，一部中国院士的奋斗史，一部中国科学的成就史。"这是作者写作的高明之处。因为这部新中国的科学成就史同时也是一部中国院士的奋斗史，正是由于院士们的顽强奋斗才换来了新中国科技的辉煌成就。这样，作者找到了以人串事、以事写人的方式，从而巧妙地将对"史"的写作转化为对"人"的刻画。在此基础上，作品以史诗的笔调揭示了新中国科技事业一系列重大成就的来龙去脉：从大庆油田的发现、万吨水压机的制成、"两弹"的爆炸，到人工合成牛胰岛素、卫星的上天，乃至"863计划"、三峡工程论证、院士"下海"，作品通过一系列可歌可泣的重大事例，生动地表现了中国院士为了新中国的科技事业，"虽九死其犹未悔"的精神。

二、材料新鲜，人物生动

《中国院士》是一部文学的"中国院士史"，是对中国现当代科学史的缩写和侧写，这要求作者掌握大量的史料。我们通过书后的"参考书目"和"引用资料"，可以看出作者收集资料所花的巨大心血。作者幸运地得到了中国科学院和中国工程院领导、专家的大力支持，获得了许多尚未出版的院士资料和书籍。这部作品信息量的密集度和知识面的丰富性是十分突出的，因此，作品具有文献价值。不仅如此，作者剪裁非常讲究，在阅读了大量的资料后提炼出最为精彩的材料，恰当地安排在全书10章之中，并通过生动形象的叙述使抽象深奥的科技领域变得井然有序和具体可感，从而使作品的科学性、文学性和可读性较好地融合起来。作者是通过塑造人物来实现这个效果的。

在新时期文学史上，徐迟的报告文学《哥德巴赫猜想》给人留下难以忘怀的印象，他的成功之处在于抓住陈景润攀登科学高峰、解决"1+2"这条线索，经过精细的选材，提炼出人们理解的日常生活中的典型细节，着力描绘，使抽象的领域变得具体化，使人物生动丰满。《中国院士》汲取了这种写作方法。院士群像的雕塑相较于单个科学家的描写无疑更需惜墨如金，而且历史发展脉络的把握又需从大处着眼，然而作者并没有放弃细节，而是通过一系列细节来构成无限丰富生动的历史叙述，提供栩栩如生的"这一个"人物。翻开这本书，扑面而来的是一个个鲜活的院士形象：侯光炯为了"土壤免耕"技术，孤身一人，扎根山乡，"累断肋骨口含泥"；邱式邦为了根治蝗虫，终年在荒岛河滩芦苇丛中寻寻觅觅；孟少农为了心爱的汽车工业，辗转一汽、二汽，"为车消得人憔悴"；朱洗为了人工单性繁殖蟾蜍，用细针穿刺了四万余颗卵球，硬是"克隆"出没有"外祖父"的癞蛤蟆……即使是描写科学家群体攻克重大科技难关时，作者也没有忽视科学家的个性特征和具体细节。如描写"596"群英从事"两弹"研究时，作者分别刻画了主要领导人物王淦昌、邓稼先、周光召、王承书等院士形象。1959年，著名科学家王淦昌在实验室里第一个发现荷电反超子，轰动世界，然而当全世界同行都注视着他时，他却神秘地"消失"了，原来他改名"王京"，隐姓埋名17年，研制战略核武器去了。

邓稼先率领他的"28星宿"攻关时，正逢三年困难时期，"饿鬼"常来侵扰，他们常用酱油汤充饥，墙角排列着一排排空酱油瓶，他们戏称这是"蜂王浆"。实在饿得慌，部下就争着掏邓稼先口袋中的葵花籽……生动的细节让历史说话，也让历史变得可触可摸，这些传神的细节描写，不仅使原先读者较为熟悉的李四光、钱学森、邓稼先等人的事迹呈现了新意，还使读者对相对知之不多的院士（如周光召、宋健、潘家铮等人）留下了深刻的印象。

三、见证历史，激励未来

《中国院士》洋溢着浓郁的爱国主义精神和科学精神。作者在谈到写作动机时说："我们把这样一部历史，用报告文学的形式撰写出来，以唤起国人像院士们一样的奋斗精神、爱国精神和科学精神。"

中国现代科技的产生是多么艰难。19世纪西方科学飞速发展，而晚清的腐败统治使国家内忧外患、灾难深重。作为中国现代科学和教育起源的清华学堂，竟是用美国还的第一笔庚子赔款办起来的。而庚款留学生成了中国现代科技的开路人。正是因为饱尝过祖国落后的切肤之痛，中国的前几代院士无一不怀有科学救国之梦。他们胸中都有一颗滚烫的爱国心。中国现代天文学事业奠基人之一的张钰哲将他发现的第一颗小行星命名为"中华",就是期望在世界科技舞台上留有中国的一席之地。新中国成立后,科学家们看到了希望,那些身在异乡的科学家都像华罗庚一样,喊出"为了抉择真理,我们应当回去;为了国家民族,我们应当回去,……为我们伟大的祖国的建设和发展而奋斗"的口号,著名的"三钱"——钱三强、钱学森、钱伟长,无论西方国家给予多么优越的条件,都义无反顾,奔向新生的共和国。

中国的科技事业又是多么曲折。共和国经历的风风雨雨对科学家都有影响。关于历史的回忆,有不少是让人痛苦的,极"左"思潮使科学家受到不公正的待遇。然而中国院士们就像那神话中的英雄一样,在劫难中,不肯向命运低头,因为爱国热情和科学精神已经融入了他们的生命之中,永不会泯灭,成为他们奋斗的力量源泉。如中国第一颗人造卫星的总设计师赵九章,在"文革"中,含冤自尽,在走向生命的最后一刻时,他仍然记挂着卫星的进展情况。而陈景润是关在一间仅6平方米的小屋里,用一支笔和几麻袋稿纸,摘取"哥德巴赫猜想"这颗科学明珠的。科学的道路是崎岖的。中国院士以惊人的毅力克服重重困难奋力攀登,才摘取了科学金字塔尖的一顶又一顶皇冠。历史的教训是深刻的。

作者在书中有一个强烈的愿望:四分之一梦寻。科技史上有一个"汤浅现象",即如果某一个国家在一定时期内的科技成果超过全世界成果总数的四分之一,那么,这个国家就可称为此时段内的"世界科学中心"。在公元11世纪至12世纪,中国曾有过"世界科学中心"的辉煌,而现在占世界人口近"四分之一"的中国，何时能再重现对世界的科技贡献达到四分之一的水平呢？《中国院士》在最后一章特别安排了"下一代"一节，描写院士们为了科学事业的薪火相传，致力于科学普及工作。要追赶世界科技发展的潮流，非得"江山代有才人出"不可。然而面对当代青少年对科学家的生疏、对科技事业的淡漠，作者提出了发人深省的问题：如何才能使我们的文明不至于失落？

历史告诉我们：科学家及其科学和发明的有效利用是国家繁荣富强和国际形象高大的关键所在。因此，这本描述中国院士们在开拓新中国科技事业方面丰功伟绩的书，对于青少年科学知识教育和思想品德教育，激励优秀人才成长，具有重要的现实意义。

（原载《神州学人》，1997年第12期）

环境与人的双重污染
——读长篇小说《涨潮时分》

美国人类生态学家哈丁曾经讲述过一个"公地悲剧"的故事：有一个对所有牧民开放的牧场，草地是公有的，畜群是私有的。由于每个牧民都追求个人利益的最大化，于是便发生了"公地悲剧"，牧场退化，最终走向毁灭。这则故事的要害是"公"与"私"的矛盾，私欲是导致毁灭的祸根。读亦秋新作《涨潮时分》（浙江文艺出版社1997年12月出版），更让人体会到"公地悲剧"的震撼。

小说是以南方小城青州市为展开故事的空间背景的，这个地处东海之滨、河道纵横交错的美丽城市，由于具有得天独厚的资源优势而使百姓能够安居乐业、世代享用大自然的慷慨赐予。青州还是个英雄的城市，城外的戚继光庙和革命烈士陵园，是市民祭祀、追忆城市历史的神圣场所。重义轻利的价值观和对英雄的崇敬延续着小城的文化传统。

然而，改革开放后，经济大潮的冲击打破了小城的宁静。由于面对广阔的海洋，原先杂草丛生的海涂建起了一座座化工厂。化工业给小城带来了经济上的飞速发展。海洋这块"公地"自然成了无偿的排污场所。随着化工厂的日益增多，河道迅速被污染，河水里的重金属和有机化合物浓度不断增加，河水不仅有毒无法饮用，甚至连农业灌溉都成问题。人们不得不开挖隧洞向城里引水解决缺水问题，而市民上山找水、驮水成了城市的一道风景线……

环境的污染是明显的，小说中更重要的是揭示了人的心灵受到的不知不觉的污染。商业意识改变了原先的价值观，原先地处城外的烈士陵园如今挤进了金融大厦、商贸大楼、旅游饭店、文化娱乐中心等，庄严肃穆的烈士陵园不得不发挥起街心公园的功能，并在现代化建筑群中愈显破旧，被人冷落；一年一度的清明节祭祀仪式演变成全城集体郊游的节日。而新一代的企业主们信奉"要奋斗就会有牺牲""这是被碾碎在经济列车下的牺牲，为了繁荣，牺牲一点纯净的空气，不为人们觉察的空气"。更有不法之徒，为了获取高额利润，把海涂当作垃圾场，把明令禁止的有毒物品运来拆卸。而某些政府要员则为贪欲所驱使，贪污受贿，最终锒铛入狱，自食其果。

作者在批判这些假、恶、丑现象的同时，也给我们塑造了一些执着于环境保护和追求真、善、美的正面形象。李蓝无疑是作者着力描写的理想人物。这位毕业于农业大学，立志献身于家乡建设的干部子女，在品质和才干的加持下被推上了副市长岗位。李蓝有别于以往文学中的领导形象，没有那种浓得化不开的政治家气质，却有强烈而突出的平民品格。在家里，她是好妻子、好母亲，有更多的柔情和温馨。她的敬业和朴实，使她成为市民心中的好市长。面对环境污染和经济发展这对矛盾，李蓝没有局限于眼前利益，而是站得高、看得远，首先关注污染对生活造成的危害。她向市委提交了关于经济和环境协调发展的报告，加大环保设施的投资，领导隧洞引水工程和永澄河治理配套工程。小说结尾处写道，由于自然生态环境遭到破坏，强台风和中秋天文大潮共同肆虐，海塘被冲垮，海涂化工厂被冲成一片废墟，李蓝在抢修海塘的抗台斗争中献出了生命。大自然的报复终使小城市民的环保意识觉醒。而李蓝给黄市长的一封信中的话显得更为意味深长："人类是否意识到，他们是在大量破坏了自然界生态平衡的前提下获得小团体经济利益的，人类重视过这个问题吗？不重视这个问题就是社会最大的问题。"不重视环保，"公地悲剧"便会重演，这是血的教训。

《涨潮时分》探索的是人与自然的依存关系：既要经济高速增长满足人们的物质文化需要，又要保护我们赖以生存的空间，我们毕竟只有一个地球。小说还提出了一个更深层次的命题：要消除生态环境的污染，必须首先洁净人类自身。

（原载《文艺报》，1998年4月30日）

与历史对话
——读"二十五史随笔"丛书

自20世纪80年代以来,文化界对历史的兴趣越来越浓。先是在小说界,继"寻根文学"后,推出了"新历史小说",以莫言、苏童为代表的一批小说家,热衷于描写往昔年代以家族颓败故事为主要内容的小说,表现了强烈的追寻历史的意识。随后,以余秋雨的《文化苦旅》为先导的历史文化散文,借山水古迹,探寻中国文人在历史人生的苦厄羁旅中艰辛跋涉的脚印。最近浙江文艺出版社出版的"二十五史随笔"丛书第一次用随笔的形式全面演绎评说"二十五史",可谓是文化历史随笔,这是走近历史的一种新途径。

对于中国历史的探究,有多种切入方式,最常见的是通过历史学术著作，这往往是历史学家们的专利，有一套专业性很强的话语体系，是历史的陈列馆，因其高深莫测，非专业人士不会光顾。另一种是打着"戏说"旗号的"历史消费品"，你只需打开电视，就能看到穿古装、讲流行语的帝王将相。这虽然满足了平民百姓的娱乐需要，但是肆无忌惮地编造历史，错把庸俗当通俗，对广大青少年来说，会造成"误导"，因为他们接受的是"伪历史"。而"二十五史随笔"丛书别出心裁地采用随笔形式：一方面，随笔以随手笔录、夹叙夹议、短小活泼、意味隽永见长，摆脱了学术著作那种正襟危坐、远离读者的弊端；另一方面，文化历史随笔以历史为依据，通过评说历史人物、历史事件，抒发读者感受，来展示一个个辉煌的时代，不背离历史的真实，这与以"气死历史学家"为目标的"戏说"大异其趣，其价值也不可同日而语。"二十五史随笔"丛书是一套贴近历史真实又深入浅出的真正意义上的历史通俗读物，在史著与读者间架起了一座桥梁。

中国是世界上最重视自己历史的国家，"以史为鉴可以知兴替，以人为鉴可以明得失"是读史的最基本点，历史已成为国民的精神文化财富。这套丛书在价值取向上与余秋雨的散文，莫言、苏童的小说有相同之处。在20世纪末社会转型时期，浮躁的心态和价值观使人们开始寻求中国的传统历史文化，试图从史籍中的民族生存图景和历史人物际遇寻求古今同构的精神寄托。从某种意义上说，历史解读是读史者和著史者之间的一种心灵交流和撞击，正如克罗齐所说："一切历史都是当代史。"作者用现代人的思想烛照历史，透过其表面洞察其底蕴，又用自己的情感和生命激活历史，发思古之幽情，心游历史时空与古人对话,这样历史便获得了当代性的阐释。如水东流在写作北朝四史随笔时,不断地想起几句诗:"我注视着/注视着/风,望也望不见/风之容颜。"读孝文帝的史料耳边始终响着这几句诗,进而想到历史多像天上的风,能感受到,却总是看不清楚。由于作者主体情感的投射,历史变成了"我"的历史。而《垂杨暮鸦·隋书随笔》书名来自李商隐的诗:"于今腐草无萤火,终古垂杨有暮鸦。""垂杨"谐音"隋炀",以"垂杨暮鸦"传神地象征了这个短命而荒淫的王朝,这也是作者独特的个体生命体验。

读"二十五史随笔"丛书,我们总能看到,作者愈深入历史,愈感到历史的惊人相似;愈洞察历史,愈惊叹于历史的伟大;愈批判历史,愈感叹历史的循环和生命的轮回。因为人事反映着人性,而人性永远不分古今,历史是现实的昨天,今天是昨天的延续,读古就是读今。

(原载《出版研究》,1999 年第 10 期)

数目字里的中国历史
——读《礼华财经历史散文》

编辑当久了，被动阅读成为一种职业需要，而编辑《礼华财经历史散文》（浙江文艺出版社2000年7月出版）却是在愉快的主动阅读中完成的。作者的渊博学识、清新文风让我喜欢；作者采用的经济视角别致独特给我以启发；作者的执着勤奋和惊人的创作爆发力更让我钦佩。

学文科的人往往见到数目字就犯晕，翁先生对数目字却有惊人的记忆力和敏感性。他是理财专家，也许是职业习惯，他偏重对历史的定量分析。因此，他一头扎进史书堆中做起了扎实的资料工作。比如《卖官鬻爵的财政收入》一文，列出了从秦始皇到清乾隆时代的各种官爵的价目表，数据确凿，论据也就铁证如山。而全书中大量的图片资料，更是作者多年苦心孤诣搜罗来的，许多图片还是首次面世，十分珍贵。信史只能来自可信的史料，作者下苦功夫，重视技术性分析，加上新的视角，获得了一连串新的令人震惊的论断，令人心折叹服。

这本书将历史研究和现实思考结合了起来。作者从基层成长起来，涉猎过多个领域，社会阅历非常丰富，很多观点是他经长期观察思索，有感而发的。正是因为作者站在今天的角度洞察历史，用今人的思想烛照历史，将古今沟通起来，从而使历史研究获得了现代含义。翁先生的每篇文章都是从古到今娓娓道来的，历史沿革脉络一清二楚，堪称一个个专题史。而《中国的筵席及筵席税》《最后的厘金》等文，则直接从一个现实问题引出一个历史论题，有很强的现实意义。作者还采用将历史和现实并置研究的方式，如二十等军功爵与高等院校五类职称划分、官吏让师爷佐治与当今出资者和经营者分离等，议论幽默生动、内涵深刻。至于作者将古今职官对照起来标识，不仅通俗易懂，而且别有一番趣味。

这是一本让人耳目一新的书，富有个性。作者改变了以往将历史仅仅当作政治史的做法，而将历史更多地叙述为生产力不断发展的经济史，使我们获得了新视野。不仅如此，作者擅长用细节来叙述历史，以大尺度分析历史，使人眼界大开。同时书中新意迭出，如明代抗倭实际上是在反走私，李自成"均田免粮"的免税政策使他崛起也导致了他进北京后的覆灭等。由于作者做的不是书斋式的学问，很多真知灼见都从生活中来，所以常常用身边的事例、口语化的生动语言来阐发自己的观点，文风清新，活泼可亲，而他信手拈来的一个个历史掌故又总能让读者得到意外的收获。

（原载《光明日报·书评周刊》，2000年11月30日，副题为后加）

洗尽铅华求本真
——读《长河东去》

《长河东去》(浙江文艺出版社2001年8月出版)是一本散文集。散文的魅力说到底就是一种人格魅力的直接呈现,散文的境界表现的就是作者的文化人格境界。翁先生丰富的阅历、渊博的知识、坦荡豁达的人生态度,铸就了"翁体"散文黄钟大吕般的风格。阅读《长河东去》,有几点感受:

一、知性对感性的超越

在传统的艺术散文中,感性的"抒情"是必不可少的。直到20世纪90年代,余秋雨的《文化苦旅》出版,出现了理性思考的浓厚凝重与艺术想象的诗性激情有机交融的"大散文"范式。余秋雨的"文化散文"为中国当代抒情散文融入了历史文化气息。

翁先生的散文虽然也取材于历史，处处散发出历史文化气息，但他用一种客观的、理性的叙述文笔，摆脱了文人墨客惯用的"触景生情、借景抒情"的套路，表现出明显的知性色彩。由于作者将感性隐藏在字里行间，作品反而获得了一种冷峻的艺术张力。对于文学作品来说，感官上的情感抒发，毕竟过于私人化，情不自禁的情感张扬不免有滥情、矫情之嫌，失控的情感不仅不易获得读者的共鸣，不欣赏的人甚至对此感到厌恶。翁先生的散文是知性对感性的一种超越，因为他不满足于对历史的单纯感悟，而是深入历史现象的内部，寻找其本质或规律性的东西，闪耀着知性的光芒。

二、开辟"学者散文"的新领域

20世纪90年代，"学者散文"异军突起，独领风骚。"学者散文"至少含有两层意思：一是学者写的散文；二是强调才学、理趣的散文。前者表示作者的职业身份，后者则强调作品的学术文化内涵。如果说通常抒情言志类散文是才情之作，那么"学者散文"则是才学之作。

《长河东去》的散文风格让人联想起翦伯赞先生的《内蒙访古》。翦伯赞和余秋雨都将文学和历史结合在一起，开拓和发展了历史散文的艺术途径。而翁先生则在历史文化中加入了经济因素，将文学、历史、经济三者结合起来，以经济视角面对历史、面对传统文化，使历史散文获得了新视野。翁先生是这样界定他的散文的："一种蕴含多种知识，融趣味性和知识性为一体，深入浅出的学术型文学作品。"翁先生总是多视角地观察财政、赋税及其政策对社会、经济产生的深远影响，以经济视角释读历史，讲述历史的变迁，表现出探索历史本相的科学精神。《长河东去》中许多篇什都是学术专题。例如，《远去的漕粮》研究的是历代的漕运史，为了写这篇文章作者还专门沿京杭大运河实地考察，在占有大量历史材料和实物图片的基础上，融会贯通地梳理出来。在铁路运输取代运河运输、东北粮食产区的开发改变了"南粮北调"格局的今天，翁先生对漕运史的钩沉让人重温了这段历史，感到了历史的沧桑。《银鞘起落》讲的是银鞘杠解的历史，文中描绘了银子装鞘、杠解、起运、解送、运鞘入库的种种程序和细节，极具历史掌故的趣味性。直到山西日昇昌票号的兴起，财政汇兑方式宣告了银鞘杠解制度的终结，让人感到了事物兴衰的周期规律和历史的进步。一方面，翁先生总是用一种从小见大，再由大化小的方法，用细节来叙述历史，以大尺度分析历史，历史的厚重感和阅读的趣味性并重，用艺术的手法化解了财经历史的晦涩与艰深，体现了一个作家的艺术才华。另一方面，翁先生强调对历史的定量分析，重视技术性分析要素，让可信的史料数据说话，又表现出一个学者的科学精神。不仅如此，翁先生还搜集了大量文书、票据的照片佐证文字，将学术思想与文学表述图文并茂地结合起来，开辟了"学者散文"的新领域。

三、现实对历史的超越

翁先生的文章，贯穿了一种"经世致用"的创作精神。因为有切身的感受，很多在内心深处反复体验、思考过的历史问题，一旦迸发出来形成文学，就有一种现实的震撼力。翁先生的为人有中国文化中儒雅豁达的一面，也有传统知识分子忧国忧民的一面。翁先生的文章尽管都取材于历史，但是从写作的起点到文章的指归，都是社会现实。"现实→历史→现实"是翁先生散文的主要结构。克罗齐说："一切历史都是当代史。"正因为翁先生用今人的思想烛照历史，从今天的角度洞察历史，打通古今，才使历史研究获得了现代含义，才使现实超越历史，从而起到借古鉴今的作用。如《偏旁的平衡》一文，从财政赋税与政权关系的角度探讨明王朝、李自成起义军和清军三种政治势力成败的原因。明王朝对亲藩受赐的田地实行免税政策，随着田地兼并的加剧，政府税源枯竭，而明末军费开支庞大，不得不加征"三饷"，尚存的纳税户分摊的税越来越重，最后不堪暴敛成为流民。李自成的"均田免粮"口号满足了农民群众的迫切愿望，所以得到了老百姓的拥护，然而他"追赃助饷"的赋税政策只是战时的应急手段，一旦在建立政权之后成为长期的赋税征收方式，那只能是一种"劫掠政策"，动摇了军心，丧失了民心，导致了败亡。横征暴敛和免税劫掠这两种极端财税政策的结局殊途同归，皆是败亡。文章强调了调节利益关系取得"偏旁的平衡"的重要性，具有现实指导意义。

财政税收是涉及民生国计的大事，以这个独特的角度切入历史，上涉及国家政体、社会体制、政府运作方式、意识形态，下涉及黎民百姓的社会生存状况和文化形态，翁先生打通古今，从历史到现实，从深度到广度，将点、线、面结合起来，展开他的散文写作，具有鲜明的时代感和现实感。

从《礼华财经历史散文》到《长河东去》，翁先生每一部作品面世都会产生很大的反响，喜欢翁先生著作的人遍及全国，远涉海外，因为他的散文容量大，具有丰富的知识、深刻的历史文化内涵和鲜明的现代感，翁先生的散文"洗尽铅华求本真"，具有持久的阅读价值。

（原载《中华读书报》，2002年5月29日，副题为后加）

镜头中的中国历史
——读"学者镜头——影像中国文化"丛书

自20世纪80年代以来，文化界对历史的兴趣越来越浓。先是在小说界，继"寻根文学"后，推出了"新历史小说"，以莫言、苏童为代表的一批小说家，热衷于描写往昔年代以家族颓败故事或者用文学的方式重新解构帝王将相的历史，表现出强烈的追寻历史的意识。随后，以余秋雨的《文化苦旅》为先导的历史文化散文，借山水古迹，探寻中国文人在历史人生的苦厄羁旅中艰辛跋涉的脚印。近读"学者镜头——影像中国文化"丛书（《沧海遗珠》《长河系日》《别样乡愁》《山川行旅》，浙江摄影出版社2008年1月出版），平静的镜头背后是对中国历史文化的独特体悟与思考，摄影作品与文化散文的有机结合，图以显义，文以记怀，不失为走近中国历史文化的新途径。

　　作者梅生是一位具有强烈历史文化责任感的摄影家，他长期从事"中国的世界遗产"主题摄影并取得了相当的成就。这四册图书是他主要成果的展示。一般摄影师给人展示的只是摄影作品，而梅生却更强调用镜头在历史与现实之间架起一座桥梁，并通过文字来表达自己的思考过程。如对长城的理解，从赞美祖国大好河山的角度上升到中国人的精神情结，这种"精神情结像一枚巨大的钢钉穿透岩石，牢固地站立在峰峦之上"，进而从人文地理学角度，揭示"长城是人类社会生活的一种界定"，农耕和游牧两种生产方式在此交融并留下鲜明的印记。

　　世界遗产留下来的是物质的遗存，怎么去追寻体悟古人的精神气息呢？比如兵马俑，经历了几次拍摄失败后，作者从袁仲一馆长的书中得到启发，终于在一个春分前后的晴天，夕阳穿过玻璃钢窗，投射到兵马俑坑之中时，捕捉到了沉睡千年的兵马俑仿佛复活的神秘而富有灵性的瞬间，以及阳光与阴影营造的悲壮气氛。正因为摄影家有试图"顺着一条独轮车的印迹走进古人思维深处"的想法，才有了成吉思汗的拴马桩上绾系的人、历史、自然和贺兰山斑驳岩画中消失的西夏王朝的印痕，才有了徽州牌坊的贞节血泪和福建土楼的别样乡愁，甚至产生了雪落皇城梦遇乾隆的想象。

　　克罗齐说："一切历史都是当代史。"梅生的镜头和文字浸透的是现代人的思想，用今人思想烛照历史，透过自然和文化遗产图像表面洞察其底蕴，由眼前景连历史时空，发思古之幽情，与古人对话，民族历史文化的生存图景便有了当代性的阐释。

梅生不仅是一个摄影家,还是一个人文学者。影像是定型的,而灵动的文字是丰富的、穿越时空的。这四册图书,让我们读到的是作者对历史遗迹和过往人物身世的忧患、对生命的感悟,反映的是人性的永恒,因为人性是不分古今、不分地域的。历史是时间的叠压,历史是现实的昨天,今天是昨天的延续。学者镜头,用镜头追寻民族的历史神韵和精神内涵。

(原载《光明日报》,2008年4月29日,副题为后加)

以稀土书写中国人的强国梦

——简评《淬炼：中国稀土科学家创新报国纪实》

近年来，稀土成了一个"热词"，且越来越"热"。中国的稀土开采产量约占全球的60%，精炼和加工量占近90%，在目前错综复杂的国际局势下，稀土成为我国反制西方打压、破解"卡脖子"难题的有力武器。杨自强的长篇报告文学《淬炼：中国稀土科学家创新报国纪实》（浙江科学技术出版社2024年4月出版，后文简称《淬炼》），是中国文学界第一部关于稀土题材的长篇报告文学。

一、题材独特，事关国家战略，有重大出版价值

中国当代报告文学，是从写科学家开始的。《地质之光》《哥德巴赫猜想》等一批写科学家的报告文学，在改革开放之初激发了人们向科学进军的勇气与热情。报告文学的现实品格，要求报告文学作家回应社会、介入现实、反映真实。《淬炼》承继科学家题材报告文学之传统，以稀土写中国人的强国梦。

稀土，是元素周期表中的镧系元素和钪、钇共17种金属元素的总称。稀土元素被称为钢中的"青霉素"，是军用材料"核心"，是当今世界最为重要的战略资源之一。1992年，邓小平在南方谈话时就曾提到："中东有石油，中国有稀土。"稀土，是"国之重器""国之利器"，这个题材非常独特，就像徐迟用报告文学叙写枯燥的数学研究一样，作者要向读者科普稀土知识，这是有难度的写作。

作者最初想写的是嘉兴籍院士邹元燨，他从冶铁的炉渣中提炼出了第一炉硅铁稀土合金。但是，要写好邹元燨的一生，必然要从中国稀土的艰难开局写起。中国稀土经历了长时间的跟跑、并跑，如今已实现了领跑，稀土的发展史也是一群稀土科学家长达一百年波澜壮阔的奋斗史。于是，作者花了两年时间，从江南到岭南再到塞北，进行大量采访，丁道衡、何作霖、邹元燨、徐光宪等稀土科学家的形象渐渐清晰、生动、可感起来。时下写科学家群像的作品并不多，这类作品的写作宽度、深度、难度很大。

二、结构严谨，由点到面，有历史纵深感

报告文学是一种介于新闻报道和小说之间的文学样式，是具有中国特色、时代特色的文体，是文学的"轻骑兵"。作者是古典文献学专业出身，师从姜亮夫先生，爬梳历史，了解科技文献和史料是他的强项。又因长期从事新闻工作，他具有良好的采访基本功。

这部作品是国内首次梳理中国稀土的发展史、稀土科学家的科技创新史、科学精神的传承史的作品。视野开阔，有很强的历史纵深感。作品从丁道衡发现白云鄂博铁矿开笔，勾连起西方列强对中国资源的侵占，揭开20世纪二三十年代中国自主找矿的序幕。何作霖接力，他提取铁矿石中的稀土粉末，经严济慈团队测定，其中含有稀土元素，稀土被中国人发现了。新中国成立后，稀土领域进入新纪元。严坤元领导的241地质队探明铁矿储量6亿多吨，勘探队员在祖国大地上唱响青春之歌，探矿者确立了中国稀土储量大国的地位。科学家们上下求索，不断提高冶炼技术。邹元燨在1955年第一次制得稀土金属，1958年成功制得单一稀土，1959年炼出"第一号合金"。徐光宪院士发明了萃取法，从摇漏斗升级至"串级萃取技术"，达到世界领先地位。主管科技的方毅同志"七下包头"，为中国稀土布局。钱学森等院士上书中央领导，把稀土优势作为战略资源，制订了赶超世界先进水平的战略部署计划。徐光宪等10余位科学家上书国务院，自觉控制产量、提升价格，整治、减少稀土的无序出口，随后党和国家领导人规划稀土产业高端

化、智能化、绿色化高质量发展道路……从1927年跨度到2023年，稀土百年历史的脉络条理清楚，人物有点有面，邹元燨、徐光宪等几个关键人物浓墨重彩。作品弘扬了稀土科学家的科学精神，稀土科学家始终将科研工作与国家命运结合在一起，勇于创新、永不言败，坚守做人、做学问、做科研的本色，以忘我、无私、奉献的精神来为国争光。作品在百年历史变迁中写一群稀土科学家，具有"史诗"的品格。

三、文字灵动，取喻形象，有很强的可读性

一部好的文学作品，故事要写得好看，思想内涵要写得深邃，叙述语言要耐人寻味。《淬炼》既有古典文学的含蓄蕴藉，又有新闻写作的现场感，既有历史的庄严凝重，又有文学的轻灵飞扬，语言绵密而灵动。作品概括精准，描写生动，是一部文学性较强的报告文学。开篇写丁道衡是"戴眼镜的蛮子"，取喻生动，很有现场感；何作霖的特点是"君子动口又动手"，像武侠小说中的绝顶高手，有明察秋毫的观察力和炉火纯青的动手能力；邹元燨为了散去硫化氢气体，选择在楼顶上炒矿，中国最早的稀土金属竟来自楼顶的一口铁锅。关于徐光宪的"萃取法"，作者的描写特别有趣："油一路，水一路"，油和水互不相溶，盐溶于水，汽油溶于豆油，这就是"萃取"。作者生动地科普了稀土知识，打破了读者阅读的专业壁垒。

书名"淬炼"是一种意象表达，我们可以作三重解读。一是指金属炼制的一种方法，以"淬炼"指代稀土的"萃取"技术。二是隐喻稀土科学家筚路蓝缕、栉风沐雨、薪火相传的科

学精神,"淬炼"表达的是一种勇于创新、永不言败的精神力量。三是作者的选材、表述、呈现过程,也是一种"淬炼"过程。作者三易其稿,精心打磨,可以看出其在文献准备、篇章结构、语言运用、细节描写、性格刻画等方面所花费的功夫。

(原载《文艺报》,2024年7月5日,副题为后加)

讲述走向世界的温州精神
——简评《巴黎有片榕树林——海外温州人的家国情怀》

我认识朱晓军有30多年了,他是个勤奋的写作者,曾以《天使在作战》获鲁迅文学奖。近几年,他创作了《快递中国》《中国工匠》《中国农民城》等"中国"系列,从快递业、制造业,到新型城镇化建设,他关注中国农民的命运,书写改革开放以来中国农民创造的辉煌,展现了中国崛起的强大内生动力。最近又读到他的新作《巴黎有片榕树林——海外温州人的家国情怀》(浙江教育出版社2024年4月出版),他把目光转至走向世界的温州农民。我依然能感受到,作者笔下的温州人,从农民变为侨民的过程中,他们的想象力、生命力和创造力。

作品依然带有朱晓军一如既往的个人风格。

远赴欧洲的丽岙人

温州人的海外生活故事，这个题材在报告文学中很少见，比较独特。作者聚焦的是温州丽岙这个名不见经传的小乡镇。"岙"是指山间的平地，丽岙地少人多，当地人被迫外出谋生，历经了3次出国潮。作者采用田野调查法，采访了近百人，根据录音整理出近百万字的记录，又查阅了300多万字的资料，凭借丰富的创作经验，合理调度素材，才完成这部30万字的长篇报告文学。作品从第二次世界大战结束后出生于巴黎的"杰让"（林加者）、"大年"（张达义）开笔，一直写到走上法国政治舞台的"华二代"，在近百年历史的勾勒中，揭示了国家命运与个人命运的依存关系，写出了历史的纵深感。

先行者林永迪，他随着第二次出国潮，于1937年去往法国。"二战"时期，法国女多男少，林永迪娶了法国姑娘艾德蒙，林永迪的儿子就是林加者。在巴黎出生的还有混血儿张大年，他在9岁时被父亲带回家乡，改名张达义。由历史原因造成的中法血缘关系，让这个小村落具备了沟通中外的天然条件。血缘与地缘，亲戚、邻居、朋友等乡土中国的圈层辐射，让改革开放初期的丽岙人纷纷拥出国门，万里寻亲、海外求生，"到最赚钱的地方去"。

出国的过程则是"八仙过海，各显神通"：凭海外血缘关系申请者有之，持旅游签证者有之，更有"贴着地面"过去的——先乘坐国际列车前往莫斯科，从莫斯科前往布达佩斯，再到米兰，最后翻山进入法国。语言不通，在异国他乡生存实属不易，但温州人什么都不怕。他们以不同的途径来到法国，谋生的方式却差不多——制帽、制鞋、制衣、制皮件，做得好了就去开制衣工厂，再转向服装批发、房屋中介、咨询公司、会计师事务所、国际贸易……温州打工仔都有当老板的梦想，他们就这样，把他乡当故乡，像一棵榕树，气根相连，柱枝相托，枝叶扩展，独木成林。

心系家乡的温州侨领

今年是中法建交60周年，这本书的出版恰逢其时，说明了作者和出版者的前瞻性和注重时效性。书中描绘了温州人的桑梓之情和报国之志，弘扬的是流淌在血脉中的家国情怀。家国情怀是中国人的信仰，海外温州人则是忠实的践行者。意大利有一个传说："中国人不死。"书中的解释是，意大利人惊讶于中国人"做不死"的勤劳。我在意大利访问时听到过另一种解释，说的是意大利的陵园、墓地里没有中国人——20世纪二三十年代侨居欧洲的第一批中国人，到了垂暮之年，一定要叶落归根，他们都葬归故土了。"根"是中国人心里的一种归属感，家乡的山水，族里的老幼，是永远的牵挂。丽岙的侨领任岩松，在家乡丽岙捐建了一所完全中学，还捐建了一座水厂，为乡亲们解决了饮水问题。他的爱乡之情，"情似瓯江水，心比岩上松"。旅法的丽岙人在家乡捐建了12所小学，让所有学生搬出了祠堂和寺庙；疫情暴发后，他们又第一时间采购防疫物资，运送回祖国。书的副标题"海外温州人的家国情怀"，是作者所要表达的主题——海外温州人关心家乡、热爱祖国，在关键时刻挺身而出，无私奉献。家乡不是一个地理概念，而是内化于心的一种情怀。

历久弥新的温州精神

作品细致勾画了温商精神，揭示了温州商人的成功之谜，展现了他们新的追求。温州的商人，抱团、敢闯、肯吃苦，以乡情、亲情、友情为纽带，开疆拓土，成为创新发展的有生力量。书中写到侨领林加者夫妇，形容他们古道热肠、乐于助人，就连八竿子打不着的亲戚也帮。温州人的侠义、仗义、互助，让他们能在陌生的海外顽强地生根、开花、结果。

作者说："温州最大的财富是温州人精神，最大的资源是温州人，他们敢为天下先，创造了无数'全国第一'乃至'世界第一'。"温州侨商的成功，依靠的是"四千精神"："吃尽千辛万苦，走遍千山万水，想尽千方百计，说尽千言万语。"对于这种温州精神，作家通过细节描写来呈现，并用"丹心筚路"来形容。"丹心"重在情感，"筚路"重在行为。作品中有很多动人的富于情感的场景。张达义在法国读过书，凭着一本书中粘着的学校卡片，联系上了班主任，终于找到法国的养母。"一位金发泛白，腰背佝偻，胖胖的法国老太太像一幅油画似的站在门口。""离开时，他在养母的怀里是个孩子；现在，养母在他的怀里却像孩子了。"张达义9岁回乡，直到34岁再与养母相见，两人相拥而泣，唯有真情最动人。"筚路"则是温州人的开拓精神，有一个人一辆二手车跑遍法国千山万水做生意的故事，也有刀尖上跳舞、完败中翻盘的传奇，是永不言败的精神让巴黎那片榕树林生长得那么郁郁葱葱。让法国人重新认识中国，让华人在法国得到应有的地位，这是"华二代"的新追求。"华二代"律师王立杰，挺身而出反对种族歧视，还当上了巴黎第十九区的副区长，王瑞则当选为议员。温州精神，在几代华侨身上得到充分展示，在作品中得到深入的挖掘，并作出文学的解读。

（原载《中国新闻出版广电报》，2024年6月17日，副题为后加）

1991年浙江作家小说创作述评

对浙江文坛不景气的议论已经有好些年了。确实，与浙江作家唱主角的现代小说相较，当代浙江小说创作显得冷清得多。这倒不是说浙江没有一流的作家，浙江作家中也陆续有得全国奖的。但是，在全国文坛独具特色的"浙军"群体始终没有形成。于是，浙江文学界的朋友都有些忧患意识，不甘冷清下去。以杭州为主的一些作家开始有意识地表述描画"吴越风情"，《西湖》杂志率先打出"吴越文学"的旗号，经评论家们的推波助澜，逐渐形成了一些声势。应该说，"吴越文学"的张扬对"浙军"创作队伍的培养有一定的促进作用。但是，综观1991年浙江的小说创作，疲软尚未消除，除了余华、李杭育等少数几个作家外，浙江小说在全国范围内依然缺少影响力。

在1991年的浙江文坛，余华是一枝独秀的作家，其《呼喊与细雨》是本年度最优秀的长篇小说之一。在这部小说中余华把艺术触角伸向童年，感受一个孩子在细雨飘扬的黑夜对一个女人呼喊的恐惧。童年在一般作家笔下大都充满温馨，而余华关注的则是一个心灵具有创伤感的孩子的心理状态和生理感受，并以这个扭曲儿童的心灵去感知一个小乡村的世态人情。这是一个似梦似幻的世界，这里有兄弟的敌意、父亲的堕落、性的萌动和恐惧、友情的阴冷和残酷，以及对死亡的童年感受。而这些类似梦魇的故事却是以温婉沉静的语言来叙述的，自有一种惊心动魄又透明澄澈的效果。

对于文坛新秀廉声来说，1991年是他成功的一年，中篇《月色狰狞》给他带来了声誉。这是一个历史故事。近年来诞生了一批反映青年作家对一些本人不可能经历过的历史生活的剖析的作品，如苏童的《妻妾成群》、叶兆言的《追月楼》。《月色狰狞》则让人联想起格非的《敌人》。杀人如麻的匪首莫天良忽一日有一种莫名的恐惧感，占卜则得有杀身之祸，于是偃旗息鼓，躲避厄运。最后躲到老相好孟嫂家中，偏偏被情欲初萌、暗恋孟嫂的亲弟弟莫天保误杀。通过这个扑朔迷离的故事，小说表现了人对自身生存状态和生命状态的困惑和无知，也体现了作家对历史的演变和历史人物命运的归宿的哲学思考。

以《小学老师》崭露头角的青年作家李森祥近几年的创作一直呈上升趋势。1991年他又推出中篇《樟树潭记》、短篇

《结合》《麦凳》等。李森祥的小说精雕细琢，苦心经营，篇篇不失水准。《樟树潭记》由《剃头佬》《先生娘》《破额头》三个短篇构成。"剃头佬"生荣剃头功夫好，人也厚道，为了毛寡妇的拐腿儿子宁可放弃一生热爱的手艺。"先生娘"老扁则有几分鬼气，虽然她对"面子"的讲究让人觉得好笑，但那份乡亲情义却让人难以忘怀。"破额头"红柿一心想"出山"，结果为了"义"字把自己的前程都搭进去了。这些就是樟树潭人，在平淡生活中闪耀着美好心灵的普通人。《结合》《麦凳》则从另一个角度刻画农民：农民的狡黠、奸刁、锱铢必较。如《结合》中，癞子吃了亏报复城里知青时的快感被刻画得惟妙惟肖、入木三分。

以描写新疆生活见长的沈贻炜，这两年潜入越文化氛围最浓厚的古城绍兴，创作了一批以绍兴为背景的小说。中篇《月朗桥》是其中的代表作。小说塑造了历史教员钱贵成、茶馆老板陶增荣、草台班戏艺人刘十二、烤鸭店店主林阿雄等形象。这几个人物可以说都积淀着浓厚的越文化气息。小说开头说起绍兴山水风物、历史掌故如数家珍；然后以茶馆为舞台让这几个有特色的人物一一出场，写得有声有色；而人物又以其职业、际遇来体现个性，显得有血有肉。钱贵成一身正经偏偏理不清与女弟子胡忆伊的情爱纠葛；刘十二艺失观众，卖力演《男吊》却难温旧梦；而陶增荣的历史悠久的月朗桥茶馆也终究要被生意兴隆的林阿雄烤鸭店取代。总之，这一切让绍兴人引以为豪的民风民俗终究会变成陈年旧迹，空留下"最后一个"的苍凉与无奈。

沈贻炜描写的是变革时代的水镇风情，女作家何蔚萍则关注起了抗日战争时期浙西一个偏僻乡村发生的几件可歌可泣的故事，这就是系列小说《江山风景》。整个系列由《水》《大火》《风》《红土》四个短篇构成，写得最出色的是《水》。《水》描写胡清泉兄弟与周水明为争水反目为仇，但当日寇侵犯家园时，爱国情操便战胜了家族恩怨。周水明不愿出卖胡清泉而被日本兵砍掉了双手双腿；胡清泉兄弟为替周水明报仇组织村人深夜摸进县城杀死日本兵，兄弟俩双双牺牲。然而事过境迁，抗战胜利后，结为生死之交的两家又为争水而同别人大动干戈。小说的笔触已深入到中国农民性格的深层处——民族大义与个人恩怨交织、良知与愚昧结合，所以读来自有一种震撼人心的力量。

钱国丹的《闺中女友》也是本年度较有影响力的系列短篇。《闺中女友》写了桂花、阿眉、青云三个同喝一方水，却性格迥异的女性的人生际遇。沉默寡言的桂花一心渴望走出封闭的天地，在她如愿以偿嫁给地质队员老谭后，她的生活越发显得不幸起来。机灵泼辣的阿眉爱俏又有才，一心想嫁得一个好丈夫，却被好看而不中用的丈夫百般折磨，最后被赶出家园。被老师视为模范学生的青云，一生受人钟爱，但她却连亲生的女儿也觉累赘。欲望与现实，表象与本质，一正一反，恰好形成一个鲜明对照。这是颇耐人咀嚼的。但是，这个系列以"我"为视角，有时会冒出情绪色彩过于强烈的句子，未免有损整体的艺术感。

本年度描述乡村地域文化的，较为成功的篇什还有：蔡康的《小镇旧事》系列，王彪的《磷光潮》《女人滩上的老头儿》，杜文和的《耿氏》《老伶》，陆明的《白鱼过》《甄裁衣父女》，蔡剑青的《送你一座窑》，等等。

与大量的乡村题材作品相比，1991年反映都市生活的小说显得相对薄弱。比较有影响的有：李杭育的中篇《布景》、陈河的《菲亚特》、李庆西的《人间笔记》、章轲的《城市里的皮影戏》。

李杭育本年度的作品不多，而且视野已从"葛川江"的吴越遗风转移到当代城市生活中来。《布景》写的是一个游手好闲的都市浪子的精神独白和无目的漫游。他大概也可以算都市中的"迷惘的一代"。他无思想，无主见，无热情，浪迹于城市的各个角落。小说采用意识流的写法，通过一个人物的精神感受来涂抹城市的生存"布景"，体现城市的自然生态和城市人的道德困惑。

陈河的中篇《菲亚特》则有些魔幻现实主义色彩。"菲亚特"是一种进口轿车，是日环食光环照射下的飞碟，是都市人畸形的欲望。小说其实是有完整的故事的：银行出纳梅华盗用公款给当出租汽车司机的情夫马勃购了一辆"菲亚特"，几个月后马勃因为怕银行查账给梅华带来灾难，所以廉价出售了自己的房产以还清欠款，结果银行查账是一场虚惊，而"菲亚特"也在一场熊熊大火中被烧了个干净。小说的艺术感觉相当出色，城市的喧嚣、缠绵的爱情故事和"菲亚特"的魔幻感觉浑然一体。我认为这是本年度《江南》上发表的最优秀的中篇。

李庆西的《人间笔记》在文坛已很有影响力了。本年度他又发表了一组关于阿尧的故事，分别为《胆大做将军》《闹地震》《辅导儿子写作文》《"蜂窝煤"与"废次残"》。小说叙述的是在机关里做事的阿尧上班骑车撞人，回家不耐住宅区周围的喧闹声起而闹之，指导儿子写关于洗手帕的作文，以及随科长出差开会吃错会议餐等一些琐碎而热闹的故事。小说文字洗练，在凡俗中见神韵，读来饶有趣味。

1991年《西湖》两期推出青年作家章轲的《城市里的皮影戏》，共八题。章轲在这组小说中描写了离休干部、大学教师、三轮车夫、园艺工人等都市芸芸众生的世相心态。取材自由，记叙随意，也不乏神韵之作。如《花悟》中山茶花热的盛衰与离休干部沉浮的心态相得益彰；《竹桢》中三轮车夫一心想发财却因为古道热肠又屡屡吃亏，也是相映成趣。

综观1991年浙江作家的小说创作，写实品格的作品占了绝大多数，但是现实主义精神却在弱化。一般来说，现实主义精神以直面现实、直面人生、直面灵魂为其内核，而1991年的创作，反映当代生活、干预生活的作品几乎没有。即使是少数几篇反映当代生活的小说也无意于揭示现实生活中尖锐复杂的矛盾冲突，而只满足于以身边琐事、普通人生活等表现生活原色和原生态。

相反，大多数浙江作家都热衷于以地域文化为背景，描写过去年代小城、小镇、小村普通人的悲欢离合、甜酸苦辣，而作品主题又以发掘他们的心灵美与人情美为主，反思批判民族文化中的保守劣根性的作品很少。同样是描写乡村生活，陕西、山东等地的作家有强烈的土地意识，他们执着于探索农民问题，总是从农民的生存方式和生命价值的角度向社会生活多向度投射他们的时代思考、道德探索和历史观照，从而使作品获得深邃的历史感。这在张炜、郑义的作品中表现得最为鲜明。而1991年浙江的乡村题材小说大都从民风民俗入手，刻意制造外部的吴越文化氛围，在这个氛围之下构建人物的悲欢离合、人生际遇，篇章结构大都很短小，显得单薄，缺乏雄浑的力度和深刻的内涵。

前面说到，"吴越文学"的张扬对"浙军"队伍的培养起了一定的推动作用。但是要造就"吴越文学"流派还必须具有一批与吴越文化博大深邃、充满生命力的血脉相衬的史诗式的作品。这就要求我们的作家透过吴越民俗民情的外壳，进入更深邃的地域文化精神层面，最终超越地域文化，触摸到人性与生命本体的深层内核，在作品中体现出强烈的生命意识与辽阔的历史感。这当然需要博大精深、圆熟现实的大家气度，那就取决于作品的哲学与文学的内涵了，在这方面浙江的现代作家进行了较好的探索。

（原载《学习与思考》，1992年第2期）

第二辑

编书者说

谈谈编辑与当代文学的出版工作

一

出版社是编辑出版图书的文化学术单位。这就要求出版社的编辑一方面是掌握专业知识和技能的学问家，另一方面又是关注学术发展动态、参与学术进程的社会活动家。这对于我们当代文学编辑室的编辑来说，尤为重要。

当代文学处在不断地变化发展之中，尤其是新时期以来的文学，各种流派纷呈，新人迭出，创作的大潮一浪接一浪。如果不熟悉当代文学发展的历史，不去追寻和分析文学发展的最新动态，不去与作家交朋友，你就会在面对文学创作的八面来风时感到不知所措,你就会因失去了出版的发言权而遭淘汰。如果说,出版古典文学是以文化积累为主,那么出版当代文学开拓创新就显得更为重要。因此,优秀的当代文学编辑必须具有强烈的参与意识、敏锐的出版眼光、良好的文学素养,对文学的新思潮、新流派要能甄别优劣,站在历史的和审美的角度来选择作家作品,努力使自己成为头脑清醒的艺术鉴赏家和文学作品的催生婆。

当代文学的编辑是文学新人的发现者和扶掖者。在中外出版史上,有许多优秀的编辑,由于扶植年轻作者,发现优秀的文学新作而被载入史册,如美国著名编辑家麦克斯韦尔·埃瓦茨·珀金斯和萨克斯·康明斯。20世纪美国文学的崛起与他们卓越的编辑眼光和他们与美国作家的亲密合作、共同努力是分不开的。他们扶植了一大批年轻作家,如海明威、菲茨杰拉德、尤金·奥尼尔、德莱塞等,这批从第一次世界大战到第二次世界大战硝烟弥漫的战场上走出来的作家,他们的传统价值观念不再适合战后的世界,又找不到新的生活准则,后来形成了著名的"迷惘的一代"作家群,很多人成为诺贝尔文学奖的获奖者。

二

我是1989年8月中国现当代文学专业研究生毕业后走上工作岗位的。由于当代文学是本行,所以我对本专业的学术动态和创作状况有比较清晰的认识。进社以后,领导总是把我放在第一线,经常让我出差,一方面与作家交朋友,另一方面了解兄弟出版社的出版状况和图书市场销售情况，向室里提供信息，然后搜集资料，与室领导和同仁一起制订选题计划，当领导的参谋。

当代文学出版工作面临的困难很多。如作家作品由于没经过时间的过滤，难以变成"经典"而在读者中形成共识。更困难的是，当代文学作品出版大多要赔钱，一般印数不超过五千，这对于"经济承包"的编辑室来说，压力很大。如何在经济的束缚下出版优秀的当代文学图书，这对本室的同仁都是一场考验。回顾我这两年的工作，我觉得编辑的主动参与意识与出版眼光是出版物成功与否的关键因素。进社至今，我对以下两方面的工作印象最深。

一方面，对文学创作进程的参与。我室出版有两套纯文学丛书："新大陆书系"和"系列小说书系"。作为"新大陆书系"一种的《都市风流》由于塑造了"建设型"改革者的形象而将"改革文学"推向新的境界，这是对"改革文学"发展的一种参与。"系列小说"则是新时期以来的一种新的文体实验，它继承了中国古代文学《儒林外史》以及一些笔记体小说以中短篇建构长篇的创作传统，并作了新的开拓，是新时期文学中引人注目的一朵奇葩。我们当代文学编辑室别具只眼开创了这个新品种的出版工作，相继出版了林斤澜的《矮凳桥风情》、李国文的《没意思的故事》等。我向室领导提议扩大这一系列的出版规模，并推出一些创作新人。从当代文学史来看，中国作家可划分为三代：第一代是20世纪50年代培养起来的作家，如王蒙、李国文、刘绍棠等；第二代是被"文革"耽误的一代"知青作家"，如梁晓声、张承志等；第三代是1985年以后崛起的年轻新秀，如莫言、马原、叶兆言、苏童、格非等人。我们以前较多地出第一代成名作家的作品，我向室领导建议兼收并蓄，鼓励新人。因此，今年我们室相继推出了叶文玲的《浪漫的黄昏》、梁晓声的《黑纽扣》以及文坛新秀叶兆言的《夜泊秦淮》和苏童的《妇女乐园》系列。后两种尚未出版就受到评论界的关注，《当代作家评论》《读书》等相继发表书评，其中《妇女乐园》系列之一《妻妾成群》还将被搬上银幕。这为推动文学发展和赢得出版社声誉做了有意义的尝试。

另一方面，对图书市场的参与。有些出版社为了完成经济指标不择手段，出版低俗读物，污染了社会。我们当代文学编辑室一直抵制这种不良倾向，我和同仁们一直致力于"双佳图书"的探索，这需要编辑具有专业素养且对图书市场较为熟悉。我们经常分析当代作品的主要销售对象，发现大中学生是一个广阔的销售市场，抓住这个固定读者群，将有利于我们走"双佳"之路。通过走访杭州市内的大中学校，我们发现校园文学是一个方兴未艾的出版园地，于是提出编辑出版"校园文学丛书"的计划。在社领导的支持下，今年出版了第一辑6种，即《校园赠言精选》《汪国真校园诗选》《校园妙语菁华》《校园散文选萃》《校园青春诗选》《项东校园散文选》。前两种印数分别达12万册和8万册，其他几种也在3万册以上。这组选题既受到广大大中学生的喜爱，又为我们社创造了不少利润，达到了"双佳"效果。

出版社是一个为广大人民群众提供精神食粮的机构，图书是观察人们思想的窗口。因此，从某种意义上说，编辑也应该是一个思想家。出版物的质量高低与编辑的素质有直接的关系。作为一个出版战线的新兵，我觉得自己无论是在理论还是实践方面都有待于进一步提高。当代文学出版不仅是一个理论的课题，更是一个实践的课题，编辑必须加强政治文化素质，努力提高自己的出版业务水平，为繁荣当代文学作出应有的贡献。

（原载《出版研究》，1991年第5期）

凝聚各界心血，铸成艺术精品

——长篇报告文学《中国院士》出版前后

在第六届精神文明建设"五个一工程"奖评选中，《中国院士》一书题材重大，视野开阔，熔科学性、文学性、可读性于一炉，以史诗的笔调勾勒了新中国科技事业的一系列重大成就，全景式地展现中国五代院士的精神风貌，荣获"五个一工程""一本好书"奖。这部被专家们认为"既有历史厚重感又有现实教育意义"的优秀作品，从选题策划、组织作者、书稿修改到出书后的宣传，都凝聚了社会各界及有关领导、专家的大量心血。作者曾深有感触地说："这本书与其说是我们两位作者的创作，还不如说是领导、老师、朋友共同创作的结晶。"在《中国院士》的出版过程中，贯穿了浙江出版界对"思想精深、艺术精湛、制作精良"的优秀作品的不懈追求,同时也说明了编辑工作在实施出版精品战略中的重要作用。

选题:部、局领导的决策

人们常说,选题是出版社的生命线,因为选题像军事上的排兵布阵、经济上的投资决策一样,具有先导作用。《中国院士》就是集中了浙江出版界智慧的优秀选题,由于它题材重大、角度新颖,使该书的出版工作事半功倍。

为了宣传邓小平同志"科学技术是第一生产力"的思想,为了使科学家热爱祖国、热爱科学,无私奉献的精神发扬光大,1995年下半年,浙江省委宣传部、省新闻出版局领导会同各职能部门有关同志商议继《院士风采》之后,是否组织出版更适宜广大青少年阅读的普及读物,省委宣传部领导听取汇报后给予了充分肯定并作了具体指示。省委宣传部职能部门还将设想向中宣部出版局有关领导汇报。经各级领导的反复研讨,认为除了传记、故事等形式外,还需出版一些具有厚重感的报告文学作品,这就是"院士之路"系列丛书的总体构想。丛书由总社统一规划,浙江科学技术出版社、浙江少年儿童出版社、浙江文艺出版社三家出版社联手出版。浙江科学技术出版社的《院士故事》荟萃100位院士爱国、成才的故事;浙江少年儿童出版社的《院士足迹》以传记形式描绘14位科学先驱和学术奠基者的奋斗历程;由浙江文艺出版社承担的《中国院士》则以报告文学形式反映中国院士献身科学、报效祖国的风貌。

接受了这个任务后,浙江文艺出版社领导和有关编辑就立即商议如何出好这本书。以报告文学形式写科学家,在新时期文学史上不乏优秀之作。20世纪70年代末,徐迟的《哥德巴赫猜想》《地质之光》和黄宗英的《小木屋》等曾掀起科技题材报告文学的热潮。尤其是《哥德巴赫猜想》,由于成功地塑造了真实可信、生动可感的数学家陈景润形象,在广大群众中激起了强烈反响,对当时"向科学进军"起了很好的推动作用。现在中央将"科教兴国"定为基本国策,更需要用优秀的报告文学来鼓舞人、激励人。但是,如何超越前人的作品呢?经反复调查、分析,大家认识到一定要突破写单个科学家的模式。那么是写一代院士(如人们了解甚少的中年一代院士),还是从一个领域切入写一群院士(如"国家高技术研究发展计划"群体),还是全方位地描写几代院士?经省新闻出版局和浙江文艺出版社领导协商,最后拍板决定以全景式描写几代院士的群体形象。这无疑也是难度最大、最富挑战性的写作角度。要知道中国院士有千余位之多,涉及农业、地质、航天、核工业、生物工程、电子技术等领域,每一个领域又极为艰深。要将奋斗在祖国各条战线上的千余位科技精英条分缕析又生动形象地浓缩在一本书中,如果作者没有深厚的文学功底、扎实的史学素养和丰富的科学史知识,恐怕是难以完成的。但是,如果能写好这本题材重大的书,那么它的出版价值必然十分重大,或许可以推动科技题材报告文学进入一个新阶段。挑战和机遇是并存的。浙江出版界有关同志经推敲斟酌,定了一个气势磅礴的书名《中国院士》,并期待着一幅群星璀璨的中国院士艺术大画卷的诞生。

组稿：专业人士的推荐

谁能承担这部书的写作任务呢？寻找最合适的写作人，是摆在编辑面前的最大难题。可以说，找对了人也就成功了一半。我们翻遍了近十年的报告文学，科技题材方面的写作高手凤毛麟角。老一代的徐迟、黄宗英年事已高；中年一代陈祖芬、理由兴趣已转移，也难领命；我们的视线集中到了新崛起的青年一代报告文学作家身上，钱钢、李延国、张建伟、卢跃刚、胡平、张胜友……一长串名单中，谁是第一号人选？还得请教专业人士。通过电话联系，我们请教了中国作家协会创作研究部报告文学研究专家李炳银和著名报告文学评论家、资深编辑刘茵，两人一致推荐：张建伟。我们查阅了张建伟的"档案"：1994年"范长江新闻奖"得主，近作《大清王朝的最后变革》曾获中国首届报告文学奖。这位惯于在历史题材中寻觅真知的作者，能否在艰深的科技领域一展雄才？我们咨询了浙江新闻界的朋友，他们对张建伟十分推崇，认为他很有思想，且以宏观把握见长，一定能胜任。

百闻不如一见，在浙江文艺出版社领导的直接指导下，我们直飞北京，通过各种途径终于找到了张建伟。谈起选题，张建伟十分感兴趣，因为他曾担任中央电视台《科技是第一生产力》专题片的总撰稿，对科技界并不陌生，近年他对"史志性报告文学"情有独钟，而《中国院士》作为中国现当代科技史的缩写，正给他提供了驰骋的舞台。看来，我们找准人了。考虑到写作的难度较大,张建伟提出找一个合作伙伴邓琮琮。邓琮琮是中国青年报的科技记者,长期从事科技新闻、科技人物的报道,搜集资料比较在行。我们同意了。

改稿:精益求精的艺术

浙江省在中宣部"五个一工程""一本好书"的组织生产上,逐步建立和完善了立项、评审、论证的工作制度。凡是被推荐参加全国评选的图书都要经过反复磨砺、不断修改的过程。《中国院士》之所以能在思想内涵、艺术质量上保持较高的水准,与有关专家深入细致的研讨指导和编辑工作中一丝不苟的态度是分不开的。

1995年10月底,两位作者经过数月的艰苦采访,查阅了大量的资料,列出了写作大纲。为了确立正确的思想导向,避免写作上的盲目性,浙江省委宣传部和省新闻出版局领导与有关部门同志会同专家小组举行大纲讨论会,最后确立以事写人、以人串事的写作方向,指导作者及时校正了某些写作思路。1996年1月底,责任编辑再上北京,带去了浙江出版界的期望和鼓励,并一直等到作者完成书稿才离京。随后,初稿分送中宣部出版局和中国科学院学部有关领导、专家审阅。与此同时,部、局组织有关专家,从政治方面、艺术方面进行了具体、深入的讨论和指导。作者汇总多方意见,花了半年多时间,作了3次大的修改。每一次修改稿,都经过专家小组反复讨论。为此,《中国院士》书稿讨论会前后举行了3次。责任编辑协助作者作了重大内容修改,书稿从原来的55万字压缩精简成35万字，随后，对书稿进行了深入的精加工。由于全书涉及20世纪中国政治史、科技史、教育史等多方面的知识，编辑难度很大，为此编辑查阅了大量史料，仔细核实，消除了许多错误。为了确定某些重大科技成就中涉及的院士的准确名单，编辑多次给中国科学院发传真核实。编辑对文学加工处理尤为仔细，不放过任何一个可能存在的错误。在编辑过程中，夏钦翰先生的三次审读，对提高书稿质量起了很大作用。1996年11月，《中国院士》定稿付型，付型样经中宣部出版局领导、中国科学院学部专家和浙江省委宣传部、省新闻出版局有关专家多方审定后方才印刷。同时，在校对流程、装帧设计、印刷出版各环节上，浙江文艺出版社都配备了最优秀的人员，齐心协力，精雕细琢，确保了出版的时间和质量。中国科学院学部专家审读了《中国院士》一书后称赞这本书"兼具史料和论述两方面的价值，是一部不可多得的好书"。正是在出版界、文学界、科学界多方人士的共同努力下，才有了这部精品图书。

宣传：获得"双佳"效益的成功运作

《中国院士》出版后，浙江省委宣传部、省新闻出版局领导和职能部门有关同志十分关心和重视宣传工作。浙江文艺出版社的相关工作由社长和分管社领导直接抓，班子其他成员和相关科室配合落实，全社上下形成合力。书一出版，分管社领导和责任编辑就制订了详细的宣传计划，得到上级部门的支持和肯定后，便紧锣密鼓地开始实施。首先将作品送文学界和科学界的专家鉴定。为此，浙江文艺出版社与中国作家协会创作联络部联合召开了"《中国院士》作品研讨会"，本书得到了与会专家的高度评价，认为"该书塑造了一系列可亲、可敬、可爱的院士形象，表现了强烈的爱国主义精神和科学精神，是1996年出版的最优秀的长篇报告文学之一"。随着媒体对研讨会报道的深入，《中国院士》逐渐产生了影响。接着，报纸、刊物、电视台和电台全方位、多侧面的宣传又使《中国院士》知名度迅速上升，具体有：①报刊纷纷连载、选载。《文艺报》《南方周末》《中华儿女》《人民日报·海外版》《文汇报》等7家报刊相继连载，《科技日报》《新华文摘》《中华文学选刊》等10余家报刊纷纷选载。②广播电视颇为关注。中央电视台"读书时间"对《中国院士》作了新书推荐，又邀张建伟参加"百家书话"节目；浙江卫视编导赴北京采访了作者和有关院士，制作了专题节目；浙江人民广播电台作了"长篇连播"。③报刊评论好评如潮。著名评论刊物《当代作家评论》推出了"《中国院士》评论小辑"，《人民日报》《光明日报》《浙江日报》等报刊均发表评论，充分肯定这本书的思想意义、艺术成就和出版价值。不久，全国10余个主要城市的报纸纷纷刊登《中国院士》出版消息和相关评论，使这本书在全国范围内产生了强烈反响。

根据中宣部领导和中国科学院专家"要把《中国院士》一书推荐给大中学生阅读"的建议，浙江文艺出版社还和浙江省科学技术协会、浙江日报社联合举办了"读《中国院士》，做科技新人"读书活动，受到全省大中学生的热烈欢迎。杭州大学、浙江工业大学、杭州第二中学等院校组织学生开展读《中国院士》活动，举办演讲会、交流读书心得，主办单位收到学生寄来的读后感100余篇，学生们都认为，《中国院士》一书感人至深，中国院士的爱国精神和献身科学精神使他们深受教育。

上述宣传活动，有力地扩大了《中国院士》的影响，取得了良好的社会效益。不仅如此，《中国院士》还取得了较好的经济效益。第一次印刷1万册，投放市场后不到20天就销完了，出版社又赶印1万册，不久又告脱销。《中国院士》总销量达9万册，这在图书市场不太景气的1997年，无疑是十分突出的，这是图书宣传的一个成功范例。

在《中国院士》研讨会上，著名编辑家兼评论家白烨先生说了这样一段话："这本书的出版可以说是重大的题材找到了最为合适的作者，再加上以擅长精品书运作著称的浙江出版界，这是个黄金组合。"确实，"五个一工程""一本好书"的出版是一个系统工程，只有通过细致而有力度的组织工作，精心运作，在策划选题、组织书稿、编辑加工、装帧印制、宣传发行各环节贯穿精品意识，才能推出"思想精深、艺术精湛、制作精良"的优秀图书。

（原载《浙江教育报》，1998年1月17日）

试论书刊编辑在当代文学发展史上的作用

著名作家王蒙说过:"在我国当代文学的艰难行进与无限风景之中,贯注了许多编辑家的心血。"每当文坛升起一颗文学新星、诞生一部文学佳作,在这背后必然伴随着一段感人的故事,故事的主角之一是编辑,故事内容是他发现新人时的狂喜、阅读原稿时的激动、修改作品时的执着和宣传作品时的热情。而一旦作品问世,鲜花与掌声是属于作家的,编辑总是退居幕后。于是,一部文学史,上面刻满了作家的名字、理论家的名字,唯独找不到编辑的身影,这是编辑的使命:为他人作嫁衣裳。然而,正是这些"无名英雄"的默默奉献,才催生了一部部不朽作品,构成了当代文学史辉煌的篇章。

当代文学是处于不断变化发展中的文学，这与古典文学有很大的不同。古典文学作品经过时间的检验、历史的积淀，作品优劣已有定论，我们可以借助文学史著作来选择出版优秀作品。而当代文学编辑面对的是不断涌现的文学新人、一浪接一浪的创作潮流和五花八门的表现形式。如何在纷繁多变的文学现状中，敏锐地发现具有创作潜力的文学新人，准确地选择出版能流传于世的文学佳作，编辑的主体作用显得尤为重要。如果说作家是文学作品的创造者，那么编辑就是文学作品创作活动的组织者、作品的提炼加工者和作品物化过程的策划者，他们的创造性劳动，构成了当代文学的亮丽风景和发展轨迹。本文试图根据一些作家的回忆和出版史料，分析书刊编辑在当代文学发展史上的作用。

一、编辑是文学梦想的追求者

作家是怀着文学梦想走上创作道路的，同样，编辑也有一个强烈的文学梦。优秀的文学编辑一定怀有推动文学发展的神圣使命感，他们对文学事业无比热爱，同时对编辑出版优秀文学作品具有强烈的责任感。优秀的编辑总是以发现新人新作、推动文学繁荣为己任，好读稿、好改稿、好发稿，日久成瘾，乐此不疲；他们总是在平淡中发现奇葩，在沙砾中寻找金矿，不让一星闪光的东西埋没。翻开中国当代文学史，新中国小说创作的第一个高潮发生在20世纪50年代后期，五部文学名著（《红旗谱》《红日》《红岩》《创业史》和《李自成》）堪称里程碑式的鸿篇巨制，而这次创作高潮与中国青年出版社以李庚、江晓天领导的文学编辑室全体同仁的远见卓识和辛勤劳动是分不开的。萧也牧与《红旗谱》、陶国鉴与《红日》、张羽与《红岩》、陈碧芳与《创业史》、江晓天与《李自成》，已成为文坛佳话。正是由于他们怀着对文学的挚爱，与作家密切合作，筚路蓝缕，不懈追求，才谱写出了共和国文学创作的第一页。新时期文学发端期的成就则与龙世辉这个名字连在一起，这位一生半痴半迷于文坛育新秀，呕心沥血为他人作嫁衣裳的杰出编辑家，担任了《将军吟》《芙蓉镇》这两部双双荣膺首届茅盾文学奖的长篇小说的责编，而莫应丰和古华当时还是文坛无名小卒。作家蒋子龙有一段生动的比喻："作家是锤头，编辑是锤把儿；作家是水泥柱，编辑是钢筋，光使劲不露面。"正是由于钢筋、水泥的密切合作才筑起了共和国的文学大厦。

二、编辑是文学新潮的鼓吹者

一部文学史，就是文学创新史。文学创作，从某种意义上说，就是对"新"的终极追求。新时期以来，随着改革开放和思想解放运动的逐步深入，文学艺术领域里的变革和创新日益深刻和剧烈。回顾几次重大的文学潮流，无不与编辑的鼓吹密切相连。1985年的现代主义文学思潮与王蒙主编的《人民文学》和骨干编辑朱伟的倡导直接相关。朱伟这个自称"与其做个二流作家，不如当个一流编辑"的"编痴"，总有一股振臂一呼的气概。在王蒙的支持下，《人民文学》一改老面孔，发表了刘索拉的《你别无选择》、徐星的《无主题变奏》、陈建功的《鬈毛》，这批作品描写了外在行为任性放纵、玩世不恭，而内心深处却具强烈自我意识和独立人格的当代青年。正是这些在观念上和表现手法上均有鲜明的现代意识的作品，揭开了新时期文学新潮的序幕。随后崛起的"文化寻根"小说，起源于由出版社和文艺刊物发起，在杭州举办的"新时期文学：回顾与预测"的讨论会——史称"杭州会议"。"文化寻根"的思想和宣言是由这次会议酝酿、成型并蔓延开来的。主将韩少功、阿城、李杭育、郑万隆均参加了这次会议。他们的宣扬和创作实践，使中国文学超越了以社会政治、伦理为本位的文学观，实现了作为文化载体的文化本位文学观。1989年，热热闹闹的"新写实"小说走上舞台，这与大型文学刊物《钟山》的"新写实小说大联展"的推动相联系，编辑兼评论家王干是"新写实"的吹鼓手，他倡导的"特别注重现实生活原生形态的还原"和"零度写作"的文学方式，一时成为一种创作思潮和倾向。作家池莉的《烦恼人生》、刘震云的《一地鸡毛》、刘恒的《伏羲伏羲》等，使当代小说写作找到了新的规范，并使20世纪80年代后期文学走出低谷，自觉形成一股新的流向。虽然上述创作思潮首先要归功于作家的积极探索，但文学编辑的倡导和鼓励，无疑对文学思潮的形成起了重大的作用。

三、编辑是文学新人的发现者

编辑被誉为"伯乐"，由于编辑的发现，许多无名作者走上文坛，成为文坛"千里马"。在中国当代文学史上，这样的事例比比皆是，如茅盾发现茹志鹃和《百合花》、冯雪峰发现杜鹏程和《保卫延安》、崔道怡发现李国文和《改选》、萧也牧发现梁斌和《红旗谱》，等等。优秀的编辑是耳聪目明的社会活动家和头脑清醒的文学鉴赏家。他应该具有兼容各种创作风格的气度和胆魄，以及发现文学新秀的热忱和远见。优秀的编辑总是活跃在作者圈中，与广大作者交朋结友，关注文学创作的最新动态。优秀的编辑应该具有高度的政治敏锐感、丰富的文学史知识和渊博的文学理论素养，具有广阔的知识面和开放型的思维方式。因此，他能站在历史和审美的高度来选择作家作品，甄别优劣。"发现新的作家"是编辑永恒的使命和最大的快乐，因为"新作者的处女作常常超过成名作家的一般作品"，"众里寻他千百度。蓦然回首，那人却在，灯火阑珊处"——这是一个优秀的编辑独具的眼光。中国青年出版社编辑萧也牧听说梁斌在偷偷写一部作品，有人看过，但不置可否。萧也牧专程赶到保定，读后欣喜若狂，立即挂长途汇报说："我们发现了一部杰作！"声音激动得都有点变了，他说发现了一颗彗星。《上海文学》小说组长杨晓敏说："我天天坐在办公室里看稿，看到好稿子我的眼泪会流出来。"正是他在来稿中读到了马原、陈村、何立伟的作品。后任《人民文学》副主编的崔道怡同样是在一大堆来稿中发现李国文和他的处女作《改选》的。他说，这种发现时的快乐"是和作家写完作品最后一个字的心情，完全相同的"。李国文说如果没有崔道怡，也许会勾销他的文学梦，那么，文学史上就不会有一部叫《冬天里的春天》的茅盾文学奖作品了。同样，如果没有杨晓敏，那么就没有《冈底斯的诱惑》。要知道马原的小说是中国文学走向文体自觉的标志，"马原的叙述圈套"带动了一批新生代小说家，他们的名字是：洪峰、余华、格非、苏童……马原在拍摄大型电视片《中国作家梦》时采访了大量的作家、批评家、学者，同时他没有忘记优秀的编辑家。因为文坛接受马原这个人，是从《冈底斯的诱惑》开始的。

四、编辑是文学佳作的催生者

编辑的另一个雅号叫"助产士"，因为如果没有编辑，一部构思好的或已脱稿的作品不能转化为出版物存在于世，精神产品由于缺乏物化过程无法广为流传。编辑的催生作用有两层含义：一是建议或催促作家将构思中的作品写出来；二是对已脱稿的作品提出修改意见或作文字加工。前者最经典的事例是一段现代文学出版史佳话：孙伏园催生《阿Q正传》。鲁迅在《〈阿Q正传〉的成因》中说，阿Q的形象在心中已存多年，但一向无写出来的意思，但是遇到"笑嘻嘻，善于催稿"的孙伏园每星期来一回，一有机会，就是"《阿Q正传》……明天要付排了"，才在"连好好的写字地方也没有"的情况下开始写作。不仅如此，孙伏园还动员周作人做工作，表示"《阿Q正传》似乎有做长之趋势，我极盼望他尽管宽心地写下去，在他集子中成为唯一的长短篇"。可以设想，如果没有孙伏园，名著《阿Q正传》也许不会面世，或者没有今天的思想和艺术内涵。后者的事例不胜枚举。最极端的例子是《高玉宝》《把一切献给党》的出版，编辑从头至尾、逐字逐句大量修改重写，某种意义上说，作者只提供了基本素材和构思框架。龙世辉深度加工《林海雪原》也是很著名的例子。他花了三个月时间，夜以继日地为作品润色、加工，甚至进行了几万字的编改，为此倾注了大量的心血，所以曲波在给龙世辉的赠书上题道，"亲爱的世辉同志：在英雄事迹的基础上，加上了您和我的共同劳动，我们的友谊和它一起诞生"。《沉重的翅膀》的出版，则充分显示了编辑的"助产士"作用。人民文学出版社总编辑韦君宜和资深编辑周达宝了解到张洁熟悉工业部门生活，鼓励她写一部改革题材长篇。张洁听从建议创作了《沉重的翅膀》，小说在《十月》上刊登后，受到有关部门领导的严厉批评，认为有严重政治错误。后经韦君宜、周达宝反复商讨，大量删减议论部分，计划首次出版单行本，但依然没能通过。后张洁在编辑的帮助下，深入生活，全书三分之一篇幅重写。此后，编辑又进行了认真加工，最后出版的修订本荣获"茅盾文学奖"。一部挨批的作品最后改成获大奖的作品，编辑功不可没。张洁对此满怀感激，她用"铁肩担道义"来形容患难与共的编辑。编辑的催生作用，一方面显示了信息灵通的"外功"，另一方面显示了案头工作的"内功"。正如编辑家崔道怡说的："你不是作家，也不是评论家，但你必须懂创作，也懂评论，你还得懂作家本人。"在这方面，《收获》主编李小林和她的同仁们堪称典范。《收获》这本在海内外享有盛誉的权威文学刊物，孕育了无数文学新星和小说名篇。李小林是一位杰出的文学编辑家，对作品有卓越的鉴赏力和理解力。马原说过："任何一位作家遇到这样的编辑都是一种幸运。"格非、余华甚至说："《收获》的意见，理解的要改，不理解的也要改。"这充分表明了作家们对《收获》的深深敬意和高度信任。格非温馨地回忆李小林约他到编辑部谈修改意见以及在文稿中留下的圆圈、横杠、问号或者折叠页，说这些并非文学的记号常常令他感到亲切和心领神会。他说："如果说我从改稿中所学到的东西往往超过创作所得，这也并不是一种夸张之语。"青年作家陈村这么评价《收获》："一部《收获》史，就是一部新时期文学史。"话虽有溢美之嫌，但充分说明了文学编辑和文学刊物在文学史上的作用。是的，作品是属于作家的，但是，编辑用他的智慧和创造力，发掘和升华了作品价值。

五、编辑是文学成果的总结者

　　文学发展到一定阶段，就必须进行回顾和总结工作，这对文学事业的发展有不可忽视的意义。文学的发展就是吸取以往创作经验，开拓创新的结果。而文学成果的总结需要文学理论家，也需要文学编辑。在这方面的大手笔是赵家璧主编的《中国新文学大系》，煌煌十大卷五百万言，荟萃了"五四"文学巨匠鲁迅、胡适、茅盾、郁达夫、朱自清等的作品……一部《中国新文学大系》，是一座新文学史的里程碑，也是新文学出版史的里程碑。总结文学成果有几种方法：一是出版以作家为线索的专集，如长江文艺出版社的"跨世纪文丛"，江苏文艺出版社的"当代中青年著名作家文集"系列；二是以文学思潮为线索的专集，如浙江文艺出版社的"中国当代最新小说文库"，分《新写实小说选》《新历史小说选》《新笔记小说选》《新都市小说选》《新乡土小说选》《新实验小说选》六种；三是以时间为线索的专集，如上海社会科学院出版社的《新小说在1985年》、上海文艺出版社的"小说界文库年选系列"及

《逼近世纪末小说选》。这类图书充分显示了编辑对文学创作的强烈的参与意识和主观能动性。因为，这类图书一般都是编辑先有设想，然后组织作家、评论家通力合作出版的全新图书。上述专集保留了文学创作的真实面貌，为文学史提供了材料和雏形。

六、编辑是文学作品的宣传者

编辑是联结作家、作品和读者之间的桥梁。一方面，编辑是作品的第一个读者，也是作品转化为出版物的主要参与者，因此编辑对出版的作品最熟悉、最钟爱；另一方面，编辑出书的目的是将作家介绍给读者，将优秀的作品推荐给读者，也是让读者分享阅读的激动和快乐，所以宣传文坛新秀和优秀的文学作品是编辑义不容辞的职责。随着社会主义市场经济的发展，出版物的竞争越来越激烈，书刊宣传策划显得尤为重要。当代文学的宣传可以采用包装作者、树立品牌等策略。包装作者在音像界司空见惯，在出版界也方兴未艾。如人民文学出版社包装梁凤仪，通过影视的介入，使其频频亮相，集中轰炸，让"梁凤仪财经小说"席卷全国；中国青年出版社包装周洪，在国内第一次做出"终身签约，作品买断"之举，使周洪的"人生忠告"丛书跻身畅销书行列。树立品牌则是商家的经典招数，春风文艺出版社将它引入图书界，在国内率先注册"布老虎"商标，网罗了王蒙、梁晓声、张抗抗、铁凝等一批著名作家出版"布老虎丛书"。这是一套营销上非常成功的中国当代长篇小说丛书，出一种畅销一种，成了名牌产品。相信随着市场机制的日益完善，书刊业的商业色彩将更加浓厚，商战谋略将越来越别出心裁，编辑的"宣传者"角色分量也会越来越重。

综上所述，一部文学史，是一部作家的创作史，也是一部编辑的奋斗史，没有编辑，也就没有完整的文学史。在中外文学发展史上，曾涌现过一大批优秀的编辑家，最为人传颂的如美国现代杰出的编辑大师麦克斯韦尔·埃瓦茨·珀金斯和萨克斯·康明斯。前者发现和扶植了菲茨杰拉德、海明威、沃尔夫等一批杰出的作家，他的故事为"天才的编辑"作了最好的注解；后者则与尤金·奥尼尔、威廉·福克纳、辛克莱·刘易斯这样的诺贝尔文学奖得主结成了深厚的友谊，以至于作家们纷纷提出一定要由康明斯责编，否则更换出版社的条款，这些故事为编辑的艺术功力和人格光辉作了生动的说明。在中国当代文学出版事业中，同样有众多优秀的编辑家默默地耕耘，"燃烧了自己，照亮了别人"，筑起了共和国文学史和出版史的辉煌：他们中有像韦君宜、龙世辉、黄伊、萧也牧、李清泉、崔道怡这样的老年编辑家；有像李小林、李陀、李子云、周介人、范若丁这样的中年编辑家；也有像朱伟、程永新、安波舜、林建法、白烨这样的青年编辑家。现在，很多学者提出"重写文学史"，其中有一条重要的意见是应该给编辑一席之地。如今，编辑的身影已经逐渐"浮出海面"，幕后"无名英雄"逐渐走向前台，在文学史的篇章里流光溢彩。

（原载《出版研究》1997年第10期，入选《浙江省出版论文选（第四集）》，浙江人民出版社1999年6月版）

编辑室主任的个性色彩与出版社的特色

一

英国著名出版家斯坦利·昂温在《出版概论》一书中指出:"图书出版业带有浓厚的个性色彩。这个特点成了它的一种魅力。也就是说,个性因素是其中最重要的因素。我们已经知道,出版商本身的性格倾向决定了该社出版目录的性质。同样,出版商的性格倾向也对事业的性质造成决定性的影响。"他又说:"主宰了出版业,就能得到自我表现的宝贵机会。"美国大学出版社的领军人物达塔斯·史密斯在《图书出版指南》一书中将编辑的开拓生动地称为"寓思想于图书之中",并指出"能够致力于并胜任编辑开拓的出版者，必须既具有政治家的高度文化素养，又具备商人的远见卓识，这双重才干是不可分割的"。

中国出版业的发展同样说明了这个道理。"立功、立德、立言"是中国文人实现自身价值的途径。"学而优则仕"，文人可以通过政治活动实现自己的抱负，但是也可以通过另一种途径"著书立说"传播自己的思想。孔子建立起来的知识分子学术传统正是通过图书一代一代传下来，并成为中国文人安身立命的根本的。

戊戌变法失败后，中国士大夫向现代知识分子转型。他们怀着"强国梦"，寻求中国的现代化。教育和出版成为中国知识分子实现其人生理想的主要途径。以张元济的商务印书馆为代表的中国出版界，出版了大量的思想启蒙读物，为推动和构建新文化运动发挥了重要作用。满脑子"救国"和"民主"的张元济正是中国现代出版事业的奠基人。

以"政治家的高度文化素养"和"商人的远见卓识"衡量杰出的出版家是很恰当的。对于一般编辑而言，这似乎是一个高不可攀的目标。但是，一个优秀的出版人必须将自己的个性色彩倾注到自己的图书之中。这里说的个性色彩，不仅仅是指出版人的情感特征和气质特征，更是指出版人的兴趣爱好、价值取向、审美观念以及市场洞察力和编辑创造力。

二

出版社的特色，主要通过图书的特色来体现，而图书的特色必须依托选题设计来实现，选题设计则来源于编辑。

编辑是出版工作的中心，是出版社的灵魂和核心。一个出版社是否有特色要看出版人（总编辑、编辑室主任、编辑）是否树立了特色的意识，是否具有创建特色的能力。

在我国新时期出版史中涌现过不少杰出的出版人，他们出色的才能使所在的出版社令人耳目一新，钟叔河先生就是其中极具代表性的一位。

记者出身的钟叔河"右派"平反后于1979年到湖南人民出版社当普通编辑。他埋头苦读史书，并将个人的痛苦与困厄置于中国历史的大悲剧中去理解和探索，以此寄托心灵的孤愤。他走上编辑岗位之时恰逢改革开放万象更新之际，新闻工作者的机敏和学者的厚重，使他在历史和现实之间找到了契合点。他将多年的思想积累凝聚成一套厚重的大书——"走向世界丛书"。丛书中所反映的近代思想家们在中西方文化碰撞中打量世界的先声与改革开放初期人们寻求变革的心灵呐喊产生共鸣，因而在思想界、学术界引起极大的震动。1984年钟叔河先生调任岳麓书社总编辑。从编辑到总编辑，社会地位变了，出版人的身份没有变，钟先生的性格倾向也没有变。岳麓书社用新的方法整理古籍，用新的眼光选印旧书，这依然是钟先生的一贯主张和出版个性的体现。一个名不见经传的小出版社因为印上了钟叔河这位出版人的独特个性而在出版界声誉鹊起。

三

出版社是以编辑工作为中心的，总编辑、编辑室主任、编辑三个层次的选题设计和实施，决定了出版社的图书特色。那么编辑室主任在出版工作中的作用如何体现呢？

新时期以来，随着出版事业的发展，地方出版社从综合性的人民出版社向专业出版社分化，分别成立了人民、教育、文艺、古籍、科技等分工明确的专业出版社。之后，各出版社又按学科、专题甚至某一特定任务划分编辑室。编辑室的细致分工标志着出版社已向更高层次专业化发展，同时对编辑尤其是编辑室主任的专业要求越来越高。难以想象一个不懂外语的人能担任外文编辑室主任，也难以想象一个对文学创作动态一无所知的人能当好当代文学编辑室主任。专业素养成为担任编辑室主任的必要条件。

在出版社的组织结构中，编辑室主任的作用也十分重要。编辑室是出版部门的核心，而编辑室主任是出版工作中的枢纽。作为编辑室主任，他要带领部门编辑做市场调查，组织选题；他要利用社会关系寻找合适的作者，完成组稿工作；他要借助知识积累和工作经验组织编校，精心加工书稿；他要协调出版、发行、财务各部门，实施出版、组织宣传、关注销售情况。在编辑室经济承包的机制下，编辑室主任又变成完成经济指标的"项目经理"，此时他又要变成一个精明的商人。可以说，一个好的编辑室主任可以带动一个出版社。事实上，一个出版社的成败往往由一两个编辑室的好坏决定，一个出版社的图书特色也往往由一两个编辑室的选题设计方向构成，而这些选题正是由几个专业素养丰厚、富有战略眼光和市场洞察力的编辑室主任以及资深编辑设计的。

编辑室主任的个性色彩，主要是通过以下几个方面渗透到图书形象中的：

1.编辑室选题方向定位

编辑室主任是一个编辑室的选题决策人，他决定了编辑室的主要选题方向。编辑室的选题领域应该有一个较为集中和明晰的主攻方向，它建立在编辑室的专业分工以及主任个人专业特长和兴趣爱好的基础上。如果盲目跟风，追求急功近利的"短平快"图书，没有找准编辑室的恰当定位，就难以形成自己的优势。一般来说，编辑室主任都受过长期的专业知识训练并积累了较为丰富的出版实践经验。编辑室主任如果能带领编辑同仁深入地分析本专业的发展现状和趋势，预测未来，并根据读者的需求和市场的变化，激活自己的编辑创造性思维，前瞻性地寻找切入本专业的出版角度，制订相应的中期和长远战略目标与主攻方向，往往能产生独树一帜的选题思路。如原江苏文艺出版社创作室资深编辑叶兆言，南京大学中国现代文学专业研究生毕业，本人又是颇有名气的小说家，所以对中国当代文学的历史和现状十分熟悉，而同社编辑黄小初、鲁羊等也是崭露头角的小说新锐。他们在当代小说领域有得天独厚的优势。在总编辑蔡玉洗的领导下，他们设计了一套"八月丛书"，荟萃了王安忆、朱苏进、苏童等一大批风头正劲的中青年作家小说佳作，在文坛引起强烈的反响。随后他们又推出"当代中青年著名作家文集"系列。随着《苏童文集》《叶兆言文集》《刘震云文集》等十几部文集的推出，出版界和读书界掀起了"文集热"。江苏文艺出版社在地方出版社中以出版当代文学著称，而当代小说又成为该社的主要特色。

2.编辑室作者队伍的建立

出版物是出版者人品的载体，选题更是人格魅力和业务素质的综合体现。如果一个编辑室主任策划的选题不能高屋建瓴、独具匠心，就难以吸引优秀的作者。相反，如果他具有博中有专的知识结构，选题设计中时有大手笔，善于挖掘具有创新意义的选题方向，引导学术潮流，启迪民智，开风气之先，那一流的作者自然会汇聚到他的大旗之下。选题的吸引力是产生作者凝聚力的真正动因。同时，作者与编辑之间又会相互启发、相互促进，不断地完善选题和书稿。可以说，优秀的编辑和卓越的选题，可以广揽杰出人才；而一流作者和高品位的书稿，又可以为出版社带来良好的声誉。这是塑造出版社品牌形象和个性特色的必由之路。

一套优秀的图书往往能团结一批优秀的作者。如浙江文艺出版社理论室在20世纪80年代中期敏锐地发现文坛涌现了一批引人注目的年轻文学评论家，他们便设计了"新人文论"丛书，推出了陈平原、陈思和、王晓明等十几位评论界新秀。他们独具慧眼发掘的"新人"，在90年代初迅速蹿红，不久陆续成了"博导"级研究人员，现在大多成为我国现当代文学的学术带头人。正是这批学者帮助浙江文艺出版社推出了"中国现代经典作家诗文全编精编"系列，浙江文艺出版社因而被专家誉为"中国现代文学出版基地"。一个地方出版社的小小理论室，之所以能在众多同行中脱颖而出并屡屡获奖，正是因为有了这么一批优秀的编辑，挖掘出了一批优秀的作者。

3.编辑室图书特色的张扬

一个编辑室图书特色的形成不是一朝一夕的事，而是在出版过程中逐渐积累和不断强化的结果。图书特色是编辑室群体共同努力的结晶。这是一种出版理念，它渗透到选题设计、作者组织、编辑加工、装帧设计、宣传营销等各个环节之中。浙江文艺出版社将追求高品位精品图书作为出版理念，在编辑身上烙上了很深的印痕。如何将一部书稿制作成精品，成为出版各环节共同的追求。"学者散文"系列的出版便是一个生动的例子。当社长组织到《秋雨散文》书稿时，散文类图书在市场上已是铺天盖地。应该如何体现自己的个性？文编和美编对此都进行了精心的构思。如何在风靡一时的《文化苦旅》上作超越，书稿的编排、封面的设计、印制材料的选择及版式风格的确立便成为个性形成的重要因素。美编为《秋雨散文》设计了特别的字体和字号，这种变体大字为内文版式营造了浑厚、大气的氛围。封面以富有岩画风格的绘画作品为背景，这种表现古代先民拙朴、浑厚趣味的作品具有独特的历史苍凉感，与余秋雨的历史文化散文风格十分契合。那隐约可见的稚拙的类似于象形文字的符号，不正象征着余教授借山水古迹，探寻中国文人在历史人生的苦厄羁旅中艰辛跋涉的脚印吗？此书在读者中引起了轰动，印数累计达30万册。有关编辑以此书为龙头，及时抓住"学者散文"这个图书市场热点，联系了钱钟书、杨绛、费孝通、施蛰存等强大的作者阵容，组织了一套散文丛书，"学者"这一崭新切入口构成了这套丛书的鲜明特色。这是强化图书个性特色的成功范例。

4.编辑室人才的培养和使用

编辑室是一个集体，团队精神尤为重要。在现代出版史上，有许多"同仁刊物"，往往具有鲜明的个性色彩。如《新月》《语丝》《七月》等，这是因为同仁志同道合，他们的艺术趣味和编辑思想非常一致，使刊物独有的编辑构思与格局得到了充分强化，从而刊物的特色也就凸显出来了。对于一个编辑室主任来说，一方面要充分发挥各个编辑的个性特长，另一方面又要使编辑的不同特长凝聚到编辑室的图书个性中，人尽其才，形成合力。如果编辑室是一个课题组，那么编辑室主任就是课题组长。编辑工作是一项专业活动，它有自己独立的一整套工作方法，编辑是需要通过知识和经验的积累才能逐渐成熟的，因此出版业本来就有传、帮、带的传统。有人甚至建议出版社实行"导师制"，由编辑室主任和资深编辑传道授业解惑，以自己的宝贵经验指导新编辑，从而使编辑人才迅速成长。一般来说，围绕编辑室的中长期选题的编辑实践，最利于新编辑的成长。编辑室主任可以针对编辑室的选题方向定位，启发和指导编辑作学术和出版动态研究，了解图书市场和读者心理，调动编辑个人创造力，使编辑的瞬间思想火花演化为一个优秀的选题思路，并完善、凝结到编辑室特色之中。编辑室主任作为老编辑的编辑思维方式及严谨的案头工作作风也是通过指导编辑实践的过程来潜移默化影响年轻编辑的。正是编辑室主任的传、帮、带，才使编辑室图书独特的个性色彩、风格得以传承。事实上,编辑室图书的个性和特色也要靠新老编辑团结合作、持久追求才能真正形成。编辑室主任的领导才能也是在编辑实践中得到施展的。

(原载《出版研究》1999年第10期,入选《浙江省出版论文选(第五集)》,浙江人民出版社2000年8月版)

文学出版：在理想和现实的夹缝中求生存

在大众传播行业中，从经济待遇来看，出版业不仅低于网络媒介、网络游戏、移动通信等新兴行业，也低于电视、广播、报纸、期刊等传统媒体。在出版业中，文学出版人的收入又与从事教材教辅、少儿读物、卡通漫画、渠道包销书和装帧设计的出版从业人员存在相当的差距。文学出版人拿着微薄的薪水，编辑加工的却是"人类灵魂工程师"创作的"代表人类良心"的象牙塔中神圣和高贵的产品。如果没有一点文化理想，恐怕很难在这个艰苦又责任重大的行当中坚守下去。

文学出版人也曾经历过辉煌的年代。20世纪70年代末80年代初，文学图书严重匮乏，一本书动辄印刷十几万、几十万册。新华书店订书是限额的，读者购书要排长队，出版社只愁来不及造货。但是好景不长，1985年以后，电视这一强势媒体逐渐进入千家万户，改变了人们的日常生活，夺走了很多人的业余时间，加上图书品种的大幅度增加，文学图书从卖方市场进入买方市场。尽管20世纪80年代末掀起了武侠、言情小说热，90年代中期文学名著因为装帧设计、印制水平的提高带动了新的销售热点，但这一切都不过是昙花一现，文学出版人的好日子已经一去不复返了。90年代后，文学图书的印量徘徊在5000册左右，这差不多是一种出版物的保本印数。

文学出版的大幅度落潮还与当代文学的日益"边缘化"密切相关。20世纪70年代末80年代初，以《班主任》为先导的"伤痕文学"引起了亿万中国人的共鸣，文学充当了思想解放运动的先驱。那时的作家可谓振臂一呼响应者云集，成为最具影响力的社会明星。然而到了1985年，在作家感叹"文学失去了轰动效应"之后，"寻根文学""先锋小说"相继登台，文学在走向文体自觉的同时，也脱离了与政治、社会的直接联系。大众已不关心文学，作家只好自我标榜"个性化""私人化"，最终被社会"边缘化"了。文学图书也因曲高和寡，大部分只能躺在出版社或书店的仓库里。虽然影视明星出书曾经风光一时，但这些书的畅销与大众的窥秘心理有关，与文学不相干，这反衬出纯文学无人喝彩的尴尬处境。

现实境况虽然这么严峻，文学出版人的精神世界却很充实，有很多可以自得其乐的地方。文学出版人大都有"文化人"的趣味。按照中国文化传统"士农工商"的排序，出版人摸爬滚打的是代表人类文化的方块字，所以是被人尊敬的知识分子。而且文学出版人日常打交道的是当代最具文学创造力的作家，与他们交流感想、切磋技艺。正如美国著名出版家林肯·舒斯特说的："你等于在修一门你愿意付费的终身学习课程，不同的是，你修课的时候不但领薪水，还可以在知识和心灵上得到无法衡量的满足。"让你免费学艺，还有薪水拿，天下有这等好事，你该满足了吧！所以文学出版人的心态一定是很好的。

谈到出版理想，人们大都会搬出中国近代出版业的开拓者张元济，他主持的商务印书馆与蔡元培主持的北京大学比肩而立，成为近代思想文化史上的双子星。美国有个被称为"天才的编辑"的文学出版人麦克斯韦尔·埃瓦茨·珀金斯，愿做"一个蹲在大将军肩头的小矮子"，却激励了一批年轻文学编辑。珀金斯具有独到的判断力和非凡的预见性，能发现新作者，激励作者创作出最佳作品。还有一位楷模是具有细致的文体感和渊博的文学知识的美国编辑家萨克斯·康明斯，尤金·奥尼尔、威廉·福克纳、辛克莱·刘易斯等诺贝尔文学奖得主指定要由他担任作品的责任编辑。两位编辑大师的光辉范例，让多少年轻编辑为之神往。

世界上的天才没有几个，连爱因斯坦这样一位大脑容量超常的科学奇才，也认为天才主要靠的是99%的汗水。我们周围的作家在创作之初大多缺乏自信，经过多年的退稿的磨炼，具有百折不挠精神的人才能真正成为名家。文学编辑应该是充满热情和具有远见卓识的，能从作品中寻找作家不同于常人的微小差别，发现作家的独创性，然后发挥他的才华，直到这位勤奋上进的作者获得成功，成为充分自信的人。此时，编辑这一角色应该尽量让人遗忘。珀金斯说:"公众对编辑的欣赏将逐步破坏读者对作者的信赖,伤害作者的自信心。"对于编辑来说,他生命里最要紧的是作者。

在流行"摘桃子"的时代,这样的出版人真可谓理想主义者。在出版社以利润来考量编辑的今天,出版理想是文学编辑心灵深处的追求,因为只有超越了物质羁绊的心灵才是自由的。但是,经济的重压有时似乎已经让人麻木了,人们为了维持生计辛苦地劳作。在许多文学类出版社无法生存下去的时候,我们欣喜地看到一些实力雄厚的教育类出版社和大学出版社接过了文学出版的大旗。人类需要通过文学来守护自己灵魂深处的爱与尊严,便由出版人通过图书来传承文明,点亮心灵。

(原载《中国编辑》,2005年第1期)

《西湖》琐忆

在华东师范大学读书时，受几位"青年学者"的感染，我们82级几个趣味相投的同学成立了文学理论兴趣小组，我、陈金荣、朱国华、陶军一有时间就聚在一起清谈。我们会去拜访施蛰存、贾植芳、钱谷融等教授，毫无顾忌。陈金荣胆子最大，说是要研究胡风，特地跑到北京胡风家里去了，在胡风家弄了一堆资料回来。

1986年，高松年老师来华东师范大学招人，他与张德林老师熟，也许是老师的推荐，陈金荣被分配到《西湖》杂志社。我本已被分到《新华日报》工作，金华的浙江师范大学把我调剂去读研究生。我的老家在苏州，杭州成了中转站。每次路过杭州，必去延安路的市府综合办公楼十三层《西湖》杂志社去看同学陈金荣，《西湖》杂志社成了我的据点。1989年，我研究生毕业，那年分配异常艰难。我来杭州找工作，陈金荣踩了辆破自行车，载着我跑东跑西。由于朋友的热忱和我的坚韧，再加上浙江师范大学、华东师范大学老师的一封封推荐信——其中也有王晓明老师的信，我终于敲开了浙江文艺出版社的大门。

也许是缘分，两个好朋友，在杭州关系密切的两家文化单位工作，牵线的是华东师范大学和文学梦。

走上工作岗位，很快进入20世纪90年代，我还保留着80年代的文学热情，读了《天才的编辑》《我与兰登书屋》，心仪珀金斯这样的编辑；热衷于说服领导出版苏童、叶兆言、格非这批先锋作家的作品，还联络浙江的一批评论家出版选评本"中国当代最新小说文库"。陈金荣则嗅到了90年代商品经济的气息，他在杂志社大概也有拉广告的任务，听说我老家苏州渭塘的珍珠市场有名，便拉着我去采访那里的企业家，要出传记。蹲点了半个月，最后无功而返。倒是他在富阳老家收获颇丰，记得《西湖》杂志社举办过"'富宾杯'全国文学写作大奖赛"，就是富阳宾馆友情赞助的。每遇这种笔会、颁奖会，陈金荣总是拉我去参加。我又不是《西湖》杂志社的作者，他分明是在"假公济私"，好在《西湖》杂志社的领导也不介意。我反正是单身，乐得与朋友混吃混住，与《西湖》杂志社的朋友也就越混越熟了。

钟高渊老师，因为是社长，有点威严，我不敢多攀谈；高松年老师，因为与华东师范大学老师有交情，显得亲切随和；

嵇亦工军人出身，比我们年长几岁，加上诗人气质，不拘小节，我便认他为老大哥。后来杂志社分来了大学生项东，他手上有一大沓学生时代的习作。我当时在编一套"校园文学丛书"，那年月汪国真的诗正流行校园，于是我将《项东校园散文选》与《汪国真诗选》一起卖，居然也销出了万把本。因为这层关系，我到市府综合办公楼十三层去得更多了。

记得1992年下半年，《西湖》要改刊，"新追求、新感受、新版式、新品味"，走文化类刊物路子，迎合当时的读者口味。在领导的支持下，陈金荣、项东他们弄了几个新栏目，什么"社会大纪实""人生况味""娱乐圈"之类，三天两头往浙江文艺出版社跑。浙江文艺出版社有李庆西、张德强、汪逸芳一班作家，在省内外有一定影响力，也有不少作者人脉。陈金荣从李庆西那里弄了一组《幽默小品》，还让我给他写"作家剪影"。我写了《明星作家风采录》，写的是有关我熟悉的苏童、余华、格非这班人的印象评述。我还帮他辑录《文坛传真》，收集文坛的最新动态，发在改版的刊物上。记得《西湖》在1993年正式改成了文化类的双月刊，封面上是花花绿绿的明星照和各种社会、娱乐纪实的夺人眼球的标题，确实市场化了。因为要扩大市场，陈金荣与企业打交道就更频繁了。一来二去，陈金荣与他的老乡（浙江省家电公司的一位老总）关系密切起来，最后由浙江省家电公司成立了一家广告公司，叫作远方广告公司，陈金荣就调去做总经理了。实际上，改刊后的《西湖》他只做了两期，他走后由项东接替他做编辑部主任。文化时尚化的《西湖》至少延续了两年，到1995年底才重回文学刊物的面目。

远方广告公司在20世纪90年代中期曾红火过一阵子。离开《西湖》杂志社后的陈金荣算是"下了海",在商界起伏浮沉,而我依然固守着出版这一行当。随着项东的调离,我去杂志社的次数更少了。幸好还有人每期给我寄《西湖》,因为年轻时的这份情感,所以我对《西湖》特别珍爱。就这样一晃二十年过去了,如今回想起来,真有"春梦了无痕"的感慨。

(原载《西湖》创刊五十周年纪念专号)

在兰登书屋前留影

每次参加国际书展,我总会寻找兰登书屋的摊位,翻阅书目单、留影。

我的学生时代贯穿了整个20世纪80年代,那是个理想主义色彩浓重的年代。思想解放运动让大量的外国社会科学译著如潮水般涌入,读书成为时尚的生活方式。1989年7月,因为爱书,我走上了出版社的编辑岗位。

1991年三联书店出版的《我与兰登书屋》成了当时青年编辑的"圣经",这本书对我的影响极大。1925年,塞尔夫和唐纳德两个年轻人花了20万美元从贺拉斯·利弗尔莱特手中购得了"现代丛书",从此,"飞奔的少女手持火炬"这一商标成为美国文化界的一面旗帜。"现代丛书"的书目中有当时争议很大的世界文学巨著，如乔伊斯的《尤利西斯》、普鲁斯特的《追忆似水年华》，更有众多后来获得诺贝尔文学奖的美国作家，如尤金·奥尼尔、威廉·福克纳、辛克莱·刘易斯、欧内斯特·海明威……20世纪二三十年代是美国文学辉煌的年代，由于兰登书屋编辑的卓越眼光、编辑与作家之间的亲密合作，产生了很多不朽的图书精品。

著名编辑家萨克斯·康明斯帮助整理尤金·奥尼尔的剧作、修改辛克莱·刘易斯的小说、编辑威廉·福克纳的作品，这些作家后来都获得了诺贝尔文学奖。而作家对编辑的认同就如伯牙子期的相知。尤金·奥尼尔"转会"到兰登书屋的前提条件是必须同时接纳他的编辑萨克斯·康明斯。《星期六文学评论》描绘康明斯是"一位用蓝铅笔一挥，就能使光秃秃的岩石冒出香槟酒来"的编辑。他编辑并作序的《尤金·奥尼尔剧作选》《献给爱米丽的一朵玫瑰花》，是现在家喻户晓的世界名著。作家给编辑的一封封信能够说明这些名著是如何最后定稿的，其中有编辑的智慧和汗水。康明斯说过，印在纸上的文字是一种有生命的、神圣的东西。最让人惊讶的是，热爱文学的兰登书屋编辑托妮·莫里森，本人也成了诺贝尔文学奖获得者。

兰登书屋的英文名为 Random House，意为"随意出版社"。老板贝内特·塞尔夫自信阳光、幽默乐观，处处散发着一个自由出版人的人格魅力，他希望自己的墓志铭是："每当他走进房间，人们总是因为他的到来而快乐。"兰登书屋，现代出版与知识分子人文精神的家园。

2006年7月，我从兰登书屋引进了《我的生活——海伦·凯勒自传》。盲人海伦·凯勒的故事伴随并激励了几代中国年轻人的成长。兰登书屋早在1902年就取得了该书的版权并授予了我们在中国大陆出版中文简体字版的专有翻译、印刷、出版权。之前以《假如给我三天光明》为书名的出版物均未获得作者授权。为此，《出版商务周报》《文汇读书周报》等对这起重大侵权事件进行了详细的调查和报道。我与兰登书屋驻中国首席代表章彦先生有过多次交流，并一起提醒相关出版社立即停止侵权行为：根据作者去世后50年保护期的规定，海伦·凯勒自传在中国的著作权有效期应到2018年。因为一本名著的出版，我与兰登书屋走得更近了。

与中国出版业一样，受集团化浪潮影响，兰登书屋近年的命运颇为坎坷。安德烈·希夫林在其《出版业》中提到，兰登书屋被纽豪斯传媒集团收购后不久，曾倡言"像兰登书屋这种大出版社，就应该在美国及世界舞台上担负起相应的社会责任"的杰出出版人伯恩斯坦便被意大利银行家出身的维塔尔代替了。后者入主兰登书屋后，迅速调整经营思路，要求所属出版社出版的每一本书都必须盈利，因此兰登书屋出版了很多低俗无聊的作品。然而这种经营导向并没有给兰登书屋带来多少好处，事与愿违，1997年，兰登书屋的利润率仅为0.1%，一年后，沮丧的纽豪斯把兰登书屋卖给了德国贝塔斯曼集团。

兰登书屋的故事说明，完全商业化的模式不是出版业的济世良方，并不能使出版业走得更长远，出版业的安身立命之本是文化，而且永远都是文化。

贝内特·塞尔夫和那个时代的兰登书屋，出版人生命中的美妙精彩莫过于此。

（原载《我们，是我们——纪念浙江摄影出版社成立25周年》，浙江摄影出版社2009年9月版）

文学史是文学创新的历史
——"中国当代最新小说文库"出版说明

近年来,我国文坛出现了一大批富有创新意识的小说,无论是思想内容、艺术形式,还是审美观念,与前几年的作品相比,都别有洞天,体现了小说艺术的深层变革。基于这个创作背景,我们选编了这套"中国当代最新小说文库",时间上以镌刻着小说观念深刻变革的1985年为分水岭,根据近年小说的创作现象,分为《新写实小说选》《新笔记小说选》《新实验小说选》《新历史小说选》《新乡土小说选》《新都市小说选》六种。

一部文学史,就是文学创新的历史。小说创作,从某种意义上说,就是对"新"的终极追求。尤其在我国当前改革开放的大背景下，墨守成规、故步自封，甚至守旧倒退，都是与时代的要求不相符的。改革开放需要探索与创新，文学创作亦然。我们推出当代小说的"新"字系列，其目的也是呼应时代精神，鼓励文学创作的积极探索，并为当代小说的新发展提供一个大致的清晰而生动的轮廓。

由于近年小说创作形态的多样性与复杂性，这套丛书的选编，也力图切合小说创作实际，不作创作思潮或流派的生硬划分。我们认为，外国的创作思潮和小说流派诚然对我国当代小说产生了不可忽视的影响，我国当代小说中亦确实出现过一批模仿、学习、借鉴国外创作方法的作品。但外国的创作思潮并不简单地等同于我国当代的小说思潮，所以，用国外的一些创作方法，诸如"黑色幽默""魔幻现实主义""新小说"等来套当代中国小说无疑是牵强的。同时，我们亦尽力避免用流派的角度去规范当代的小说创作。虽然流派在当代中国文坛还是存在的，但更普遍的情况是，一些创作方法、审美意识、艺术追求基本相似的作家、作品，常是松散而不自觉的集合，从一个角度看，他们有许多共同点，但换个角度看，他们作为流派的一些重要特征又消失了。应该承认，当代小说中的某些群体性倾向与发育完全的流派之间尚有着一段距离。因此，我们只从当前小说创作的一些现象出发，作大致的归类划分。这并不意味着其中有多么严密的科学性。我们认为，这样做，可能更符合当前中国小说创作的实际。正因为这样，该系列图书中的有些作家出现了交叉现象，也是在所难免的。

为更全面地体现近年小说的基本情况，我们在每种选集前都安排了一篇由相应编者撰写的导论，系统论述这一创作现象；每篇作品之后都附有短评，便于读者加深对作品的理解。此外，我们还在书后附上了作品要目，便于文学爱好者与研究者查阅。我们希望这套"新"系列，既是近年小说创作现象的展示，又能作为扎实而丰富的小说创作、发展的资料，起到一定的参考作用。

（原载《新写实小说选》，浙江文艺出版社1993年2月版）

诗是心灵智慧的产物
——《中外儿童诗精选》编后记

诗是心灵智慧的产物，是文学的最原始、最永恒的艺术样式，而儿童诗（尤其是儿童自己写的诗）在天真无邪的感悟、无拘无束的想象、率真稚拙的语言中更能体现人类原初的生命冲动和灵性激荡。

儿童有着异常敏锐的感知能力和奇特丰富的想象能力，这对于习惯用实用标准来观察、衡量事物的成人来说是难以企及的，而这恰恰是儿童诗的诗质所在。因此，可以这么说，儿童诗是诗人通过儿童纯真的眼光和新奇的想象，把成人习以为常的现实生活和外界事物童心化、诗意化的产物。

这本小书就是上述观念的体现，在选编过程中以儿童独特的知、情、行、意为准绳，同时兼顾到诗的美的质素。换言之，它是"儿童"的，同时又是"诗"的。

因此，编者一方面将小诗人的佳作收录进来，另一方面将那些成人缅怀自己童年感受或以客观第三人称观察儿童生活创作的儿童诗（这些诗占儿童文学教材的一大半）排除在外。

正是由于抱着上述宗旨，在选编过程中，编者遇到重重困难：如无法顾及名家、资料缺乏（尤其引进的外国儿童诗极少，并且大都零星发表在报刊上，于是只能大海捞针，偶遇一首，如获珍宝）。由此，编者常为小读者悲哀：对儿童诗不重视，大概古今中外一贯如此的罢！

然而，编者在我国台湾地区儿童诗中获得了鼓舞。自20世纪50年代初杨唤苦心播下儿童诗种子之后，到70年代末，指导儿童写诗成为全社会的活动，优秀的儿童小诗人常常受到嘉奖，所以我国台湾地区儿童诗的水平普遍较高。当然，选录进诗集的也就多一些。

后来，编者欣喜地发现指导儿童写诗的活动在大陆不少地方也有开展。如四川省太平镇小学的年轻老师邱易东指导小学生写诗，成绩显著。该校编印的儿童诗集《绿树叶·红树叶》中的作品，其诗味和水平也不亚于台湾地区的小学生的作品。从而更使人相信，每个孩子身上都有"诗的灵魂"，只要认真引导，他们都可以成为诗人。这种活动既可以激发孩子的创造天性，又可以引领他们进入真善美的理想境界，实在是一件功德无量的事。

这本小书，由于受编者水平和手头资料的局限，难免有挂一漏万之处，只能作为初步的尝试，权当抛砖引玉吧，并因此求教于小读者与方家。

（原载《中外儿童诗精选》，浙江文艺出版社1990年11月版）

出版人的文化追求
——《浙江省出版论文选（2019—2020）》编后记

20世纪八九十年代，出版社的自我定位是"文化学术单位"，老编辑中不乏学者、作家、翻译家，是既编书又写作的"作者型编辑"，"学术"和"文化"是出版的底色。21世纪以来，在出版产业化、规模化、资本化的浪潮中，在传统媒体受网络浅阅读冲击的情形下，作为低成长性的微利行业，拿着微薄薪水的出版人多少要有点"文化理想"。中华书局创始人陆费逵先生的一句话，不断地被人引用："我们希望国家社会进步，不能不希望教育进步；我们希望教育进步，不能不希望书业进步。我们书业虽然是较小的行业，但是与国家社会的关系却比任何行业大些。"我们一方面困惑于行业规模小、利润低，另一方面又深感肩负的责任重大：文字和书籍让人类的文明得以保存和传播。对于一个国家、一个民族来说，文化始终是血脉和纽带，铭刻着一个民族的集体记忆，出版人的使命崇高而光荣。出版是"内容"产业，也是"创意"产业。一本优秀图书的出版，凝聚了出版人的智慧和创造力，这种劳动的付出体现在选题策划、组稿、版权争取等上游，编辑加工、装帧设计、印制等中游，以及宣传文案、营销推广等下游各个环节。

本书为2019年度、2020年度的浙江省优秀出版论文的合集，收入本书的53篇论文是从127篇提交论文中评选出来的。我们欣喜地看到，浙江出版界的年轻一代，探索和总结出版工作实践的写作热情日益高涨，体现在投稿数量逐年上升、论文质量明显提高等方面。浙江出版新一代秉承浙江出版"出书、出人、走正路"的光荣传统，深耕出版主业，把出版实践中的思考提炼深化，上升为理论研究成果。

这53篇论文涉及编、印、发各环节，涉及主题出版、重点出版、品牌出版、数字出版、"走出去"、装帧设计、市场营销等各方面，作者在各自的专业领域展露各自的才华，弘扬时代主旋律，拥抱科技新变化，拓展出版新边界，打造精品力作，展现了浙江出版人"出好书"的初心使命。本书根据内容分成几个板块编排，以下按内容分类，挂一漏万，说说编后印象。

今年最突出的亮点，在于不少论文关注宏观、中观的话题。《助推优秀重大项目　助力浙版品牌建设："十三五"时期浙版传媒国家出版基金项目综述》通过梳理项目载体、学科分布、资助金额,以翔实的数据分析入选项目的结构,总结入选项目的特点、产生的社会影响、对浙版品牌建设的重要作用。以数据来分析、推演,得出结论,真实可信,指导性强。《新时代主题出版创新的现实观察与实践思考》既着眼于宏观趋势观察分析,又立足于创新实践建策,文章以近几年重点主题出版选题目录数据分析为基础,寻找主题出版既有口碑又有市场的途径。

选题策划、组稿、编辑加工、与作者沟通的综合能力,日本学者鹫尾贤也称之为"编辑力"。获奖的论文中,涉及编辑力的数量最多,也不乏佳作。如《文学编辑素质的养成:以几则文学史料为考察对象》,以编稿中遇到的案例,剖析现当代名家名作中的知识性差错,不因名家而畏惧,从不疑处存疑,下笨功夫核查文献,拿出确凿证据纠正原文疏漏。要练就一双编辑的"火眼金睛",必须提升自身的知识储备和对差错的敏感性。《〈陶庵梦忆〉版本流传考》是版本学领域的论文,学术分量较重,在"闽浙鄂苏沪赣五省一市出版理论研讨会"上报告,得到很好的反响。作者研究和整理出版张岱作品多年,曾发现《沈复灿钞本琅嬛文集》。此文对《陶庵梦忆》版本流传所作的梳理,不少是前人未触及或论而未详的问题。嗜书、寻书、藏书、编书、出书,是中国出版家的优良传统,如张元济辑校整理《百衲本二十四史》,留下的校勘札记《校史随笔》,体现了出版人维系中华文化命脉的眼光、胸怀和毅力。从这篇论文中我们看到了年轻一代编辑的传承和成长。

图书质量管理,是精品出版的生命线,我们在强调图书的思想内核、学术价值、文化品位时，最不能忽视的便是图书质量。近几年图书编校质量形势不容乐观：出版规模增大、编辑发稿量超负荷；优质作者缺乏，打磨书稿时间不够；编辑专业分工不清，追逐市场热点；管理制度不到位，编校队伍流动性大。如何将精品意识贯穿出版各个环节，抓好全程质量管理，是业内人士需要反思的。《新手编校人员培养的实践与思考》立足于人才是企业核心资产的企业价值观，谈的是让人才"安其岗、得其所、留得下"，放到出版实践中动态地看问题，聚焦长远发展，提升职业素养，促成良性循环。《核红探微》谈的是编校过程中看似微不足道的一道工序，细品则门道不少，作者是精于此道者，文章将"核红"技术层面写得极为细密周到。有道是"天下难事，必作于易；天下大事，必作于细"，见微知著，牵一发而动全身。核红，可见编校排版人员的工作态度、职业素养；帮助资深编辑核红，能够非常直观、详细地了解编辑改稿要改什么、怎么改，是提升编校技能的一条捷径。文章从小切口见大问题，讲实操技法又上升到理论高度。

5G时代已然来临，数字出版又到了剧烈变革的时代关口，数字出版成为提升精品出版能力的助推器，突如其来的新冠疫情又倒逼出版业转型升级。《数字出版时代的传统图书转型》《浅谈全媒体时代下的"立方书"发展之路》《浅谈数字化时代传统图书出版的转型升级》等，都在谈在数字化时代，如何让传统图书不断提升自身价值和创造品牌，如何通过数字化产品的开发，探索网络营销、知识付费、全媒体供给的途径。国际出版方面，既有总结介绍"走出去"案例的，又有分析国家

"走出去"重点工程的。《刷新"走出去"模式，同步出版正当时》，介绍搭建海外出版平台，实现国际同步出版的案例。《丝路书香工程的引领作用及其对出版单位"走出去"的启示》《"走出去"项目申报之"经典中国国际出版工程"》则对国家"走出去"重点工程的入选项目进行数据分析，分析导向变化和申报策略。

　　装帧设计类论文只有两篇，其中一篇由文编撰写，论题是《解构主义设计在图书装帧中的视觉语境表达》。解构主义设计风格来自西方，论文的案例是中国古代建筑类图书《独喜·建筑》，将古典建筑图稿与现代艺术思想相融合，用年轻人的语言诠释古老文化赋予现代的美感，在碰撞中产生创意、产生设计感。市场营销类论文，关注短视频和直播营销、微信公众号运营等热点话题。疫情之下，视频直播已经成为新的图书销售渠道，传统出版人转型成短视频玩家。《浅谈出版行业的短视频和直播营销》通过几个营销案例分析，提供了策略和建议。古旧书与二手书是出版业一个比较特殊的板块，曾经鱼龙混杂，近年来，诸如"多抓鱼""回流鱼""漫游鲸"等更加年轻化的二手书交易平台涌现。《图书二手交易新模式背后的经济学妙义》思考的起点是：消费者不再狂热购书的原因是什么？从"多抓鱼"的经营理念和算法中得出的启示是：传统出版业需要向科技借力，了解用户的阅读兴趣和心理诉求；图书成本不仅仅是购一本书的价钱，还有仓储成本、运输成本，减轻用户的担忧，降低购书的成本，才是取胜之道。

　　除了上面提到的论文，其他作者所写，大多源于实践，有感而发，不乏真知灼见，限于篇幅不再展开点评。回到上面说到的"文化追求"。出版业的特殊性，决定着"文化是目的，经济是手段"。出版业是传承和传播文化的主阵地，出好书，用好书武装人、引导人、塑造人、鼓舞人是出版人的责任和使命。浙江是中华文化发源地之一，文渊悠久、文脉深广、文气充沛。浙江文献在中国文化学术系统中有很强的代表性、经典性，出版业开拓者张元济、陆费逵等都来自浙江。底蕴深厚的浙江文化资源是我们的宝库，出版又是"功在当代，利在千秋"的事业。"风劲潮涌，自当扬帆破浪；任重道远，更需策马扬鞭。"高质量发展建设共同富裕示范区，文化既是衡量标准，也是显著标志，打造新时代文化高地，是时代赋予浙江出版人的光荣使命。朝着目标奋进，我们一直在路上！

（原载《浙江省出版论文选（2019—2020）》，
浙江人民出版社2021年6月版）

散文是高难度的写作

散文是国粹，从先秦诸子、唐宋八大家、明竟陵公安到清桐城，传承有序。《诗经》的意象、唐诗的丰腴、宋词的韵律、明清小品的清雅，中国语言文字的美，都会体现在散文中，所以散文的语言，十分讲究。散文又是对人类生存经验的艺术表达，人生阅历很重要。二十来岁的作者，写虚构的小说还行，写散文，道行就太浅，因为散文展示的是自己的人生态度、情感情怀、处世原则。

散文易写而难工，是个精细活。余光中先生在浙江文艺出版社出版的《余光中散文》的"自序"中做了一个形象的比喻："譬如选美，散文所穿的是泳装。散文家无所依凭，只有凭自己的本色。"小说用故事来写，评论用观点来写，诗歌讲韵律，散文则要文史哲打通来写。小说、诗歌有技巧成分，用力的方式比较间接，所以实力几何，不易一目了然，而散文无章可循，全凭功力和本色。

浙江文艺出版社近年出版了"名家散文典藏"书系51种，在世界华语文学的平台上重构散文出版新天地，荟萃了大陆、港台及海外散文名家的作品。我们的宗旨是：传递汉语言文字的美，体悟中国人的精神世界。央视的《朗读者》节目中，首位朗读者濮存昕深情朗读了老舍先生的散文名篇《宗月大师》，其手执的读本，正是书系之一《可喜的寂寞——老舍散文》。

从这套书系的销售情况看，现代好于当代，当代之中台湾地区好于大陆。现代作家受过文言文的训练，古文功底好，而郁达夫、沈从文有中国文人士大夫的气息，自然能写出好散文。台湾地区作家重视中华传统文化传承。琦君是夏承焘的得意女弟子，诗词造诣极高。她从古典文学、新文学及外国文学佳作中汲取精华，同学称她为"国文大将"。余光中先生作文讲究炼词炼句是出了名的。张晓风的散文"能看见唐诗宋词的清风摇曳，元曲清史的红烛高照"。

散文是高难度的写作，综观散文中的名篇佳作，多是语言功夫好、情感控制得体、文章结构谨严之作。如杨绛、季羡林、汪曾祺等大家，看似行文平易，字词朴拙，情感却蕴于内，字里行间有独特的人生体悟，这才能让人久久回味。

（2017年4月8日，在《2016浙江散文精选》首发式上的发言）

出版需要创意更需要传承文明

一

文化创意产业是指以创作、创造、创新为根本手段,以文化内容和创意成果为核心价值,以知识产权实现或消费为交易特征,为社会公众提供文化体验的具有内在联系的行业集群。文化创意产业以生产精神产品为主,是传播知识和先进文化,满足人民精神文化需求,陶冶情操,美化生活,提高民族文化素质的主要载体。

党的十七届六中全会通过了《中共中央关于深化文化体制改革、推动社会主义文化大发展大繁荣若干重大问题的决定》,

提出要加快发展文化产业，推动文化产业成为国民经济支柱性产业，标志着我国文化创意产业发展进入了一个新的历史时期。"文化大发展大繁荣""文化软实力"和"文化生产力"等观念得到了空前的强化，为文化创意产业繁荣发展提供了强大的政策动力。在国家意志的推动下，中国的文化产业迎来了前所未有的历史发展机遇。2010年，中国文化产业增加值达到11052亿元，占GDP的比重为2.75%。2013年，我国文化产业增加值为21351亿元，占GDP的比重为3.63%。不过，要成为支柱产业，要占到GDP总量的5%，文化产业还需进一步发展。

出版是文化创意产业的组成部分，是文化产业中历史最为悠久的行业之一。文化产业包括四个平台，即文字、图片、声音、视频。自从有文字以后，中国的出版就发展起来了。古代人们最早采用金文、石刻和在竹简上抄写、刻绘的方式进行记录，这就是原始的出版。正式的出版是随着造纸术和印刷术的改进而盛行的。现代出版主要指对以图书、报刊、音像、电子、网络等媒体承载的内容进行编辑、复制、发行的过程。

出版之所以是创意产业，是因为创意是出版的核心，包括选题创意、编辑含量、装帧设计、营销创新，等等。优秀的出版者往往能通过选题创意，启发或物色理想的作者，使出色的创意变成优秀的出版物；优秀的编辑还能从许多作品中发现有价值的作品使之得到传播，编辑的鉴赏力和判断力同样是综合能力的体现。编辑含量又叫编辑附加值，优秀的编辑能从作品中发现亮点并将之放大，协同作者丰富和完善这些闪光处，或帮助作者把隐藏在作品中的创新内涵彰显出来。装帧设计是通过对作品的深刻理解，找到最适合展示其内容特点的形式，并让读者从中感悟内容。营销创新就是用最合适的方式营造良好的氛围激起读者的购买欲望。编辑是作者与读者之间的桥梁，出版者是通过自己的聪明才智，在出版的各个环节体现自己的创造力的。

进入21世纪以后，科学技术创新和新媒体传播方式的革命对出版的影响越来越大，利用数字技术进行内容编辑加工，并通过网络传播数字内容产品的新型出版方式形成新的业态。数字出版主要包括电子图书、数字报纸、数字期刊、网络原创文学、网络教育出版物、网络地图、数字音乐、网络动漫、网络游戏、数据库出版物、手机出版物等形态。数字出版产品的传播途径主要包括有线互联网、无线通信网和卫星网络等，由于数字出版具有存储量大、搜索便捷、传输快速、互动性强、环保低碳等特点，已经成为出版业的战略性新兴产业和出版业发展的主要方向。2010年8月16日，原国家新闻出版总署出台了《关于加快我国数字出版产业发展的若干意见》，推进出版业升级。之后几年，数字出版产业规模不断扩大，数字出版产品形态日益丰富，数字阅读消费需求日益旺盛，促使传统出版企业加快向数字出版转型的步伐。伴随着中国经济步入新常态，传统出版与新兴出版融合发展态势初步形成，产业科技应用水平不断提高，跨界合作日益增多。中国数字出版产业已进入了一个高速发展的通道。据统计，2014年我国数字出版产业总收入已突破3000亿元大关，达到3168.4亿元，与2013年相比增长24.7%。

二

出版是一种创意产业,更是传承文明的主要途径。人类社会能够不断地发展,而且一个时期比一个时期进步,就是建立在不断积累前人经验的基础上的,而图书就是前人经验的记载物。同时,图书是文明传播的媒介,各民族文明的交流和融合离不开图书。正如赫尔岑所说的:"书是和人类一起成长起来的,一切震撼智慧的学说,一切打动心灵的热情,都在书里结晶成形;在书本中记述了人类狂激生活的宏大规模的自白,记述了叫作世界史的宏伟的自传。"书籍照亮了人类进步的行程,书籍为人类所作的贡献和具有的重大意义是无法估量的。一方面,出版业层出不穷的出版创意不断地为人类的精神财富添砖加瓦;另一方面,出版物的传播又大大地推进了人类创新活动的发展。

中国传统有"三不朽":"立功""立德""立言"。出版属于"立言",做的是不朽之伟业。孔子是伟大的教育家,他直接教授的学生真正弘扬儒学者寥寥,但他教育学生的言论通过图书形式保留下来,一代一代地传下来,成为知识分子安身立命的根本,成为中华民族的文化原始码。中国近代出版业的开拓者张元济,他跟蔡元培一样,都是清末的翰林,蔡元培是教育启蒙者,他是出版启蒙者。他主持的商务印书馆与蔡元培主持的北京大学比肩而立,成为近代思想文化史上的双子星。张元济从事出版不是单纯为了出书,而是办一个旨在提高全民族素质的"大学校"。20世纪开始,许多杰出的知识分子都是集学问、教育、出版于一身的，同时为中国现代文化事业拓荒。北大教授陈独秀不但上课，而且创办《新青年》传播新思想，还成为中国共产党创始人之一。《新青年》是全国新文化运动的中心。教书和版税收入是20世纪二三十年代许多知识分子的主要经济来源，知识分子可以通过自己的著述而获得生存保障，所以那个年代中国知识分子是充满独立性的。叶圣陶、夏丏尊等人在开明书店编教科书，不但保障了他们的基本生活条件，而且在编辑出版中贯穿了他们的人格理想，他们编的国小课本，现在还有重印价值。书比人长寿，做出版是多么幸福的事。

三

在纸质媒体占主导地位的时代，中国出版业的发展也是让人瞩目的。出版业曾经历过供不应求的黄金时代，如20世纪70年代末80年代初，图书严重匮乏，一本书动辄印刷十几万、几十万册。新华书店订书是限额的，读者购书要排长队，出版社只愁来不及造货。然而，20世纪90年代热门的电视媒体以及21世纪初兴起的互联网很快取代纸质媒体，电视和互联网成为强势媒体。网络时代的来临，极大地改变了人们的阅读习惯，1980年之后出生的年轻人的语言使用和阅读习惯都发生了很大变化，网络的浅阅读日益取代了纸质书深阅读的模式，纸质图书的阅读率持续下降。

2009年12月29日，全球最大的图书零售商亚马逊在其官方网站上发布消息称，根据12月25日圣诞节当天的统计数据，该网站的电子图书销售量首次超过传统印刷书籍。中央电视台在播报这条新闻时提出疑问："这一天会成为人类阅读方式革命的里程碑吗？"纸质图书的美好时代离我们越来越远。相关数据显示，过去十年中，全国有一半的民营实体书店倒闭。下游发行的出口受到打击，自然影响到上游的出版商，出版社也出现了"出版的红旗能打多久"的疑问。在科技的嬗变已经超乎我们想象的年代，任何旧事物的式微或者畸变，都不足为奇。

互联网和数字出版只是取代了传统出版的阅读形式，这是传播形式的革命，但是图书的内容是永恒的，因为人类文明的精华储存在图书中。书业作为内容产业，"内容为王"的特征前所未有地得到了强化。因为，在娱乐化、商业化的时代，书业只有在内容生产上显示自己的独特价值，才能立足于不败之地。这就对出版人提出了更高的要求。

出版是"内容"产业，也是"创意"产业。出版人是文化人，要有自己的文化理想。出版人的兴趣爱好、价值取向、审美观念和编辑创造力，成为编辑最具个性色彩的附加值。如果出版人具有博中有专的知识结构，选题设计时有大手笔，善于挖掘具有创新意义的选题方向，开风气之先，那一流的作者自然会汇聚到他的大旗下。选题创新的吸引力是产生作者凝聚力的真正动因。出版物其实是出版者人品的载体，选题更是人格魅力和业务素质的综合体现。在当今浮躁的时代，出版人应摒除噪声，寻找真正有价值的"内容"，多出版体现人文关怀、提升精神境界的作品，将我们这个时代的思想精华通过图书保留下来。

文艺是铸造灵魂的工程，文艺工作者是灵魂的工程师。好的文艺作品就应该像晴天时的阳光、春季里的清风一样，能够启迪思想、温润心灵、陶冶人生，能够扫除颓废萎靡之风。要把多出优秀作品作为文艺出版工作的中心环节，作为文艺出版工作者的立身之本。出版社应更好地担当历史文化责任，为传承弘扬中华文化和服务引导人民大众阅读奉献更多优秀出版物。仅仅经营产品的企业，能活得长久的不多，因为产品更新换代太快，淘汰率高；而出版社把传承文明作为己任，成为没有围墙的大学，传播的是思想和精神，那一定能活得长长久久！

（2015年8月26日，清华大学继续教育培训结业论文）

中宣部"五个一工程"奖评选图书类（1991—2022）综述

一、"五个一工程"奖的基本情况

（一）历史来源

"五个一工程"奖是党中央倡导、中共中央宣传部（中宣部）组织实施的精神产品生产的重点工程。优秀的精神产品，是一个国家、一个时代精神文明水平的重要反映。改革开放以来，思想解放，精神振奋，队伍壮大，优秀的作品数量之多、题材之丰富、形式之多样，都是前所未有的。为了进一步弘扬主旋律，把更多更好的精神食粮贡献给人民，以一大批优秀的精神产品团结人民、鼓舞人民,与时代和人民的要求相适应,"五个一工程"奖的组织评选应运而生。

"五个一工程"奖是1991年1月由中宣部提出并开始组织实施的一项精神文明产品建设工程。中宣部在《1991年宣传工作要点》中提出,各省、自治区、直辖市党委宣传部,要像经济部门抓物质生产重点工程建设一样,有计划、有重点地组织精神产品生产工程。1991年3月1日,中宣部、文化部、广播电影电视部联合发出《关于当前繁荣文艺创作的意见》,指出"要像抓重点建设工程那样,集中力量有计划、有重点地组织文化艺术产品的生产""拿出质量上乘的一本好书、一台好戏、一部优秀影片或电视剧、一篇或几篇有创见有说服力的文艺理论文章",这就是我们熟悉的"五个一工程"。

1991年7月1日,江泽民同志在庆祝中国共产党成立70周年大会的讲话中首次提出"反映社会主义时代精神应该成为主旋律"。1992年邓小平同志视察南方的重要谈话发表和中国共产党第十四次全国代表大会的召开,标志着我国改革开放和社会主义现代化建设进入了一个新阶段。深化改革,扩大开放,发展社会主义市场经济,为文艺事业注入了新的活力。与此同时,党中央对文艺发展给予了高度重视,并寄予厚望。1994年1月24日,江泽民同志在全国宣传思想工作会议上提出"弘扬主旋律、提倡多样化"的宣传思想工作方针,指出弘扬主旋律,就是要在建设有中国特色社会主义的理论和党的基本路线指导下,大力倡导一切有利于发扬爱国主义、集体主义、社会主义的思想和精神,大力倡导一切有利于改革开放和现代化建设的思想和精神,大力倡导一切有利于民族团结、社会进步、人民幸福的思想和精神，大力倡导一切用诚实劳动争取美好生活的思想和精神。他在会议上强调，宣传思想工作要以科学的理论武装人，以正确的舆论引导人，以高尚的精神塑造人，以优秀的作品鼓舞人，不断培养和造就一代又一代有理想、有道德、有文化、有纪律的社会主义新人，在建设有中国特色社会主义的伟大事业中发挥有力的思想保证和舆论支持作用。1995年1月16日至21日，全国宣传部长会议召开。19日，江泽民同志与出席会议的同志座谈，强调要重点抓好长篇小说、儿童文艺和影视文艺（简称"三大件"）的创作，长篇小说为"三大件"之首。1995年7月25日，由中宣部和中国作家协会联合主办的全国文学创作工作会议在长沙召开，会议强调把繁荣文艺的"三大件"落到实处。1995年10月25日，中宣部关于落实江泽民同志繁荣电影、长篇小说、少儿文艺作品的指示汇报座谈会在上海举行，提出要把"三大件"创作和生产放在特别重要的位置，注意抓好制定规划、突出重点、加强引导、加强协作四个环节，并加大对精品的宣传力度，尽快拿出一批高质量作品。1996年4月，中宣部出版局和新闻出版署图书司在福州联合召开繁荣长篇小说出版专题研讨会，人民文学出版社、作家出版社、解放军文艺出版社、上海文艺出版社、北京十月文艺出版社、百花文艺出版社、浙江文艺出版社等12家文艺专业出版社的负责人围绕"在多出优秀长篇小说的工作中，出版社能做什么"这一专题进行了探讨。

1996年12月，中国文学艺术界联合会第六次全国代表大会、中国作家协会第五次全国代表大会在北京召开。江泽民同志作重要讲话，指出："一个伟大民族的过去、现在和未来，都会有文艺的发展和繁荣相伴随。文艺是民族精神的火炬，是人民奋进的号角。"1997年1月，《中共中央关于进一步做好文艺工作的若干意见》中指出："精神文明建设'五个一工程'，是弘扬主旋律、推动优秀作品生产的重点工程。各地区、各部门要加强规划，精心组织，提高质量，多出精品，更好地发挥这一工程在精神产品生产中的示范作用。"

1991年起，中宣部借鉴工程建设的方法，确定电影、电视、戏剧、图书、理论文章为精神文明工程项目，要求每个组织单位力争每年拿出一部好电影、一部好电视剧（片）、一台好戏、一本好书、一篇或几篇有创见有说服力的理论文章，称为"五个一工程"。从第五届（1996年评出）起，又增加了一首好歌、一部好广播剧，实际已为"七个一"，但由于"五个一工程"的说法已为人们所熟悉、所接受，就没有再改变这一名称。第七届（1999年评出）又增加了"理论文献电视专题片"，评选内容扩展为8项。2005年《全国性文艺新闻出版评奖整改总体方案》出台后，"五个一工程"由理论文章、理论文献片、图书、电影、电视剧（片）、戏剧、歌曲、广播剧8项整改缩减为电影、电视剧（片）、戏剧、歌曲、文艺类图书5项，去除了理论文章、理论文献片、广播剧。第十届（2007年评出）在5项外保留了广播剧，评出电影、电视剧、戏剧、歌曲、广播剧、文艺类图书6项。第十一届（2009年评出）又增设"动画片"，共7项，分别为电影、电视剧、动画片、戏剧、歌曲、广播剧、文艺类图书。第十三届（2014年评出）又增加了电视纪录片，评出电影、电视剧、戏剧、动画片、电视纪录片、广播剧、歌曲、图书，共8项。2015年，《关于全国性文艺评奖制度改革的意见》出台，压缩全国性文艺评奖的奖项和数量。第十四届（2017年评出），又回到电影、电视剧（含电视纪录片、电视动画片）、戏剧、广播剧、歌曲、图书，共6项，一直延续到第十五届（2019年评出）、第十六届（2022年评出）。目前参与评选的精神文明建设工程项目为电影、电视剧、戏剧、广播剧、歌曲、图书，共6项。

（二）评奖原则

"五个一工程"奖的评奖原则有两点。第一，坚持标准，质量第一。要努力创作出思想性、艺术性、观赏性完全统一，深受群众欢迎，并能经受历史检验的优秀作品；要努力创作出思想精深、艺术精湛、制作精良，具有强烈吸引力、感染力的优秀作品。第二，注重评奖的导向作用，通过评奖引导创作。通过"五个一工程"评奖，加强对创作思想的引导，是新形势下党领导文艺工作的一个创造。"五个一工程"弘扬爱国主义、集体主义、社会主义的崇高精神，讴歌改革开放和现代化建设的伟大时代，塑造社会主义新人形象，再现革命历史和革命传统等题材、主题，逐步成为精神产品创作生产的主旋律；那种淡漠"二为"方向、远离群众实践的倾向，那种迎合低级趣味、"一切向钱看"的倾向，那种鄙薄革命文艺传统、推崇腐朽文艺思潮的倾向，得到有效抑制（参见《人民日报》1998年5月7日刊登的文章《关于精神文明建设"五个一工程"》）。

1994年1月，江泽民同志在全国宣传思想工作会议上提出，"以科学的理论武装人，以正确的舆论引导人，以高尚的精神塑造人，以优秀的作品鼓舞人"。2008年1月，胡锦涛同志在全国宣传思想工作会议上提出"高举旗帜、围绕大局、服务人民、改革创新"是当前和今后一个时期宣传思想工作的总要求。2018年8月，习近平同志在全国宣传思想工作会议上强调了新形势下宣传思想工作的使命任务——举旗帜、聚民心、育新人、兴文化、展形象。中央领导人对宣传思想工作的重要指示，成为精神文明建设"五个一工程"评选的要求。

文化的力量，深深熔铸在民族的生命力、创造力和凝聚力之中，什么样的文化，才能丰富我们民族的精神家园？什么样的文艺作品才能担当起载道、化人的崇高使命？"五个一工程"彰显了国家对主流价值观、审美取向、文化态势的一种推动、一种支持，成为打造精神文化产品的精品工程和示范工程，铸就了国家文化品牌。

（三）"组织奖"的设置

"五个一工程"评奖不同于其他奖项的一个鲜明特征是设"组织奖"，重视调动各地区、各部门组织精神产品的积极性。"五个一工程"在评奖过程中重点奖励组织工作成绩突出的单位。以第七届为例，省区市委宣传部有5个以上项目、中央部委和人民团体有3个以上项目的作品获"入选作品奖"的，即可获"组织工作奖"。每个组织单位在同一个项目上的获奖作品数量一般不超过一件（后来为了推出更优秀的作品，根据质量第一的原则，有少数单位在同一项目上的获奖作品数量超过了一件）。这样的评奖机制，既要对所有参评作品作横向比较，评出最优秀的作品；又要对同一地区和部门的参评作品作纵向比较，评出经过努力，在思想性、艺术性上有了明显进步的优秀作品。既是在评作品，又是在评组织工作水平。所以，评奖有很强的政策性，需要在评选工作中综合把握。

（四）参评单位与参评数量

具体参评情况，以第九届"五个一工程"奖为例。根据《中国图书评论》发表的《第九届"五个一工程""一本好书"评析》，该届"五个一工程""一本好书"评奖共有31个省区市和28个中央部委参加，报送图书175种，其中各地报送95种，中央部委报送80种，与第八届相比，参评单位数量相同，参评出版社由164家下降为126家，参评图书由227种下降到175种。由此可见，参评单位一般保持在31个省区市，28个中央部委和人民团体。各申报单位平均参评品种方面，第八届约为3.8种、第九届约为3种（近几届，每个单位可申报5种）。

二、20世纪的"五个一工程"奖评选

（一）前八届的评奖基本情况

1992年，中宣部颁发首届（1991年度）"五个一工程"组织工作奖和入选作品奖。入选图书共10种，其中浙江人民美术出版社的《孙子兵法连环画》（杨坚康等改编，戴敦邦等绘）入选。

1993年，第二届（1992年度）"五个一工程"入选图书共14种，其中浙江人民出版社、浙江摄影出版社、浙江人民美术出版社合作出版的《社会主义市场经济探索——浙江专业市

场现象剖析》（孙家贤主编）入选。

1994年，第三届（1993年度）"五个一工程"入选图书共20种，其中浙江人民出版社的《社会主义市场经济条件下的精神文明建设》（刘枫主编）入选。

1995年，第四届（1994年度）"五个一工程"入选图书共33种，其中浙江有2种入选，分别是浙江文艺出版社的长篇报告文学《生命之歌》（夏真著）和浙江人民美术出版社的《共和国领袖的故事》（李琦、梁平波主编）。我们看到，入选图书中除了社会科学、少儿类作品，还加入了文学类作品。同届入选的文学类作品还有人民文学出版社的长篇小说《长城万里图》（周而复著）和湖南文艺出版社的长篇报告文学《中国农村大写意》（李超贵著）。

1996年，第五届（1995年度）"五个一工程"入选图书共41种，其中浙江有2种入选。当时正值中国动画出版"5155"工程大力推进之时，浙江人民美术出版社的彩色卡通画《中华少年奇才（上下）》（叶雄编绘）入选"一本好书"，同类入选的还有接力出版社的《神脑聪仔》卡通系列丛书，这进一步拓展了评奖范围。这一届，浙江文艺出版社的长篇小说《南方有嘉木》（王旭烽著）入选，同届入选的其他文学作品大多是报告文学，如作家出版社的《大国长剑——中国战略导弹部队纪实》（徐剑著）、北京十月文艺出版社的《战争启示录（上下）》（柳溪著）、山东文艺出版社的《高原雪魂——孔繁森》（郭保林著）等。

1997年，第六届（1996年度）"五个一工程"入选图书共49种，其中浙江有2种，分别是浙江文艺出版社的长篇报告文学《中国院士》(张建伟、邓琮琮著),浙江少年儿童出版社的漫画作品《龙蝙蝠》(庄岩撰文、郑凯军绘)。因为入选总量较多,本届入选的图书类别众多,包括长篇小说、报告文学、诗歌、儿童读物、科普读物、学术著作、理论专著等。

1999年,第七届(1997年7月—1999年6月)"五个一工程"入选图书共63种。浙江有浙江人民美术出版社的《我的父亲邓小平(连环画)》(毛毛原著,梦山、海沫、叶雄改编)和浙江少年儿童出版社的《红帆船诗丛》(金波等主编)2种入选。

2001年,第八届(1999年7月—2001年4月)"五个一工程"入选图书共65种,其中浙江文艺出版社的《一户人家五十年》(徐永辉著)入选。这是前八届评选中获奖图书数量最多的一届。《一户人家五十年》是本摄影图文书,作者徐永辉用镜头跟踪拍摄一户农家50年来翻天覆地的命运变迁。1994年除夕之夜,徐永辉带着他跟踪拍摄的叶根土一家的四幅全家福登上了中央电视台"春节联欢晚会"舞台。

(二)前八届的入选作品分析

1.参评图书的范围有了较大的变化

"一本好书"最初设奖明确,以社会科学类图书为主。首届入选的图书虽然形式多样,有天津人民美术出版社的画册《红旗飘飘画丛》,有上海人民出版社的图集《中国共产党70年图集(上下)》(中国革命博物馆编纂),有内蒙古人民出版社的辞典《内蒙古大辞典》(《内蒙古大辞典》编委会编),有多卷本《孙子兵法连环画》,但是内容基本属于社会科学类范畴。入选图书所属的出版社以人民社、美术社为主。

第二届入选的图书仍以社会科学类图书为主，加入了少儿读物，如江苏少年儿童出版社的"爱我中华丛书"（孙家正主编）、安徽少年儿童出版社的《百将传奇》（张义生、国荣洲主编）。

第三届开始有长篇纪实作品出现，《跨世纪的丰碑——中国希望工程纪实》，由安徽少年儿童出版社与中国青少年发展基金会组织编写，全面、客观地展示了这项工程的发起及实施过程，详细介绍了人们对这项工程的厚爱与支持，是当时介绍"希望工程"最详尽的一本书。写法上重在介绍、说明，还是社会科学类图书性质。

第四届第一次有文学作品入选"五个一工程"奖。浙江文艺出版社的《生命之歌》和湖南文艺出版社的《中国农村大写意》都是长篇报告文学。其中，《生命之歌》描叙云和县农村信用社女职工刘玲英在人民财产遭到歹徒抢劫的紧要关头，不畏强暴，身负重伤，誓死保护金库的事迹。宣传"金融卫士"刘玲英的事迹是浙江省委作出的决定，浙江省作家协会和浙江文艺出版社承担了组织创作、出版长篇报告文学的任务，浙江省委宣传部还组织了"读《生命之歌》，学英雄精神"读书活动。人民文学出版社出版的著名作家周而复历时16载创作的6卷本长篇小说《长城万里图》，全景式地展示了中国抗日战争中的壮烈画面。这是中宣部"五个一工程"奖中入选的第一部长篇小说。张小影在《提高质量　多出精品》中指出，"从1994年开始，中宣部、新闻出版署在精神文明建设'五个一工程'和国家图书奖等重要评奖活动中，有意识地向长篇小说倾斜"。

第五届入选的图书中有长篇小说《南方有嘉木》和《战争启示录（上下）》。《南方有嘉木》在获得"五个一工程"奖后，又与《不夜之侯》一起，组成《茶人三部曲》（第一、二部）获得了第五届（1995—1998年）茅盾文学奖。作品先获"五个一工程"奖，又获得茅盾文学奖的，《南方有嘉木》是第一例。这一届还有长篇报告文学作品入选，如徐剑的《大国长剑——中国战略导弹部队纪实》、郭保林的《高原雪魂——孔繁森》等。儿童文学方面有刘健屏主编的"青春风景创作丛书"（安徽少年儿童出版社）。这一届还入选了一套儿童小说丛书——包括曹文轩《山羊不吃天堂草》、程玮《少女的红发卡》、董宏猷《十四岁的森林》等作品在内的"中华当代少年小说丛书"（江苏少年儿童出版社），这是一次儿童小说实力派的展示。

第六届入选的文学作品数量有所增加，其中长篇小说有3种，分别是《车间主任》（张宏森著，山东文艺出版社）、《人间正道》（周梅森著，人民文学出版社）、《花季雨季》（郁秀著，海天出版社）；还有长篇报告文学《中国院士》、《东部热土》（高胜历著，青岛出版社）、《你是一座桥》（田天著，长江文艺出版社）、《生命甘泉的追寻者》（李钧著，解放军出版社）等。

第七届入选的长篇小说有7部之多，分别是《抉择》（张平著，群众出版社）、《我是太阳》（邓一光著，人民文学出版社）、《突出重围》（柳建伟著，人民文学出版社）、《补天裂》（霍达著，北京出版社）、《走出硝烟的女神》（姜安著，解放军文艺出版社)、《苍山如海》(向本贵著,湖南文艺出版社)、《中国制造》(周梅森著,作家出版社),其中张平的《抉择》获第五届茅盾文学奖。长篇报告文学有《中国863》(李鸣生著,山西教育出版社)、《世纪木鼓》(黄尧著,云南人民出版社)等。长篇政治抒情诗有《我的中国》(李瑛著,百花洲文艺出版社)。少儿文学有《草房子》(曹文轩著,江苏少年儿童出版社)、《男生贾里全传》(秦文君著,少年儿童出版社)、《一百个中国孩子的梦》(董宏猷著,二十一世纪出版社)、《红帆船诗丛》等。

第八届入选的长篇小说有9部,分别是《大雪无痕》(陆天明著,吉林人民出版社)、《日出东方》(黄亚洲著,人民文学出版社)、《李自成》(姚雪垠著,中国青年出版社)、《历史的天空》(徐贵祥著,人民文学出版社)、《大法官》(张宏森著,山东文艺出版社)、《台湾风云》(阎延文著,广西教育出版社)、《我亲爱的祖国》(韩毓海、姜立煌、刘毅然著,作家出版社)、《我在天堂等你》(裘山山著,解放军文艺出版社)、《林则徐(上中下)》(长篇传记小说,蔡敦祺著,鹭江出版社)。其中《李自成》(第二卷)已获首届(1977—1981年)茅盾文学奖,这次以全五卷评上"五个一工程"奖,也是首例;徐贵祥的《历史的天空》后来获得了第六届(1999—2002年)茅盾文学奖。这一届还有长篇纪实文学《妈妈的心有多高》(赵定军著,北京十月文艺出版社)、《世纪壮举:中国扶贫开发纪实》(汪石满主编,钱念孙、罗晓帆著,安徽教育出版社)、《天地男儿》(林雨纯、郭洪义著,人民日报出版社)等。

2.参评作品数量不断上升

前八届"一本好书"的评选，没有规定每届的获奖名额，获奖图书数量在动态调整中。这与后来的中国出版政府奖、中华优秀出版物奖，规定获奖数量不一样。"一本好书"首届（1991年度）入选图书10种；第二届（1992年度）入选图书14种；第三届（1993年度）入选图书20种；第四届（1994年度）入选图书33种；第五届（1995年度）入选图书41种；第六届（1996年度）入选图书49种；第七届（1997年7月—1999年6月）入选图书63种；第八届（1999年7月—2001年4月）入选图书65种。第一届至第八届，逐年上升，从10种到65种，增加了55种，大幅增长了550%。

3.评奖间隔时间有所调整

中宣部"五个一工程"奖最初设计是每年评一届，自1991年起，从第一届至第六届，主要评选上一年度的精品佳作。之后，分别在1999年评第七届、2001年评第八届，实际评选作品的时间间隔调整为2年。

4.浙江获奖情况

浙江省从第一届至第八届，届届获奖，其中第四届、第五届、第六届、第七届连续四届获奖数量为2种，前八届共获奖12种。以出版社情况看，浙江人民美术出版社单独获4种、合作1种，浙江文艺出版社单独获4种，浙江少年儿童出版社单独获2种，浙江人民出版社单独获1种、合作获1种，浙江摄影出版社合作获1种。

三、21世纪以来的"五个一工程"奖评选

（一）第九届至第十二届的评奖基本情况

1. 第九届（2003年评出，评选范围为2001年5月—2002年12月）

第八届评选的作品是跨世纪的，范围为1999年到2001年，颁布的时间是2001年9月21日，获奖图书达到空前的65种，门类涉及长篇小说、报告文学、诗歌、儿童读物、科普读物、摄影作品集、卡通读物、政治经济类学术著作、通俗理论读物以及党史、经济史、地域文化史作品，甚至还有古籍文献作品，差不多所有纸质出版物都能参评，并无图书门类和文体要求。可是，第九届（2003年12月颁布）发生了很大的变化。这一届评奖共有23个单位的26种图书入选，分优秀作品和入选作品两类。与上一届获奖图书数量（65种）相比，获奖图书品种减少了39种。31个省区市和28个中央部委参加评选，其中15个省区市的16种图书入选，8个中央部委的10种图书入选。政治类图书参评45种，入选4种，约占同类参评图书的9%；经济类图书参评11种，入选1种，约占同类参评图书的9%；历史类图书参评19种，入选1种，约占同类参评图书的5%；文艺类图书参评51种，入选12种，约占同类参评图书的24%；青少年读物参评15种，入选3种，占同类参评图书的20%；科普类、综合类图书参评21种，入选5种，约占同类参评图书的24%。

这一届入选的26种图书（其中优秀作品奖11种，入选作品奖15种），整体呈现三大特点。一是紧扣时代脉搏，含对马克思主义基本原理进行研究和普及的读物，如金春明等主编的"三基本教材"（中共中央党校出版社）、中共中央组织部编写的《"三个代表"重要思想通俗读本》（党建读物出版社）、黄亮宜的《社会主义义利观——面向21世纪的价值选择》（河南人民出版社）、中国社会科学院研究室编的《世界沧桑150年——〈共产党宣言〉发表以来世界发生的主要变化》（社会科学文献出版社）、中共中央党史研究室编著的《中国共产党历史图志》（上海人民出版社）等。二是坚持"三贴近"，多为社会反响强烈的图书，如洪昭光教授的《健康忠告》（广东教育出版社）发行量达80万册。几位两院院士撰写的"解读生命丛书"（北京少年儿童出版社、北京教育出版社），从《史前生物历程》《人类进化足迹》，写到《如何战胜疾病》《珍惜生命权利》，是一套普及生命科学的权威读本。三是老、中、青三代的文学精品竞相登台。本届获奖图书中长篇小说有6种，约占26种入选图书的23%，分别是陆天明的《省委书记》（春风文艺出版社）、张一弓的《远去的驿站》（长江文艺出版社）、张海迪的《绝顶》（人民文学出版社）、王玉彬等的《惊蛰》（解放军文艺出版社）、唐浩明的《张之洞（上中下）》（人民文学出版社）、吕雷等的《大江沉重》（作家出版社）。长篇报告文学有何建明的《国家行动：三峡大移民》（江西教育出版社）、邢军纪的《中国精神（上下）》（解放军文艺出版社）、萨仁托娅等的《草原之子廷·巴特尔》（内蒙古科学技术出版社）等。少儿读物有祁智的《芝麻开门》（江苏少年儿童出版社)、冰波的《阿笨猫全传（上下）》（接力出版社）等。

本届中，浙江省没有图书入选。《阿笨猫全传》的作者冰波是浙江作家、浙江少年儿童出版社的编辑。《阿笨猫全传》讲述了阿笨猫所经历过的各种各样的骗局，想象奇特，故事诙谐，情节一波三折，人物栩栩如生，幻想色彩浓郁，读来令人捧腹开怀。该书由广西省委宣传部申报，获入选作品奖。

2. 第十届（2007年评出，评选范围为2003年1月—2006年12月）

2007年9月，第十届中宣部"五个一工程""一本好书"评选结束并公布，共有32个省区市党委宣传部（含新疆生产建设兵团）、20家中央部委参评，报送文艺类图书143种、188册。经过评选，推出获奖作品39种（其中优秀作品奖8种，入选作品奖31种），其中长篇小说18种，报告文学和纪实文学16种，少儿文学5种。可以看出第十届跟前九届有很大的不同，入选的作品均为文学作品，包括长篇小说、报告文学、纪实文学、少儿文学4种文体。

这一届作品的特点有以下几点。一是围绕纪念中国人民抗日战争胜利60周年、红军长征胜利70周年，书写革命历史进程和光荣传统。这类题材入选作品中，纪实文学作品有王树增的《长征》（人民文学出版社）、姜安的《三十七孔窑洞与红色中国》（解放军文艺出版社），长篇小说有徐贵祥的《八月桂花遍地开》（北京十月文艺出版社）、李西岳的《百草山》（解放军文艺出版社）、周振天的《玉碎》（百花文艺出版社）、欧阳黔森等的《雄关漫道》（贵州人民出版社）。二是紧扣时代脉搏，反映现实生活。长篇小说中：肖克凡的《机器》（湖南文艺出版社）写工人家庭两代人的命运；范小青的《城市表情》（作家出版社）写历史文化名城改造过程中错综复杂的矛盾冲突；张平的《国家干部》（作家出版社）塑造了焦裕禄式的好干部夏中民的形象；方南江的《中国近卫军》（解放军文艺出版社）反映武警生活；海岩的《玉观音》（群众出版社）反映公安缉毒战线斗争；何庆魁等的《圣水湖畔》（吉林摄影出版社）是一部东北松花江农村题材小说。报告文学、纪实文学中，张积慧的《护士长日记：写在抗非典的日子里》（广东教育出版社）在当时对于团结、激励人们战胜疫情发挥了积极作用。此外还有黄济人的《命运的迁徙》（重庆出版社）、王宏甲的《中国新教育风暴》（北京出版社）、滕叙兖的《哈军工传（上下）》（湖南科学技术出版社）、孙晶岩的《中国动脉》（人民文学出版社）、王有才等的《卡德尔和一个村庄的传奇》（新疆人民出版社）、李新烽的《记者调查：非洲踏寻郑和路》（晨光出版社）等。三是讴歌英雄人物，弘扬民族精神和时代精神。报告文学、纪实文学中，歌颂老一辈革命家的有聂力的《山高水长——回忆父亲聂荣臻》（上海文艺出版社）、肖云的《我的母亲：长征中最小的女红军》（中国文联出版社）、潘敬国的《共和国外交风云中的邓小平》（黑龙江人民出版社）。还有写英雄模范的，如王旭烽的《让我们敲希望的钟啊》（宁波出版社、华夏出版社）是一部描写宁波市海曙区残联干部王延勤感人事迹的报告文学；寒青等的《大巴山的呼唤》（人民出版社）描写了恩施模范基层干部周国知的公仆形象；赖妙宽的《天堂没有路标》（鹭江出版社）反映了著名妇产科专家林巧稚的生平事迹。四是贴近少年儿童生活，关注孩子们的身心健康成长，如曹文轩的《青铜葵花》（江苏少年儿童出版社）、黄蓓佳的《亲亲我的妈妈》（江苏少年儿童出版社）、杨红樱的《巨人的城堡》（接力出版社）、王一梅的《木偶的森林》（新蕾出版社）等。五是这一届评选中有许多艺术上很有成就的长篇小说，数量达18种之多，约占全部39种的46%，包括铁凝的《笨花》（人民文学出版社）、熊召政的《张居正》（长江文艺出版社）、张平的《国家干部》、杨志军的《藏獒》（人民文学出版社）、孙皓晖的《大秦帝国》（河南文艺出版社）等，其中熊召政的《张居正》获第六届茅盾文学奖。这一届中，知名作家参评较多，如铁凝、曹文轩、范小青、王树增等。

这一届浙江省只有王旭烽的《让我们敲希望的钟啊》一部作品入选，宁波出版社作为浙江的地方城市出版社首次获得这一大奖。

3.第十一届（2009年评出，评选范围为2007年1月—2009年6月）

2009年9月21日，中宣部确定了第十一届精神文明建设"五个一工程"（2007—2009年）获奖名单。这次评选特别强调要把推动文化体制改革作为重要内容，在严格评选标准、坚持质量第一的前提下，重视文化体制改革先进单位报送的作品。时任中共中央政治局委员、中宣部部长刘云山在表彰座谈会上强调，宣传文化部门要认真总结文艺精品创作生产成功经验，加强组织领导，提高工作水平，努力推出更多思想性、艺术性、观赏性有机统一的优秀精神文化产品，为创造中华文化的新辉煌作出积极贡献。刘云山指出，经过近20年的完善积累，"五个一工程"已经成为我国文化建设的重要品牌，对弘扬先进文化、促进文艺繁荣发挥了重要作用，对引导创作生产、催生精品力作发挥了重要作用，对丰富社会文化生活，满足人民群众精神文化需求发挥了重要作用，对培养文艺创作生产骨干、团结凝聚文艺人才发挥了重要作用。

本届获奖作品总共为164部，比上一届减少近四成。其中电影26部，比上一届减少10部；电视剧33部，比上一届减少35部；戏剧30部，比上一届减少25部；歌曲26首，比上一届减少14首；广播剧15部，比上一届减少15部；文艺类图书28种，比上一届减少11种；另有6部动画片入选。28种图书中，长篇小说有徐坤的《八月狂想曲》（北京十月文艺出版社）、阿耐的《大江东去》（长江文艺出版社）、温燕霞的《红翻天》（解放军文艺出版社）、徐贵祥的《四面八方》（安徽文艺出版社）、南飞雁的《大瓷商（上下）》（河南文艺出版社）、王小鹰的《长街行（上下）》（上海文艺出版社）、陆天明的《命运》（湖南文艺出版社）、刘醒龙的《天行者》（人民文学出版社）。其中，《大江东去》讲述的故事处于1978年到1992年间的改革开放的大背景下，该书以编年体的结构体例，反映国有、集体、个体经济的先行者们在变革浪潮中不断探索和突围的浮沉故事，成为中国第一部获得中宣部"五个一工程"奖的网络小说，后被改编为电视剧《大江大河》，并入选"新中国70年70部长篇小说典藏"。该书作者阿耐从商多年，是社会转型的亲历者、参与者。《天行者》反映了20世纪60年代末至80年代末在中国存在20年之久的民办教师现象及他们的生存状态，塑造了一群栩栩如生的民办教师形象，该书获得了第八届（2007—2010年）茅盾文学奖。本届入选的图书中，报告文学、纪实文学有关仁山的《感天动地——从唐山到汶川》（河北教育出版社）、王旭烽的《家国书》（浙江摄影出版社、方正出版社）、吕雷等的《国运——南方记事》（人民文学出版社）、胡宏伟的《中国模范生——浙江改革开放30年全记录》（浙江人民出版社）、布仁巴雅尔等的《丁新民与他的民工兄弟》（内蒙古人民出版社）、宋宜昌等的《驶向深蓝——新中国舰船工业腾飞纪实》（山东人民出版社）、何建明的《我的天堂》（江苏教育出版社）、李鸣生的《千古一梦——中国人第一次离开地球的故事》（江西人民出版社、百花洲文艺出版社）、陈善广的《神七纪实》（湖南科学技术出版社）、方敏的《熊猫史诗》（重庆出版社）、黄传会等的《中国海军三部曲》（学苑出版社）、刘先平的《走进帕米尔高原——穿越柴达木盆地》（安徽少年儿童出版社）、傅宁军的《大学生"村官"》（江苏人民出版社）、黄晓萍的《真爱长歌》（云南教育出版社）。少儿文学方面有徐玲的《流动的花朵》（希望出版社）、彭学军的《腰门》（二十一世纪出版社）、秦文君的《云裳》（春风文艺出版社）、杨红樱的《小英雄和芭蕾公主》（接力出版社）、伍美珍等的《蓝天下的课桌》（福建少年儿童出版社）等。

　　这一届，恰逢中华人民共和国成立60周年、改革开放30周年，浙江省有2部作品入选。王旭烽的《家国书》以时代剧变、风云际会的中华民族近现代百年历史为背景，以人才辈出的马、沙、翁、沈四大家族人物为对象，描绘了四大家族儿女在伴随共和国成长的历史进程中演绎的各自的人生篇章，反映了中华人民共和国成立60年以来的伟大历程和巨大成就。胡宏伟的《中国模范生——浙江改革开放30年全记录》以时间为经、空间为纬、变革主题为中轴，对浙江改革开放30年进行了一次清晰而颇有深度的解读，描述了浙江民众在各种不利条件下进行的创新实践和他们的行为模式。这一届浙江省有2种图书获奖，创造了21世纪以来在"五个一工程"奖图书类中的最好成绩。

4. 第十二届（2012年评出，评选范围为2009年7月—2012年5月）

2012年9月，中宣部确定了第十二届精神文明建设"五个一工程"（2009—2012年）获奖名单，24日晚在中央电视台新址举行颁奖晚会，并于10月1日晚在中央电视台综合频道和综艺频道播出。时任中共中央政治局常委李长春出席观看，并为获奖代表颁奖。本届获奖作品评选自2009年7月1日至2012年5月31日之间首次播映、上演、出版的电影、电视剧、动画片、戏剧（话剧、戏曲、歌舞剧）、歌曲、广播剧、文艺类图书。这3年来，围绕庆祝中华人民共和国成立60周年、纪念辛亥革命100周年和迎接党的十八大胜利召开等重大主题、重大节庆纪念日，各地各部门精心组织创作生产了一大批文艺精品力作，作为本届获奖的"重头戏"。不少评委认为，获得本届"五个一工程"奖殊荣的一些作品，力求形式与内容的协调一致，将精神价值的审美诉求纳入创作视野，将主流思想价值引领融入多元艺术创作过程，实现了思想性、观赏性和艺术性的共同提升。

这一届的"一本好书"全部是文艺类图书，共30部。其中长篇小说有8种：高建群的《大平原》（北京十月文艺出版社）、王筠的《长津湖》（湖南文艺出版社）、何香久的《焦裕禄》（河南文艺出版社）、林那北的《我的唐山》（海峡书局）、方方的《武昌城》（人民文学出版社）、石钟山的《石光荣和他的儿女们》（时代文艺出版社）、季宇的《新安家族》（安徽文艺出版社）、黄亚洲的《雷锋》（四川文艺出版社、华夏出版社）。《大平原》以作者本人的家族历史为原型，通过描写高发生、高黑建等主要人物的经历，反映了陕西渭北平原高姓家族几代人的生存打拼历程与坎坷命运。《雷锋》《焦裕禄》是以长篇小说的形式写著名的榜样人物的。黄亚洲在写《雷锋》时采用"大事不虚，小事不拘"的原则，对确凿记载的大事、实事均以实写，对雷锋形象作了某种"正本清源"，作者根据自己的调查、理解和阐释，对雷锋当时的思想行为心理作了描摹，塑造了一个有血有肉、完整可亲的英雄形象。这一届的报告文学、纪实文学作品有16种，反映重大历史和现实事件的有王树增的《解放战争（上下）》（人民文学出版社）、肖亦农的《毛乌素绿色传奇》（远方出版社）、陶纯等的《国家命运——中国"两弹一星"的秘密历程》（上海文艺出版社）、龚盛辉的《铸剑——国防科技大学自主创新纪实》（湖南科学技术出版社）、张锐锋的《鼎立南极：昆仑站建站纪实》（陕西人民出版社）、王家达的《莫高窟的精灵——一千年的敦煌梦》（甘肃人民出版社）、徐剑的《浴火重生》（万卷出版公司）、张嵩山的《解密上甘岭》（北京出版社）。写历史人物群像的有何建明等的《忠诚与背叛》（重庆出版社）与王旭烽的《主义之花》（浙江摄影出版社），前者写《红岩》中众多人物的现实生活原型，后者写几十位浙籍女共产党员的人生历程。另外还有陈丹淮等的《三个新四军女兵的多彩人生》（人民出版社）。写英雄模范的有涂元季等的《钱学森故事》(解放军出版社)、杨年华的《国旗阿妈啦》(作家出版社)、唐似亮的《大道健行》(云南人民出版社)、李春雷的《山生》(党建读物出版社、河北人民出版社)、黄世猛的《鲜艳的红纽带》(中国人口出版社)。少儿文学类的作品有6种,分别是刘先平的《美丽的西沙群岛》(明天出版社)、晓玲叮当的《魔法小仙子》(二十一世纪出版社)、格日勒其木格·黑鹤的《黑狗哈拉诺亥》(接力出版社)、汪玥含的《乍放的玫瑰》(希望出版社)、金波的《开开的门》(新蕾出版社)、黄蓓佳的《艾晚的水仙球》(江苏少年儿童出版社)。

这一届军队作家的作品占了6种,分别是王树增的《解放战争(上下)》、张嵩山的《解密上甘岭》、王筠的《长津湖》、涂元季等的《钱学森故事》、陶纯等的《国家命运——中国"两弹一星"的秘密历程》和石钟山的《石光荣和他的儿女们》,其中两部讲述朝鲜战争中的两大战役,两部讲述"两弹一星"功臣故事,一部写解放战争。《解放战争(上下)》《长津湖》《解密上甘岭》在详尽占有资料的基础上,体现出对历史真实的尊重,又试图在"历史"的真实性和"文学"的审美性之间达到平衡。《国家命运——中国"两弹一星"的秘密历程》《钱学森故事》以"两弹一星"题材还原了人物和事件背后那些鲜为人知的故事。比如,《国家命运——中国"两弹一星"的秘密历程》毫不讳言苏联的有限支持以及后来的背信弃义,没有回避国外技术封锁制造的困难,以及政治的动荡和自然灾害对科研事业的巨大冲击;在技术上,着力于细节的刻画与画面感、氛围感的营造,揭示了特定人物在特定历史环境中的真实心理状态。

这一届浙江省有一本图书入选"五个一工程""一本好书",即王旭烽的长篇纪实文学《主义之花》(浙江摄影出版社)。该作品以细腻的笔触叙写了几十位浙籍女共产党员的人生历程,通过她们的奋斗、牺牲,展现了共产党人的伟大信仰,讴歌了她们捍卫真理、追求理想的精神。革命的残酷跌宕,革命女性的爱与恨、信仰与理想在书中都得到了真实而详尽的再现。全书史实丰富、挖掘深入,是一部具有较高品质的纪实文学力作。

(二)第九届至第十二届"五个一工程"奖的特点

1.自第九届起分"优秀作品奖"和"入选作品奖",第十届还设了"特等奖"

前八届,"五个一工程"奖获奖奖项均称为"入选作品奖"。但第九届分出了"优秀作品奖""入选作品奖"两类,包括电影、电视剧(片)、戏剧、歌曲、广播剧、图书、理论文献片、理论文章8个门类,其中图书优秀作品奖11种,入选作品奖15种,共计26种。第十届中,组织奖分"一等组织工作奖"和"组织工作奖"两类,作品奖项设"特等奖""优秀作品奖""入选作品奖"三类,包括电影、电视剧、戏剧、歌曲、广播剧、文艺类图书6个门类。文艺类图书门类中没有作品入选"特等奖","优秀作品奖"8种,"入选作品奖"31种,共计39种。第十一届中,作品奖项统称"获奖作品",分电影、电视剧、动画片、戏剧、歌曲、广播剧、文艺类图书7个门类,其中文艺类图书共28种。第十二届中,作品奖项统称

"获奖作品",分电影、电视剧、动画片、戏剧、歌曲、广播剧、文艺类图书7个门类。其中文艺类图书共30种。

2.特点简要说明

2005年3月发布的《全国性文艺新闻出版评奖整改总体方案》指出:"由中央宣传部主办的精神文明建设'五个一工程'奖,所设子项由原来8个减少为电影、电视剧(片)、戏剧、歌曲、文艺类图书5个。评选工作三年一次。"从实际评选情况看,从第九届至第十二届,评选时间间隔有3年的、有2年的,最后定为5年两届。

3.第十届开始,图书类获奖作品被称为"文艺类图书",更加强化了文学特征

第八届之前,"五个一工程"奖评选的图书涉及长篇小说、报告文学、诗歌、儿童读物、科普读物、摄影作品集、卡通读物、政治经济类学术著作、通俗理论读物,甚至有古籍文献作品,与中国出版政府奖、中华优秀出版物奖的评奖范围区别不大。从第九届开始,"五个一工程"奖入选图书门类和文体范围明显缩小了,分政治理论读物、贴近老百姓生活的科普读物、长篇小说、报告文学、纪实文学、儿童读物这几类,文学性明显增强了。第十届图书类获奖作品直接被称为"文艺类图书","优秀作品奖""入选作品奖"全部为文学作品,包括长篇小说、报告文学、纪实文学、少儿文学4种文体。第十一届仍称为"文艺类图书","获奖作品"全部为文学作品,包括长篇小说、报告文学、纪实文学、少儿文学4种文体。第十二届跟前两届一样,"一本好书"全部是文艺类图书,包括长篇小说、报告文学、纪实文学、少儿文学4种文体。

4.长篇小说成为图书类获奖作品的重中之重

在诸多的文学样式中,长篇小说最能以史诗般的深度和广度反映出一个民族的灵魂和一个时代的风貌。长篇小说独特的文体优势,关系着文学的总体力度、品格和前景,从而真正成为一个时代的文学旗帜、一个民族的心灵历史,成为衡量、评定一个时代、一个国家文学创作水平的标志。在新时期文学中,比起短篇小说、中篇小说和报告文学,长篇小说创作的崛起期和繁荣期要稍晚一些。1993年5月25日,《光明日报》发表记者韩小蕙的报道《陕军东征》,介绍北京4家出版社推出的4部陕西作家的长篇小说——贾平凹的《废都》、陈忠实的《白鹿原》、高建群的《最后一个匈奴》和京夫的《八里情仇》。1993年,花城出版社出版"先锋长篇小说丛书",收入格非、苏童、余华、孙甘露、吕新、北村等人的长篇小说。1995年,江泽民同志提出抓好文艺创作的"三大件",即长篇小说、儿童文艺和影视文艺的创作,长篇小说为"三大件"之首。之后,长篇小说创作成为热门。据统计,1992年,我国的长篇小说数量达373部,以后逐年增多,到1996年已有850部,1997年达到1000部。"五个一工程"奖评选中,第七届入选图书63种,其中长篇小说7种,约占11%;第八届入选图书65种,其中长篇小说9种,约占14%;第九届入选图书26种,其中长篇小说6种,约占23%;第十届入选文艺类图书39种,其中长篇小说18种,约占46%;第十一届入选文艺类图书28种,其中长篇小说8种,约占29%;第十二届入选文艺类图书30种,其中长篇小说8种,约占27%。这些作品中有获茅盾文学奖的,如熊召政的《张居正》、刘醒龙的《天行者》等;也有销量大的，如张平的《国家干部》、杨志军的《藏獒》等。

（三）第十三届至第十六届的评奖基本情况

1.第十三届（2014年评出，评选范围为2012年6月—2014年5月）

2014年9月13日，第十三届精神文明建设"五个一工程"（2012—2014年）评选结果在北京揭晓。时任中央政治局委员、中宣部部长刘奇葆出席表彰座谈会，强调广大文艺和出版工作者要全面贯彻"二为"方向和"双百"方针，确立崇高的文化理想和艺术追求，促进文艺创作的繁荣和发展，讲好中国故事、记录时代变迁，赞颂人间大爱、抒发百姓情怀，不断培植我们的精神家园。本届入选的186部获奖文艺作品囊括了各文艺门类中的优秀之作，是党的十八大以来我国文艺创作成果的集中展示，也是为新中国成立65周年献上的一份厚礼，具有以下几个特点：一是彰显中华民族伟大复兴中国梦的主题，展现了中国人的光荣与梦想、奋斗与成功，讲述了百姓大众通过辛勤劳动创造美好生活的感人故事；二是题材样式丰富多彩，除了电影、电视剧、歌曲等文艺样式外，这次评选还增加了纪录片、通俗理论读物和少儿思想道德读物类别，提高了地方戏曲的名额比重，作品的艺术样式进一步丰富，呈现出百花齐放的喜人景象；三是作品质量上乘，作家、艺术家秉持崇高的艺术追求，在人物塑造、情节设计、语言风格等方面力求创新、不断超越，以真情实意感染人、以清新朴实打动人；四是群众认可度高，每个艺术门类都吸收了群众评委参加，不少获奖作品是畅销书、热播剧、流行歌，被读者喜爱、网民点赞、群众传唱。"五个一工程"奖的实施，其影响力已远远超出了推优、评奖本身。对全社会来说，它发挥着激励、导向、示范、精品、育才等作用，成为精神文化产品创作生产的精品工程和示范工程，成为推动文艺队伍建设的人才培养工程，更成为有着巨大影响力的国家文化品牌。

本届共有28种图书入选，其中长篇小说8种，包括海飞的《回家》（浙江文艺出版社）、苗长水的《梦焰》（安徽文艺出版社）、金宇澄的《繁花》（上海文艺出版社）、王蒙的《这边风景》（花城出版社）、季栋梁的《上庄记》（北京十月文艺出版社）、吴玉辉的《援疆干部》（新疆人民出版社）、李春良的《女子中队》（时代文艺出版社）、马金莲的《马兰花开》（宁夏人民教育出版社）。《这边风景》《繁花》获第九届（2011—2014年）茅盾文学奖。同时有两部"五个一工程"获奖作品获茅盾文学奖，这是难得的，毕竟茅盾文学奖一届才评选5部。1978年8月7日，王蒙完成了名为《这边风景》的长篇小说，手写稿曾经不知所终，在尘封几十载之后，也就是在王蒙妻子崔瑞芳去世前二日，手写稿被王山、刘颋发现。王蒙对此稿进行了重新校订，给每一章添加了"小说人语"。81岁的王蒙凭借这部篇幅多达70万字、具有浓郁新疆风情的长篇小说，第一次获茅盾文学奖。《繁花》的创作起因是金宇澄想在网上写一些无名无姓者的市井事迹，于是起了个网名，上去开了帖。同时，曾以地域性见长的上海文学与上海文化日渐式微，这也成为金宇澄写作《繁花》的重要初衷：重拾城市书写，向上海致敬。小说《繁花》表现的主题是宏观大历史下小人物随波逐流和命运无常的无奈，是一部上海市民心灵史，也是上海的成长史，且是一部痛史。这部作品能获中宣部"五个一工程"奖，表明了评委对文学样式"百花齐放"精神的认同与践行。

这一届的报告文学、纪实文学作品有10种。包括铁流等的《国家记忆——一本〈共产党宣言〉的中国传奇》（山东文艺出版社）、李朝全的《梦想照亮生活——盲人穆孟杰和他的特教学校》（河北教育出版社）、陶克等的《编外雷锋团》（解放军出版社、中州古籍出版社）、胡平的《瓷上中国——China与两个china》（二十一世纪出版社）、张雅文的《百年钟声——香港沉思录》（陕西人民教育出版社）。人物传记类的报告文学有：谭楷的《让兰辉告诉世界》（天地出版社）写地震重灾区一线的党的基层领导兰辉，黄传会的《国家的儿子》（春风文艺出版社）写歼-15舰载机研制现场总指挥罗阳的事迹，刘先琴的《玉米人》（河南科学技术出版社）写玉米育种科学家程相文的事迹。此外，还有傅宁军的《淬火青春——大学生从军报告》（华艺出版社），杨守松的《大美昆曲》（江苏文艺出版社）。少儿读物有5种，孟宪明的《念书的孩子》（海燕出版社）、李东华的《少年的荣耀》（希望出版社）、金曾豪的《凤凰的山谷》（晨光出版社）、张炜的《少年与海》（安徽少年儿童出版社）、祁智的《小水的除夕》（江苏凤凰少年儿童出版社）。这一届的通俗理论读物有5种，包括沈壮海的《兴国之魂——社会主义核心价值体系释讲》（湖北教育出版社）、陈学明等的《中国为什么还需要马克思主义——答关于马克思主义的十大疑问》（天津人民出版社）、韩震主编的"美德照亮人生"丛书（河北少年儿童出版社）、高新民等的《今天，我们怎样走群众路线》(湖南人民出版社)、孙正聿的《理想信念的理论支撑》(吉林人民出版社)。

这一届浙江省入选"一本好书"的是海飞的长篇小说《回家》,这也是浙江省继《南方有嘉木》之后,第二部以长篇小说样式获中宣部"五个一工程"奖的作品。《回家》以浙江鄞州抗日根据地发生的人和事为原型,描述了想回家过安生日子的国共两军36名伤兵,和当地民众一起,拿起武器阻击日本侵略者,保家卫国、舍生取义的故事。《回家》是向老兵致敬的作品,表现了新生代作家重塑历史的冲动,是对"革命历史小说""新历史小说"的进一步探索,是对"回家"的期待更是对"和平"的期待,其中的"家"既是小家,也是大家,更是国家。在复杂人生的描写的背后,表达的是家、国和个人之间的感情,这正是民族凝聚力产生的根基。这部作品整合了中西方战争小说,汲取了反战小说的营养,写战争、写故事、写江南,有良好的文学质地,有强烈的画面感和现场感。

2. 第十四届(2017年评出,评选范围为2014年6月—2017年5月)

2017年9月27日,第十四届精神文明建设"五个一工程"(2014—2017年)获奖作品揭晓,这一届的获奖作品特别少,共67部,其中优秀作品奖60部,含电影11部,电视剧(片)11部,戏剧10部,广播剧8部,歌曲10首,图书10种。在此之前,历史上只有首届"五个一工程"奖中图书入选数量是10种。2015年12月28日,新华社公布《关于全国性文艺评奖制度改革的意见》,其中规定:完善科学合理的评价标准……按照德艺双馨的要求,把社会声誉和艺术成就作为参评的前提条件……严禁有劣迹的从业人员及其作品参评；20项常设全国性文艺评奖，压缩1项，保留19项，保留的19项评奖，大幅压缩子项和评奖数量，着力提高质量。本届"五个一工程"奖评选的一个重要特点是：这是中共中央办公厅、国务院办公厅印发《关于全国性文艺评奖制度改革的意见》之后的第一次评选，获奖数量大幅减少。

书籍和阅读是人类文明传承的主要载体，感国运之变化，立时代之潮头，发时代之先声，释放出阅读的力量。出版界推出了一批弘扬主旋律、传递正能量、创作精湛、制作精良的图书，需要更多看得见、摸得着、过得硬、叫得响的作品。本届入选作品的特点有4个：一是坚持"双效"统一，弘扬主旋律，传播正能量。二是把握时代脉搏，承担时代使命，聆听时代声音，勇于回答时代课题。获奖作品涵盖现实题材、重大革命和历史题材、农村题材等，既有对国家战略决策的艺术展现，又有对基层日常生活的生动描绘，既有领袖人物、英模人物的形象塑造，又有普通百姓真挚情感的真实记录。三是体现社会主义核心价值观。文艺以反映时代精神为神圣使命，与国家和民族休戚与共；社会主义核心价值观生动活泼地体现在文艺创作之中，用栩栩如生的作品形象引导人们求真、崇善、向美。四是精益求精。获奖作品在艺术创作和制作水平上更加精益求精，创造出了更加丰富多样的中国故事、中国形象、中国旋律。

这一届的获奖作品中，通俗理论读物是重点。7种特别奖中，图书作品占1种，即人民日报评论部编的《习近平讲故事》（人民出版社），从习近平总书记数百篇讲话和文章中，精选出体现他治国理政新理念新思想新战略的百余则故事，加以完整呈现和解读。入选"一本好书"的作品中，通俗理论读物有2种：陈先达的《理论自信——做坚定的马克思主义信仰者》（吉林人民出版社），作者是新中国第一代马哲学者，本书是阐述马克思主义中国化、时代化、大众化的优秀通俗理论读物，针对现实问题，对人们关于马克思主义理想、信念、信仰等存在的疑问，提供了权威且通俗的解答，具有日常的"烟火气"；韩毓海的《伟大也要有人懂：一起来读毛泽东》（中国少年儿童出版社、北京大学出版社）以问答题的方式，对毛泽东的生平和思想做了准确而且明快的解说。报告文学、纪实文学有3种：王树增的《抗日战争》（人民文学出版社）被称作"一部属于全民族的抗战史"，这是"王树增战争系列作品"的登顶之作，于2015年出版，恰逢中国人民抗日战争暨世界反法西斯战争胜利70周年；吴玉辉的《谷文昌》（中共中央党校出版社、福建人民出版社），讲述谷文昌同志带领东山县人民种下满岛木麻黄，以自己一生在老百姓心中树起丰碑的事迹；王鸿鹏等的《中国机器人》（辽宁人民出版社）记录了以蒋新松、王天然、曲道奎为代表的前赴后继致力于机器人研发的几代中国科学家的事迹。长篇小说有2种：党益民的《雪祭》（长江文艺出版社）是一部军旅题材作品，以驻守在藏北雪域高原的某连队官兵为对象，展示了西藏近半个世纪以来的变革与发展，讴歌了两代边防军人的使命与担当；胡学文的《血梅花》（山东文艺出版社）以抗战民族苦难作为故事的背景，但小说并没有陷入苦难叙事，而是洋溢着一种热血青春色彩，表现普通民众同仇敌忾、铁血抗日的故事，挖掘小人物身上的亮光,展现了在现实关怀与情感深度上的坚硬质地和对历史与人性的独特领悟。少儿读物有3种:孟宪明的《花儿与歌声》(海燕出版社)是以留守儿童为主题的儿童小说,讲述乡村老师发现盲童的音乐天赋、关注乡村孩子的精神成长的故事,表达了对生命的尊重;董宏猷的《一百个孩子的中国梦》(二十一世纪出版社)将中国梦的核心价值观与孩子的童心、天真、美丽梦想有机融合,孩子们年龄不同、国别不同,一百个梦展现了百科全书式的广阔世界;郭姜燕的《布罗镇的邮递员》(少年儿童出版社)是一部温暖的童话书,讲述了少年阿洛勇敢追逐梦想,成为一名出色的邮递员,并用自己的善良弥合了小镇与森林之间的裂痕,帮助大家重新找到美好和幸福的故事。

这一年江浙沪皖长三角地区中,只有上海有图书入选,其他三省皆名落孙山。

3.第十五届(2019年评出,评选范围为2017年6月—2019年5月)

2019年8月19日,第十五届精神文明建设"五个一工程"奖获奖名单正式公布,涵盖电影、电视剧(片)、戏剧、广播剧、歌曲、图书等门类共73部作品,充分反映了近年来全国文艺产品创作生产的最新成果,描绘出新时代的精神图谱。时任中共中央政治局委员、中宣部部长黄坤明出席第十五届精神文明建设"五个一工程"表彰座谈会并讲话。黄坤明指出,文艺担负着为民族培根铸魂的重要作用,要坚持思想性和艺术性相统一,以深厚家国情怀、高尚道德取向点燃精神火炬、点亮人生理想,以真挚的情感、鲜活的形象、平实优美的语言诠释伟大时代。新华社分析入选的作品特点有三：一是讴歌新时代，唱响主旋律、传递正能量；二是深入生活扎根人民，弘扬民族精神，塑造中国形象；三是潜心磨砺锻造精品，实现社会效益与经济效益双丰收。

获得特别奖的图书共5部。刘建军主编的《〈共产党宣言〉与新时代》（河北人民出版社）是一本通俗理论读物，主编刘建军是中国人民大学教授、中央实施马克思主义理论研究与建设工程首席专家。该书分析了《共产党宣言》创作发表的时代背景和时代意义，对比了《共产党宣言》的三个不同稿本，回顾了《共产党宣言》如何为中国共产党建设中国特色社会主义提供信念支撑，阐述了《共产党宣言》将奠定"人类命运共同体"这一概念的理论基础，最终落笔于《共产党宣言》中的"民族复兴"思想。纪红建的《乡村国是》（湖南人民出版社）是一部全景式反映中国扶贫脱贫攻坚战的长篇纪实作品，将小故事与大叙事相结合、现实状况与历史背景相结合、个人情感与国家情怀相结合、现实笔法与理性思辨相结合，既抒写脱贫攻坚工作取得的伟大成就，也呈现出其艰巨性和复杂性，以及其所带来的紧迫感、危机感、责任感。劳罕的《心无百姓莫为官——精准脱贫的下姜模式》（浙江人民出版社）讲述了浙江省杭州市淳安县下姜村通过践行"绿水青山就是金山银山"发展理念，实现人与自然和谐共生，最终脱贫致富的生动故事。曾平标的《中国桥——港珠澳大桥圆梦之路》（花城出版社）描述了从20世纪80年代初到2018年，港珠澳大桥的缘起、立项、论证、环评、施工的过程，对这座涉及一个经济特区和两个特别行政区的超级工程进行了全方位记录。刘统的

《战上海》(学林出版社、上海人民出版社)以"中国革命过一大难关"——上海解放为切入点,以史学的宏阔视野和严谨态度,通过文学的细腻笔法生动描摹了中国共产党从解放上海到接管上海、建设上海这一伟大历史进程。

本届优秀作品奖共有图书10种,6种是长篇小说,还有4种是少儿读物。陈彦的长篇小说《主角》(作家出版社)讲述了一个名叫忆秦娥的女演员随着改革开放从放羊娃到烧火丫头再到配角直至主角的沉浮史,这是一个以中国古典的审美方式讲述的寓意深远的"中国故事"。《北上》(北京十月文艺出版社)是徐则臣潜心多年创作完成的长篇新作,讲述了发生在京杭大运河之上几个家族之间的百年"秘史",书写了一百年来大运河的精神图谱和一个民族的旧邦新命。赵德发在1996年写作"农民三部曲"之一的《缱绻与决绝》时就广受关注,其长篇小说《经山海》在《人民文学》杂志2019年第3期发表时,主编施战军在卷首语中写道:"这几年,我们一直在热切盼望着具有新时代情境气象、新时代精神气韵、新时代人物气质的现实题材力作的不断涌现。"《经山海》(安徽文艺出版社)最显著的结构特点是每一章前面都有一组"历史上的今天",罗列出某一天在中外历史上发生的大事,让读者的视野有纵深感。另外再加上"小蒿记""点点记",即母女俩各自记下的个人大事,以"历史上的今天"串联起大时代、大历史和个人生命史,展现以吴小蒿为代表的有强烈使命感与担当意识的女性在乡村振兴过程中的表现。《战国红》(春风文艺出版社)是时任辽宁省作家协会主席滕贞甫创作的扶贫题材长篇小说。战国红,它是辽西出产的一种珍贵的红玛瑙,作者用这个意象比喻的是主人公陈放等驻村干部身上的那种殚精竭虑、竭诚奉献的精神，代指这样一批有担当、敢负责的干部典型。陈毅达的长篇小说《海边春秋》首发于《人民文学》2018年第7期，2019年由百花文艺出版社、海峡文艺出版社共同出版，围绕兰波国际项目与蓝港村整体搬迁的矛盾展开叙事，讲述了文学博士刘书雷到基层挂职，由青涩干部成长为中坚力量的故事，建构起新时代社会主义新人形象。阿来的长篇小说《云中记》（北京十月文艺出版社）讲述的故事是在汶川地震后，四川一个三百多人的藏族村落，伤亡一百余人，并且根据地质检测，村子所在的山坡将在几年内发生滑坡，于是在政府的帮助下，整村搬迁至一个安全的地方。村里的祭师总是惦念着那些死去的人，他决定，不管灵魂存在与否，他都要做些什么。《云中记》选择了灾难之后人类救赎的视角。通过政府的救助和灾后重建，村庄能恢复自然秩序；而文学的职能，则是安置灵魂。

少儿读物有4种。李东华的《焰火》（长江文艺出版社）围绕一群14岁左右的少年展开叙事，写出了长相平平、成绩最好的"丑"女孩在容貌出众、多才多艺的女孩面前，心里所生的认真、要强和不服输，刻画了少年成长的真实经历和微妙的内心世界。韩青辰的《因为爸爸》（江苏凤凰少年儿童出版社）以儿童视角来书写平凡生活里的英雄人物，通过儿童自身的成长经历和精神升华，去关照生活中默默奉献乃至牺牲生命的公安工作者群体。裘山山是军旅作家、鲁迅文学奖得主，《雪山上的达娃》（明天出版社）是她的首部长篇儿童小说，深情讲述了中国当代军人用生命和青春守护西藏这片神圣土地的感人故事。谢华良的《陈土豆的红灯笼》（吉林出版集团股份有限公司）的主人公是一个15岁的乡村男孩陈土豆，他既要照看年幼的妹妹，还要照顾发疯的妈妈和生病的爸爸，他和女生春妮的感情朦胧纯净，他用他稚嫩的肩膀撑起一片爱的天空。作品反映了新时代乡村振兴的进程，塑造了乡村少年新形象。作者说："写儿童文学是用纯朴的文笔写纯朴的东西，要符合儿童的情趣。"

本届中，浙江省以劳罕的《心无百姓莫为官——精准脱贫的下姜模式》获特别奖，该书记录了下姜村脱贫致富的振兴之路，展现了当地党员干部"心无百姓莫为官"的为民情怀。

4.第十六届（2022年评出，评选范围为2019年6月—2022年5月）

2022年12月19日，中宣部印发表彰决定，对第十六届精神文明建设"五个一工程"组织工作先进单位和优秀作品进行表彰。授予电影《我和我的祖国》、电视剧《跨过鸭绿江》、图书"足迹"系列等12部作品"特别奖"；授予《守岛人》等12部电影作品、《山海情》等18部电视作品、《燕翼堂》等17部戏剧作品、《中国北斗》等8部广播剧、《领航》等11首歌曲和《远去的白马》等19部图书，共85部作品获"优秀作品奖"。本届"五个一工程"奖主要评选表彰2019年6月1日至2022年5月31日首次播映、上演、出版的优秀作品，获奖的97部作品是从全国报送的750余部作品中经过层层严格评审程序精选出的，充分反映了近几年来精神文化产品创作的丰硕成果。

特别奖中共有图书2种。"足迹"系列图书（《让群众过上好日子——习近平正定足迹》《闽山闽水物华新——习近平福建足迹》《干在实处 勇立潮头——习近平浙江足迹》《当好改革开放的排头兵——习近平上海足迹》）由中宣部统筹指导，河北、福建、浙江、上海4省（市）党委宣传部组织编写，系统记述习近平同志地方工作经历，由人民出版社分别会同河北、福建、浙江、上海人民出版社出版发行。徐锦庚的《望道：〈共产党宣言〉首部中文全译本的前世今生》（浙江文艺出版社）以陈望道翻译《共产党宣言》中文全译本为主线，多角度剖析了中文版《共产党宣言》为中国共产党的诞生和中国革命的胜利所起的铸魂引航作用。

　　优秀作品奖中共有图书19种。长篇小说有5种。军旅作家朱秀海的《远去的白马》（北京十月文艺出版社）以"白马"为引，浓墨重彩地讲述了解放战争时期支前女英雄赵秀英的传奇人生，塑造了战争中那些平凡而伟大的普通人形象。孙甘露的《千里江山图》（上海文艺出版社）以20世纪30年代的上海为背景，讲述了共产党人陈千里突破重重限制，凭借孤绝的勇气、强大的信念、缜密的设计和高超的布局，不辱使命圆满完成"千里江山图"计划的英勇事迹。孙甘露是先锋小说的代表作家，早年曾创作《我是少年酒坛子》《呼吸》等多部作品，此次他重新写回了长篇小说体裁。阎晶明评："《千里江山图》是硬核的重大革命历史题材，又是极具故事强度的长篇小说，同时其叙述格调还保有新鲜的、充满活力的、动人的、让人着迷的先锋意味。"陈继明的《平安批》（北京十月文艺出版社、花城出版社）以平安批为切入点，讲述了一段潮汕侨民"下南洋"的艰难创业史，把拼搏奋斗与文化传承融入了百年世事变迁，写出了侨民浓烈的家国情怀和中华民族讲信誉、守承诺的传统美德。所谓的"平安批"，是指在国外的或外族的男人给家人或亲人等邮寄的信件,亦称"番批"。温燕霞的《琵琶围》(江西人民出版社)书写了赣南革命老区乡村"琵琶围"的脱贫过程,指出乡村的脱贫不只是财富的脱贫,更是精神的脱贫。滕贞甫的《铜行里》(作家出版社、沈阳出版社)以沈阳铜行胡同的历史变迁为线索,记录了几代人经营百年老字号铜铺的历程,深情追忆百位亲友的人生经历故事,展现代代相传的工匠精神。

通俗理论读物有3种。韩康等主编的《奔向共同富裕》(湖南人民出版社、民主与建设出版社)立足新时代历史方位和中国式现代化进程,全面系统阐释了共同富裕的思想逻辑与科学内涵,聚焦新时代扎实推动共同富裕的实践举措,描绘共同富裕的实践路径和美好前景。孙正聿的《掌握"看家本领"》(吉林人民出版社)以"读经典、悟原理"为主要内容,着力论述了怎样系统钻研马克思主义基本原理,帮助党员干部真正掌握这一"看家本领"。陈晋的《问答中国:只要路走对,谁怕行程远?》(新星出版社)围绕中国愿望、中国道路、中国制度、中国共产党、中国文化、中国与世界等核心问题,通过200余段问答式对话,回应大众关心的普遍性问题或疑惑。

报告文学、纪实文学有8种。铁流的《靠山》(人民文学出版社、青岛出版社)记述了革命战争年代人民群众踊跃支援前线的动人场面,呈现中国共产党人与人民群众的鱼水情,彰显"江山就是人民,人民就是江山"的宏大主题。樊锦诗口述、顾春芳撰写的《我心归处是敦煌:樊锦诗自述》(译林出版社)带领读者领略了敦煌石窟壁画的美轮美奂,解读了敦煌文化的博大精深,讲述了莫高窟人面对残破不堪的洞窟的担当有为,以及敦煌文物考古和研究过程中发生的诸多感人至深的故事。何建明的《诗在远方——"闽宁经验"纪事》(宁夏人民出版社、福建人民出版社)以报告文学形式系统总结"闽宁经验",对闽宁扶贫协作二十多年的重要事件进行了系统梳理,展现了"山"与"海"携手树立东西部扶贫协作共同发展的成功典范。赵韦的《国家至上》(陕西人民出版社)讲述了中国最大的固体火箭发动机研制基地组建、发展、壮大的过程,反映了中国科技工作者冲破技术的封锁,攻克道道难关,自主研发"大国重器"的艰辛历程与辉煌成就。罗伟章的《下庄村的道路》(作家出版社、重庆出版社)讲述了"全国脱贫攻坚楷模"毛相林带领下庄村村民在悬崖绝壁上开凿"天路",因地制宜发展柑橘种植和乡村旅游产业,摆脱贫困奔小康的故事。龚盛辉的《中国北斗》(山东文艺出版社)描述了我国北斗系统从无到有、由弱到强的建设历程,生动阐释了"自主创新、开放融合、万众一心、追求卓越"的新时代北斗精神。杨沐的《南繁——筑牢中国饭碗的底座》(海南出版社)围绕水稻、玉米、瓜果、棉花等南繁种类,饱含深情地讲述了鲜为人知的南繁故事,塑造了吴绍骙、袁隆平等科学家的生动形象,讴歌了南繁人"种济天下"的家国情怀。谭楷的《我用一生爱中国:伊莎白·柯鲁克的故事》(天地出版社)介绍了"友谊勋章"获得者伊莎白·柯鲁克一生致力于向世界展示真实生动的中国,传播和平美好的中国声音的感人事迹。

少儿读物有3种,于潇湉的《冷湖上的拥抱》(长江少年儿童出版社)是一部从孩子的情感视角透视共和国石油人信仰追求的儿童文学作品。小姑娘孟海云初到陌生的敦煌七里镇,在闯进爸爸的新家庭的同时，闯开了爷爷记忆的闸门。薛涛的《桦皮船》（安徽少年儿童出版社）以国家级非物质文化遗产桦皮船技艺传承人为原型，以儿童视角细腻地描绘了一对鄂伦春族祖孙携一条桦皮船、一只小狍子，一路北上奔赴大兴安岭追寻精神故乡的心灵旅程。曾有情的《金珠玛米小扎西》（希望出版社）讲述藏族牧童小扎西在遭遇雪崩失去双亲后，从一名孤儿成长为一名英勇的边防战士的故事，展现了民族团结一家亲的生动图景，彰显了边防军人的家国情怀和责任担当。

这一届浙江省有2种图书入选，且均为"特别奖"。"足迹"系列由中宣部统筹指导，《干在实处 勇立潮头——习近平浙江足迹》为"足迹"系列之一。《望道：〈共产党宣言〉首部中文全译本的前世今生》讲述了《共产党宣言》在中国传播的历史，刻画了20世纪初中国先进知识分子中的一群"望道"们的形象，多角度剖析了中文版《共产党宣言》为中国共产党的诞生和中国革命的胜利所起的作用。

（四）第十三届至第十六届"五个一工程"奖的特点

1.评选的周期设定为五年两届，评选范围设6个大类。自十三届开始，"五个一工程"奖设定评选周期为5年两届。评选范围包括电影（包括动画电影）、电视剧（包括电视动画片、电视纪录片）、戏剧、广播剧、歌曲、图书6个门类。

2.图书的评奖范围规定为长篇小说、报告文学、纪实文学、通俗理论读物和少儿读物5种文体。第十三届"五个一工程"奖的"一本好书"奖项评选的范围除文学图书外，又增加了通俗理论读物和少儿思想道德读物。时任中宣部出版局局长郭义强在接受记者采访时表示，前三届对"一本好书"评选范围的收缩，是为了更好地对获奖作品进行市场检验，更好地凸显"五个一工程"评选的社会影响；而第十三届评选将通俗理论读物和少儿思想道德读物纳入，是因为中国梦的宣传、核心价值观的普及和正能量的传播，需要有更多的读物参与。对评选范围的扩展，既使评选更好地体现了时代性，又能调动更多非文艺类出版单位参与这一评选的积极性，使这一评选能覆盖更多的读者，适应更多的出版单位。

3. 在第十一届和第十二届"五个一工程""一本好书"评选时，除确定评选范围是文艺类图书外，还明确规定：参评作品必须具有广泛影响，发行量原则上不少于3万册（套）。第十三届至第十六届，在对评选范围进行调整的同时，仍对参评的图书明确了发行量不少于3万册（套）的规定。如此一来，评选作品既能适应不同读者的阅读取向，又扩大了评选与民众意愿的相关度，从而在更大范围内实现"叫好又叫座"。

4. 在5种文体中，报告文学、纪实文学的比例有了提高。在第十三届评选中，入选图书有28种，其中报告文学、纪实文学占10种，长篇小说占8种，少儿读物占5种，通俗理论读物占5种。很明显，报告文学、纪实文学类入选图书数量最高，此前作为绝对重点的长篇小说已处于第二位。第十四届为了贯彻《关于全国性文艺评奖制度改革的意见》，图书特别奖设1种，为政治理论读物。入选图书10种，其中报告文学和纪实文学3种、少儿读物3种、长篇小说2种、通俗理论读物2种，长篇小说退居第三位。第十五届评选中，图书特别奖有5种，1种是通俗理论读物，4种是报告文学、纪实文学；优秀作品奖图书10种，6种是长篇小说，还有4种是少儿读物。如果按总数计算，长篇小说、少儿读物的数量的确略有提升，但作为特别奖的4部报告文学、纪实文学位置靠前，重要性提高了。第十六届评选中，特别奖入选图书2种，文体均为报告文学、纪实文学。优秀作品奖图书类共19种，其中报告文学、纪实文学有8种，长篇小说5种，少儿读物有3种，通俗理论读物有3种。报告文学、纪实文学无论在获奖位置还是获奖数量方面，都得到了进一步的提升。

21世纪以来，浙江获奖情况有起伏，第九届、第十四届两届缺席，第十一届、第十六届两届获奖数量超过1本。从文体上看，只有第十三届入选作品是长篇小说，其余都是报告文学、纪实文学，通俗理论读物、少儿读物2种文体没有入选过。从出版社情况看，浙江人民出版社单独获奖2种、合作获奖1种，浙江文艺出版社单独获奖2种，浙江摄影出版社单独获奖1种、合作获奖1种，宁波出版社合作获奖1种。

（2024年7月25日，为讲座用稿）

元宇宙与出版业的前景

一、我们的态度

最近看到中宣部出版局副局长杨芳发的一句点评，我觉得说得特别好："没有内容支撑的科技是没有灵魂的，没有科技加持的内容是没有未来的。"内容是灵魂，科技是加持，只有有科技加持的内容才能走得更长、跳得更高、传得更远。最近"元宇宙"这个概念在资本市场很火，9月份，A股"元宇宙"概念板块股票强势上攻、集体飙升。自从字节跳动收购国内VR厂商Pico的消息传出之后，"元宇宙"热度从一级市场传导至二级市场。我们讨论元宇宙时，也要以拥抱科技进步的态度来对待它。

任何新技术的进步和社会生态的变化都会给新进者和后起者带来机会，而行动迟缓的巨人会倒下，就像当年柯达公司倒于数码技术冲击，诺基亚死于智能手机兴起。2003年的"非典"疫情对中国的零售电商的兴起起了催化作用：淘宝在"非典"时期闭门造"淘"，"非典"一结束淘宝就全部上线了。刘强东自述"非典"期间中关村电脑卖场集体关门，他开始考虑做电商，最终走上了全面线上化的道路。2020年初，突如其来的新冠疫情给经济带来了严重挑战，也改变了人类的生活方式，人们的上网时间大幅度增加，"宅经济"快速发展。人们以为，新冠疫情会像"非典"一样很快结束，结果一波未平一波又起。人类不断与病毒变种战斗，线上生活由原先短时期的例外状态成为日常状态，在电脑、手机上办公和学习成为人们生活的常态，这一状况加速了社会虚拟化进程。今天，手机移动端成了个体生命的组成部分，线上与线下已经完全打通，人类的现实生活开始大规模向虚拟世界迁移，跟上个世纪相比，人们已经成了现实与数字两栖的新人类。元宇宙在这样的背景下爆发，也是历史发展的必然。我们应该了解研判全球科技创新发展态势，超前布局，动态调整，下好先手棋，在出版竞争中赢得主动权。

二、什么是元宇宙

元宇宙是什么？我最近看了些资料，集中学习了一番。元宇宙一词的英文Metaverse，由Meta（超越）、Universe（宇宙）

两部分组成，指的是通过技术能力，在现实世界基础上搭建一个平行且持久存在的沉浸式虚拟空间，用户可在其中进行文化、社交、娱乐等活动。元宇宙所需的硬件设备主要是消费级和行业级的VR终端。一个真正沉浸式的平行世界，必然需要AR/VR设备的支撑。元宇宙的第一入口是AR/VR终端，同时需要5G、云计算等技术的支撑。从"5G+云计算+AR/VR"产业的融合入手，可将元宇宙的产业链分为硬件层、软件层、服务层、应用层以及内容层。

有人称，元宇宙是下一代的互联网，是在AR/VR平台上的互联网；也有人预测，再过15年，互联网可能会发生一次重要的变革。正如主要上网终端从PC过渡至手机那样，未来可能将从手机过渡到AR/VR设备，开始互联网下一个15年的演变周期，人类将迎来互联网大变局。2021年，可以被称为"元宇宙元年"。元宇宙呈现了超出想象的爆发力，其背后是各种要素的"群聚效应"，跟1995年的互联网变革相似。AR/VR、5G、区块链、云计算，人们已经讨论了很多年了，元宇宙是将多种新兴技术融合在一起的，是集大成者。资本市场从来是喜新厌旧的，一个新概念的产生必然会引起一大波炒作，元宇宙概念成为新的互联网大风口，Meta、索尼、Unity、腾讯、网易等企业将大把的真金白银砸入这个风口，必然刮起更大的"龙卷风"。

三、元宇宙迎合了人们的新需求

元宇宙是现实世界不能满足的部分实现在虚拟世界中的补

偿。现实世界的挫败、不公平、无序感在虚拟世界中能得到纠正和重塑，人类在虚拟世界的新身份认同中或许更能找到理想中的自己。同时，虚构和想象一直是人类文明的底层冲动，也是人类潜意识中"梦的解析"。古代的诗歌、绘画、音乐、戏曲，都是现实世界在视觉、听觉上的呈现和折射；近现代的电影、电视，是人类"梦工厂"；而当代身临其境的VR，走向未来的真幻不分的元宇宙，则是人类虚构和想象的不断进步和完善。二维变成三维，这种逼近真实的沉浸感、参与感，可以让人获得在另一个世界再活一世的强烈补偿感。三维虚拟世界极大地拓展了人的生存维度和感官维度，让人在虚拟的视觉、听觉、触觉、综合感官的作用下，实现对现实世界的精神超越。正如《雪崩》中描述的："戴上耳机和目镜，找到连接终端，就能够以虚拟分身的方式进入由计算机模拟、与真实世界平行的虚拟空间。"这是人类精神享受的新体验、新境界。人们的这种新需求，必然会引起新产业的诞生、新商业模式的形成。

四、历次科技大变革对出版的影响

在纸质媒体占主导地位的时代，中国出版业的发展也是让人瞩目的。出版业曾经历过供不应求的黄金时代，如20世纪70年代末80年代初，图书严重匮乏，一本书动辄印刷十几万、几十万册。20世纪90年代热门的电视媒体兴起，《红楼梦》《三国演义》等四大名著的长篇连续电视剧带动了中外名著的热销，央视主持人出书，动辄起印上百万册，造就了"金黎"畅销书制造团队。21世纪初兴起的互联网很快打败了纸质媒体，逐渐成为强势媒体。互联网时代经历了从PC端到智能手机移动端的变革。先是硬件发展的三年，大家都在竞争制造智能手机硬件；接着是软件开发的三年，开发各种应用软件、应用商店；最后是商业模式的三年，智能手机上的位置信息，催生了各种外卖、打车、共享单车公司。在PC端时代，QQ、MSN是主流，微博是热点；在手机移动端时代，微信流行，成为离不开的社交工具。博集天卷在微博时代就抓住了商机，签约了刘同、张嘉佳等一批网络大V，抢了头口水。《谁的青春不迷茫》《从你的全世界路过》等书名成为时髦青年的流行语。磨铁公司则抓住了抖音这个新工具，重新开发刘同的作品——《我在未来等你》《一个人就一个人》，看书名就像虚拟世界主题。最近磨铁又在开发李柘远，用哈佛、耶鲁名校、高分、大帅哥作为其人设，推出适合短视频时代的作品《学习高手》。流量明星王芳利用抖音平台，积累粉丝700万，直播带货卖到1.8亿，销售码洋六七个亿，一人顶得上一个中型出版机构。

  然而，互联网和数字出版只是取代了传统出版的阅读形式，这是传播形式的革命，但是图书的内容是永恒的，因为人类文明的精华储存在图书中。书业作为内容产业，"内容为王"的特征前所未有地得到了强化。因为，在娱乐化、商业化的时代，书业只有在内容生产上显示自己的独特价值，才能立足于不败之地。这就对出版人提出了更高的要求。

五、元宇宙与浙江出版

工业文明造就了大众传媒，数字化文明造就了融合传媒，元宇宙是智能化文明，必然造就智能化出版传媒。元宇宙将赋能所有行业，激发传统行业的发展新动能，实现行业高质量发展。基于元宇宙的特征，结合目前浙江出版联合集团出版实践，我有以下几点设想：

1.聚焦元宇宙热点，出版相关选题图书

密切关注元宇宙动态，发现和培养元宇宙研究优质作者资源以及元宇宙头部流量资源，多角度多形式打造元宇宙热点图书，包含介绍元宇宙概念的科普图书、深度解读元宇宙形式的学术图书、描述成功运用元宇宙案例的商业图书等。要避免一拥而上，盲目出版低水平图书，要有计划有重点地形成元宇宙相关图书矩阵。

2.聚焦元宇宙技术，赋能集团"四大平台"建设

元宇宙是对多种信息技术的统摄性想象，可用其对集团大数据中心、火把知识严选、数字教育智慧服务平台、智慧书城四大平台建设进行技术加持。如在大数据信息采集上可运用元宇宙人工智能、云计算等技术进行数据智能处理与生产；在火把知识严选平台建设上可用元宇宙来激活UGC（用户生成内容）生态，实现内容资源的大量聚集；在数字教育智慧服务平台建设上可利用视觉沉浸技术超越时空分离的阻碍，塑造在线教育时空"共在"的新形态，生成元宇宙智能在线学习环境；在智慧书城建设上可开展立体化阅读应用场景布局，采用元宇

宙数字孪生技术产生大量虚实融合场景，进而构建细节极致丰富的拟真环境，营造出沉浸式的在场体验。

3.聚焦元宇宙产品，布局游戏出版

游戏是元宇宙的雏形，元宇宙的基本特征在游戏世界中得到了精彩的展现和诠释，AR/VR交互技术提升游戏的沉浸感；5G、云计算技术支撑大规模用户同时在线，提升游戏的可进入性；算法、算力提升驱动渲染模式升级，提升游戏的可触达性；区块链、AI技术降低内容创作门槛，提升游戏的可延展性。较有代表性的《堡垒之夜》以传统的游戏模式吸引用户，在此基础上不断添加社交性、经济性等元宇宙要素。集团拥有游戏出版资质，可在游戏出版领域进行元宇宙化尝试。

4.聚焦元宇宙投资，加强资本运作

元宇宙以现实叠加虚拟，具有广阔的商业潜能，其庞大的经济规模必定会催生大量全新的业态。集团可运用上市募投资金提前进行资本布局，如元宇宙中所有的体验都围绕用户的化身展开，化身的形象是元宇宙中自我呈现与形成自我认同的重要方式，这将成为备受资本关注的一个领域。但要注意的是，目前元宇宙在市场上还处于雏形期，存在诸多不确定性，产业和市场都亟须回归理性，投资需要谨慎。

（2021年12月3日，一次专题会发言）

第三辑

读书生涯

略论现代派文艺与儿童文艺的契合及其原因

一向受人冷遇的"二等文艺"——儿童文艺，在20世纪得到异乎寻常的青睐。站在文艺俄林波斯山上的艺术大师们居然一反常态赞美起儿童文艺来，虔诚地说要向儿童学习。艺术理论家H.里德在《今日的艺术》中总结说，"现在的艺术，有一种想回到儿童们的情景的质朴与简单的企图"，"我们从原始人（以及儿童）的最早的艺术表现中所得到的艺术之本质，较之于从文化最发达的时代的苦心经营出来的智慧艺术品中得到的更多"。探讨现代派文艺与儿童文艺的契合点及其产生原因，那将是件有趣的也是有意义的事：广而言之，通过两种差不多处于两端的（最简单与最现代）文艺比较，寻找文艺内在的、共通的东西；狭而言之，发现儿童文艺本身的潜力，更好地发挥它的创造优势。

我所说的儿童文艺包括儿童艺术和儿童文学。儿童艺术是指儿童自己创作的艺术（如儿童画），这跟一般的定义相同。儿童文学有两种：一是儿童自己的创作，二是成人模拟、幻化为儿童，且为儿童认同的作品。这跟一般的定义不同，如日本学者上笙一郎的界定："所谓儿童文学，是以通过其作品的文学价值将儿童培养引导成为健全的社会一员为最终目的的，是成年人适应儿童读者的发育阶段而创造的文学。"（《儿童文学引论》）根据这个定义，儿童文学必须是成年人为儿童创作的作品。我觉得这一定义忽视了这样一个事实：许多儿童创作了不少被大家认可的优秀作品，在我国，近几年就有许多例子，如田晓菲、江南的儿童诗。相反，成人按照自己的思维逻辑和现世经验为儿童创作的作品是否属儿童文学倒值得怀疑。纯粹的儿童文学应该是儿童创作的作品，正如儿童艺术是儿童自己的创作一样，只是鉴于儿童在掌握语言、文字方面存在困难才由有童心的成人代劳了。总之，我现在说的儿童文艺是指儿童自己创作和成人模拟、幻化为儿童创作的，且为儿童认同的作品。

一

荣格在著名论文《心理学与文学》中将文艺作品分成两类：一类叫作心理型，另一类叫作幻想型。心理型涉及的素材来自人的意识范围，诸如生活教训、感情波动、情欲体验等。

一般的文学作品都属于这一类型。这类作品一般没有超出人的理解范围。幻想型素材不为人所熟悉,荣格认为这种经验来自人类心灵深处,甚至可以使人联想到史前时代。如果按照荣格的分类法,占儿童文艺主导地位的是幻想型作品。

从儿童文学体裁看,占主导地位的是童话、寓言、幻想类小说,其中童话占了一大半。写实主义儿童小说是在成人小说影响下发展起来的,并非儿童文学自身的产物。从儿童文学的历史看,其源流是民间童话,如意大利的《愉快的夜晚》、法国的《鹅妈妈的故事》和德国格林兄弟收集的童话都明显带有幻想色彩,情节奇异,荒诞不经。之后,艺术童话沿袭了这种传统,如著名的《爱丽丝漫游奇境记》写的是一个小女孩的胡思乱想。随着浪漫主义运动的兴起与新的儿童观的确立,儿童文学得到发展,出现了几个儿童文学天才,如 C. 布伦坦诺、霍夫曼、金斯莱和安徒生。霍夫曼的神奇小说与安徒生的优美童话成为儿童小说与童话的典范。随后的发展主流是霍夫曼式的神奇小说和安徒生式的优美童话相互渗透、相互融合,以致分不清什么是小说什么是童话,便有了 C. S. 路易斯的《魔椅》、林格伦的《长袜子皮皮》、J. 塞尔登的《蟋蟀奇遇记》等作品:现实与幻想的相互变换、交汇、融合,达到似幻似真的境界。

"童话"一词的德语是 Märchen,指带有魔法或神奇色彩的民间故事;英语是 Fairy tale,其中 Fairy 既指小精灵,也有幻想、虚构的意思。而按照《大英百科全书》的说法,儿童文学的世界不仅有儿童的想象世界内容和日常环境内容,还包括幻想的动物、小矮人或巨人、大自然的精灵与超自然的奇幻的事物。有人用超自然的（Supernatural）、梦幻的（Fantastic）和荒唐的（Nonsense）来形容儿童文学的特点，也是有道理的。

同样，儿童艺术更是千奇百怪。儿童画外形上扭曲、夸张，色与形随意地拼凑，线条与线条偶然组合；内容上天真神奇、胡乱杜撰。比如，把篮子挂到弦月上、替小狗小猫插上翅膀、画起人来只剩下一个圆脑袋和两个圆眼睛。儿童总是那样兴致勃勃地随意涂抹，一边唠唠叨叨地指着一团糟的线条说这是花、树、小狗等，一边在率真的稚拙、无意的变形、天生的象征中创造出令成人目瞪口呆的艺术品。

有人说儿童艺术其实也是写实的，只因技巧的简单、图式的缺乏才变得那么怪腔怪调的。这种说法是肤浅的。当代杰出的艺术理论家贡布里希指出："在儿童的世界里，实在和外形之间没有明确的界限。他能使用最意料不到的工具做最意料不到的事情——把桌子翻过来当作宇宙飞船，把水盆当作'安全帽'。……水盆不是'再现'一顶安全帽，它就是一种临时的头盔，甚或可以证明很有用处。"（《论艺术再现》）按照这种说法，儿童艺术是一种排除再现内容的自治艺术，其本身就是再现的东西。就儿童文学而言，幻想事物并不是对现实世界的模仿，而是纯心灵的实在；就儿童绘画而言，画就是画——一种非功利的创造冲动。在儿童看来，童话世界里的神奇事物都是实在的，幻想即现实。儿童用随意涂抹中的圆圈去表现人头、用特定色彩表现所见物色彩，绝对不是模仿，而是一种兴奋的试验，是真正的创造。在儿童身上有一种天生的制作能力和兴趣，这是人类得以发展的本能天性。"我们所谓的'文化'

或'文明'就是奠基人充当制作者的能力，发现意外用途的能力，创造人造代用品的能力。""人的世界不仅是事物的世界，在实在和虚假没有区别的时候，人的世界就是符号的世界。"（《论艺术再现》）儿童的世界就是这种自我创造的符号世界，而这种儿童先天具备的素质恰恰是现代派艺术家们刻意追求的。

二

那么，儿童文艺为什么大都是幻想型的？儿童文艺产生的动因又是什么？要探讨这些问题，首先必须探索儿童的心灵世界。

皮亚杰的天才研究为我们打开了儿童神秘世界的大门。在此仅摘取主要的几个特征：

第一，儿童思维"惊人的混沌状态"。儿童思维像一张相互交织、相互融合、密不可分的网，对外在物理世界的把握处于模糊的混沌状态，分不清物理世界和心理世界，所以分不清现实的与幻想的东西，导致了儿童文艺中的泛灵论现象。儿童对外界的知觉过程呈整体到部分的知觉倾向。这决定了儿童具有惊人的对外界事物进行"完形"的能力，感知能力异常敏锐（而成人因习惯于以实用标准看待事物，对外界的感知能力反而大大削弱）。所以儿童看到一座山会说山是狰狞可怕的或温和可亲的，或者感到"聪明的小草彼此讲述绿色的童话"（海涅诗句）。

第二，儿童思维的"非逻辑性"。由于儿童的运动和感觉机能发展较早，而侧重于思维、调节的额叶、胼胝体发展较迟，造成儿童思维的非逻辑性。另外儿童心理状态中没有"机遇"观念，认为一切事物都可以用它的周围事物来解释，形成了儿童惊人的想象能力：以某种意料之外的理由或假设来回答任何问题和处理任何困难，类似于解释狂患者。这种特征能解释为什么儿童能在杂乱无章的涂鸦中指出小草、树或鸟。《爱丽丝漫游奇境记》中的爱丽丝就是一个爱幻想、充满好奇心、事事要问为什么的小"解释狂"。既然一切事物都是有因果联系的，那么无端来的险情莫名其妙地解决也无所谓荒唐了，这在儿童看来很自然、很实在。所以儿童文艺既荒唐又富有创造性。

第三，儿童思维的"我向思维"和"自我中心状态"。按照心理学的理论，思维有"指向"与"我向"之分。指向思维追求一个目的，即它适应于现实又试图影响现实，它能用语言沟通；我向思维是潜意识的、非自觉的，它所追求的目的并不在意识之内，它不适应于现实而为自己创造一个想象的梦境，是一个富于幻象与幻觉的独立自我的封闭系统。儿童思维属于我向思维业已被心理学实验证实。儿童文艺为什么大都是幻想型的？某种意义上是我向思维的产物。皮亚杰深入分析了儿童心理之后发现儿童有显著的自我中心状态。自我中心状态是无需解释的一种自发的心灵的现成的统觉方式，表现为直接占有对象，如此直接以至于主体不认识自己了，无法使自己超脱自我，以便在一个没有主观联系的关系宇宙中看待自己。换句话说，儿童看待外界事物并不视之为客体，而是一种"相遇"，是将内在性质投射到事物上去。这种状态真正是人性的最高境界：在哲学上是"天人合一"、是"坐忘""物化"；在宗教上是与上帝直接对话，是"我"与"你"的关系（马丁·布伯语）；在美学上是主客体对立之超克、止扬，忘我至境。现代派艺术家们追求的境界也类似于此。画家布拉克说过："一个人不应该只了解事物，他必须沉湎于物体之中而将自己变成该物体。"

儿童心理的特点造成了儿童文艺的幻想性、神奇性、非逻辑性、纯自治性。那么儿童为什么兴致勃勃地胡涂乱抹？为什么充满激情地肆意杜撰？其心灵深处的潜在动因是什么？我觉得至少有两点可以解释：

第一，儿童在内心深处有一种永恒的生命冲动，那种生命冲动是千万年来人类在自我生存、自我发展中产生的，在每个人身上永恒地存在。成人由于对现实的反复实践，已经以理智的方式表现那种冲动了。而儿童是一任天性的，心中所欲即付之行动，一无尘世之伪饰。如此则生命冲动更直接、更真率。比较明显的特征是儿童的好奇心。儿童的绝大部分行为的动机可归为好奇心。儿童通常有强烈的发现和理解（当然按他们的思维方式）的欲望和冲动。比如婴儿对第一可触摸的自己的身躯都有浓烈的兴趣，当他发现大拇指的功能后，很惊异，于是把它当作玩具，在嘴里吮吸。当儿童用笔漫无目的地涂画，偶然发现一个封闭曲线——圆时，是多么欣喜若狂，于是尽量用这个新发现来表现所见之物。这是真正的创造冲动。正因为儿童思维太受动机控制了，才造成我向思维。正如麦独孤指出的："思维系列愈是受动机、欲望和冲动的控制——愈接近于我向思维。"所以儿童惊人的创造力发端于不知疲倦的好奇心，一种生命律动,因而儿童艺术可以说是生命力的物化。大概是因为这会激起成人潜意识中的远古激情,所以成人才会对此惊叹不已的吧!

第二,我们还可用皮亚杰的智慧平衡理论来作解释。皮亚杰认为"智慧是介于同化作用和顺应作用之间的平衡",人必须在同化和顺应的平衡状态时才能满足情感上的和智慧上的需要。儿童投身到这个世界后,"不得不经常使自己适应于一个不断地从外部影响他的由年长者的兴趣和习惯所组成的物质世界,同时又不得不经常地使自己适应于一个对他来说理解得很肤浅的物质世界"。也就是说,儿童在成长过程中占优势的是"顺应"外界,这样就不能有效地满足个人情感上和智慧上的需要,于是在心理上产生一种企图"同化"外界事物的倾向:即他的行为不是适应现实而是意图现实被自己同化。如此则需要寻找一个自我表达的工具。一个由他构成的并能服从于他的信号系统,这就是象征性游戏体系。儿童并不是要通过同化改变现实,而仅仅是满足自己的需要。按照精神分析的理论,儿童的象征性游戏可以帮助解决情感上的冲突,补偿未满足的欲望,如角色颠倒和自我的解放与扩张等。儿童文艺作为一个自治的幻想世界,从某种意义上说便是一个象征性游戏体系,满足了儿童心理上的同化欲望,以达到情感上的平衡。

三

现代派是一系列标榜反传统的文学家、艺术家及其创作的统称。要对这股流派众多、风格庞杂的思潮作番描述那简直是场冒险。我们观其一种倾向：反叛写实传统。

对高贵典雅的古典主义文艺的反叛，似乎从雨果发表《〈克伦威尔〉序》便开始了。19世纪初叶的浪漫派运动实为现代派文艺的先驱。其后经19世纪中叶、末叶印象主义的反拨，象征主义的呼应，到表现主义的突破，经第一次世界大战推波助澜至20世纪20年代已是蔚为大观，什么未来派、达达主义、意识流小说等纷至沓来。又经社会文化思潮的介入，更是五光十色，"存在主义文学""新小说""荒诞派""黑色幽默"竞相登台。文学上有卡夫卡、福克纳、萨特、马尔克斯等；绘画上有塞尚、梵高、马蒂斯、康定斯基、克利、毕加索等。

文学家、艺术家开始嘲笑那种对客观现实进行忠实模仿与再现的艺术，转而走向内心世界，甚至深入到潜意识中挖掘人性之中远古的印痕与荒野的魔幻。在文学上，卡夫卡把童话世界的妖魔放到日常生活中，让其在大街上与你相遇，设置一个又一个永不能解开的迷宫；马尔克斯的《百年孤独》人鬼杂处、诡异奇谲，制造了一个魔幻的神话世界；至于斯特林堡的《鬼魂奏鸣曲》，恐怖得令人颤抖，就像半夜噩梦。在绘画领域，古典主义引以为豪的透视法被废弃了，从三维变成二维，像进了E. A. 艾勃特的幻想小说《平面国》。马蒂斯的作品中天真烂漫的装饰风格、强劲活泼的粗线条充满了儿童般的稚气美；毕加索像个毫无邪念的小孩，毫不犹豫、充满自信地破坏自己的画面，在旁人的一片惊讶声中创造出全新的画面。米罗和克利更有代表性。米罗的画面纯粹是儿童的幻想世界，他"把小顽童似的魔鬼、蜘蛛、阿米巴和蜗牛聚集在绘画中"。克利超现实的作品中充满了儿童情趣与稚拙美。不仅如此，他们在观念、追求上也跟他们所表现的一致。画家弗拉曼克说："我的努力方向，是使我回到下意识里蒙眬睡着的各种本能里的深处。这些深处被表面的生活和种种习俗淹没掉了，我仍能用孩子的眼睛看事物。"而在文学界以非理性主义为特征的各种流派都认同了弗洛伊德这样的表述："创作家所做的，就像游戏中的孩子一样。他以非常认真的态度——也就是说，怀着很大的热情——来创造一个幻想的世界，同时又明显地把它与现实世界分割开来。"

现代派文艺在表现方式上至少在这几个方面与儿童文艺相似：

第一，幻想性。现代主义者拒绝描写客观世界而把注意力转向主观世界，认为内心世界才是真正的实在、真正的客体。对于现代派文艺来说形象的物质性已不存在，艺术家应该是这种人，就是将他内心深处的东西（如生与死、爱情与暴力、秩序与混乱、错觉与幻觉），通过语言、形状、色彩、声音，符号化地表现出来。艺术家的内心世界经远古的召唤、时代魔影的折射，便充满了神话色彩，这种神话在生活的真实的框子里反过来具有亦真亦幻、怪诞的隐喻性。

第二，追求艺术的纯真之眼（Unbiased eye）。艺术家布朗库西有句名言："当我们不再是孩子的时候，我们就死了。"柯罗每日祈祷，希望自己变成孩子；马蒂斯疾呼艺术家"他一辈子都应该用儿童的眼睛去看世界，如果他失去了这个观察事物的才能，他同时也就失去了一切独特的，即表现中的个性"。他们要向儿童学习的是：一方面，对待现实与自然的态度，寻求"天籁"。他们试图排除尘世的污染,回归混沌不分的"天人合一"境界,像新生儿一样新鲜地、非功利地感受世界,在中断了与日常生活意识形态的联系之后,进入到自我意识的彻悟状态,企求在一个顿发的契机中把个体存在的激情投射到世界或把世界纳入几个基本形体之内。无论是米罗、克利、毕加索,还是梅特林克、卡夫卡,都是天籁的追求者。另一方面,对儿童文艺表现方式的吸收。儿童思维中特有的"惊人混沌状态""非逻辑性""自我中心状态",造成的惊人的完形能力、想象和幻想能力以及稚拙率直的风格吸引了一代文学家、艺术家。于是现代派文艺惯用的象征、意识流、荒诞、同时性,在儿童世界中找到了契合点。而现代派文艺从儿童绘画中学到的东西,足以激起对儿童创造力的崇敬感。他们学习儿童式的奇妙幻想与稚拙、单纯、无拘无束的笔法。毕加索说他的创作不过是"胡涂乱抹",说自己不过是"娱乐世界的丑角",追求的是儿童涂鸦式的快感。

四

那么,现代派文艺为什么会对古典主义模仿再现文艺观反叛,出现新的文艺观和新的表现手法呢?其动因又是什么呢?

这需要从西方人的文化-心理因素方面去探索。"模仿说"从古希腊德谟克利特那里就露出了端倪,随后经亚里士多德体系化成为14世纪到19世纪中叶西方文艺观的主流。这种文艺观认为所有文艺都是对现实自然的模仿,由于模仿的对象、媒介、方式的不同而产生了各种文艺样式。这种文艺观植根于西方的理性-乐观主义精神。从历史看，理性-乐观主义在古希腊罗马时代就开始了，中世纪受到神学的压抑、变异，文艺复兴重新揭起古希腊、古罗马旗帜后滥觞开来。文艺复兴的两大发现：一是外部世界（自然和地理）的发现，一是主体世界（人）的发现，其结果是形成了人理性力量的权威、对社会文明进步发展的乐观信念与对人类和人性真、善、美的赞美。这股思潮经早期人文主义者但丁、莎士比亚鼓吹，培根、笛卡尔等人发展，到黑格尔达到顶峰。人类的历史就是文明进化史。既然现实世界是美好的，人类是绝妙的，那么，只要通过描绘现实、赞美人性就可以发现文艺的美学价值，这样模仿说也得以盛行开来。

与之相反的逆流是从卢梭的著名论文《科学和艺术的发展是败坏了风俗还是净化了风俗》获得先声的。卢梭认为科学、艺术败坏了风俗，主张"返于自然"，并在以后的年代里不断有响应者。到18世纪，理性主义和科学主义证明上帝不存在，西方人失去了存在意义的依托点。叔本华首先感到个体生命的悲观、虚无性，尼采的"上帝死了"喊出了一代人的心声，进而激起人被"异化"的齐声呐喊。从宗教、哲学看，个体必然是要死亡的，生存便成了一场梦；从社会现实看，两次世界大战彻彻底底摧毁了西方人的理性-乐观主义信仰，代之而起的是怀疑一切、生存绝望感、非理性主义。文化悲观主义成为不可逆转的潮流。

尼采说人生本无意义和价值，真正的意义和价值是主体的投入。那么，塞入些什么呢？弗洛伊德给现代人打开了潜意识大门，潜意识中的病态、恶癖、盲目冲动、畸形心理、绝望异化态度像潮水般涌入文艺厅堂。因此文艺观以"表现说"代替"再现说"也顺理成章了，而现代派文艺反写实的幻想特征也找到了依据。

现代派文艺的崛起还受到了文艺内在的自律和现代人的心理因素的影响。

从文艺自身的发展规律看，不变是相对的，变是绝对的。从生理学上讲，人的感官与感情会产生疲劳感，即所谓"熟视无睹"。文学家、艺术家必须像毫无经验、毫无偏见的儿童那样，不断地、新鲜地、富有激情地感受世界才能保持其独创性。因而文艺必须不断地更新、变异，寻求新鲜的形式，才能保持其生命力。

在某种意义上说，现代派文艺较之于古典主义的传统文艺更符合文艺本身的要求。理由是：

第一，现代派文艺撕破了社会、文化的假面具，让文艺从古典主义文艺贵族的、特权的、温情脉脉的假象中回归到文艺最原始的、本真的、赤裸裸的面目中。文学家、艺术家再也不那么煞有介事地夸耀自己创作时的高尚、优雅，而是承认自己的创作是一种游戏，一种生命冲动，一种儿童涂鸦式的快感。文学家、艺术家并不是为了创造美或丑，而是为了纯粹的创造。比如毕加索常用一些令人目眩甚至恐惧的色彩（如凄厉的蓝色），他笔下的人物畸长、僵直、棱角化、立体化。他似乎从不知道自己绘画中的意义而只是一个劲儿地表现，不论画面怎样丑陋、粗犷、恐怖。他把内心深处潜意识的粗野情欲、生命悲凉、现实噩梦，用最原始本真的方式表现出来。他的作品与其说是画，毋宁说是一种不可遏止的创造冲动，是生命力的物化。诚然，他表现技法的高超、隐含内容的深刻，绝非儿童艺术所能比，然而，其创作状态、创作动力不与儿童相类似吗？小说家卡夫卡表现出另一种狂热。他是个极端自我中心者，在他紧张又病态的心灵中浸透了他对现代生活的恐惧感与绝望心理。然而他每每把绝望号泣、远古恐怖化为顽固不化的程式。他的创作同样是创造狂式的。据他的日记记载，1912年9月22日晚到23日晨，他一口气写成名篇《判决》，而后在当天的日记中写道："写东西只能这样，只能在身体和灵魂完全裸露的状态下一气呵成。"然而过了五个月，在修改校样时，他才弄清里面的人物关系。也许文学家、艺术家透过经验世俗之网"复归于婴"时，才能达到艺术最原始的本真状态。

第二，现代派文艺家的创作动机同样可用皮亚杰的智慧平衡理论解释。一方面，由于现代科学技术的发展，恶性膨胀的物质文明侵吞了人类心灵的园地。现代人在情感上时时有被机械化的感觉，现代人生活的最显著特征是：工作的程式化、娱乐的公式化、人性的刻板化。另一方面，世界纷杂，人生多舛，生命短暂，个体因把握不住自己的命运而时常感到受冥冥之中未知势力的控制，而处于身不由己、无可奈何的绝望状态。无论是奥尼尔的《毛猿》、恰佩克的《万能机器人》还是萨特的《恶心》都反映了一个主题：人被物统治了，人失去了自我。"异化感"成了现代人最强烈的感受，敏感的文学家、艺术家的这种感受尤为强烈。对现代人来说活着就不得不经常"顺应"从外部影响他的"物的世界"，不得不经常屈服于对他来说陌生的、不理解的"未知势力"。因此，现代人生活中最主要的是"顺应"作用，即适应现实。这样就不能满足情感和智慧上的平衡，由此便产生了强烈的"反顺应"倾向，反抗物的世界的侵吞，强烈需要一个自我表达的工具，一个由个人构成的并能服从于个人意愿的信号物体系，那就是文艺。加缪称艺术是一种"反抗"，认为"这种运动也是一切艺术运动。艺术家总是以重新创造世界为己任"。在这个心灵天地里，文学家、艺术家充分施展才华并象征性地解决现实生活冲突。萨特认为人是"赋予世界以意义的生命体"的"符号的创造者"，和梵高宣称的"一切艺术家都尝试着对上帝的重新研究，赋予它以一种它所欠缺的状态"表达了同样的思想。所以，卡夫卡充满古老语言与远古恐怖的世界、艾略特的"荒原"世界、毕加索的立体世界、米罗和克利的童话世界都可以说是一个符号体系，在这个体系里象征性地解决了现实问题，宣泄了现代人灵魂中对现实的巨大悲悯与哀恸，生命的荒谬感与文明危机意识。

如果说儿童文艺的幻想性、非逻辑性以及稚拙率直的风格源于儿童先天的思维特征，那么现代派文艺的幻想性及其反传统表现手法则是文化-心理因素转换的产物。它们都基于人性最底层的创造生命冲动，并且都满足智慧平衡的需求。

（原载《浙江师范大学学报》1987年儿童文学研究专辑，收入《1949—2009浙江儿童文学60年理论精选》浙江少年儿童出版社2009年9月版）

简论蒋风的儿童文学观

一

蒋风最初是研究儿童文学发展史的，20世纪50年代初在资料严重缺乏的情况下，开拓性地编著了《中国儿童文学讲话》一书，他的儿童文学观，首先建立在他对中国儿童文学发展及观念变化的清晰理解和透视上。

中国的儿童文学观念大致经历了这样三次重大的变革。在封建社会，儿童被认为只是缩小的成人，儿童的独立人格与社会地位不被重视。即便是所谓的儿童读物，绝大多数也是以成人心理取代儿童心理，以成人意志左右儿童意志，儿童天性受到压抑，儿童想象受到禁锢。晚清时期，一批仁人志士出于"开发民智"之急需，才开始关注儿童教育与儿童读物，如林纾译《爱国二童子传》、梁启超译《十五小豪杰》等，其目的在于灌输爱国和民主思想，从根本上来说，仍不能称为现代意义上的儿童文学观。只有到了"五四"前夕，美国教育家杜威来华讲学，带来"儿童本位论"的思想，提出"在整个教育中，儿童是起点，是中心，而且是目的"的命题，才在中国学术界引起极大震动，使儿童文学观起了根本性的转变。当时研究儿童文学的学者如周作人、周邦道、严既澄、赵景深等人都持这样的观点：儿童文学必须以儿童为本位，"迎合儿童心理"，服务于儿童。文学研究会成立以后，"文学为人生"的观念渐渐流行开来，并影响到儿童文学界，儿童文学除了顺应儿童天性外，还要"扩大人生之喜悦同情与兴趣"。十月革命对中国政治文化各方面都产生了深刻的影响，文化界的目光也从西方转向苏俄。苏联的儿童文学观开始影响并逐渐主导了我国儿童文学界，如高尔基的《论主题》在当时中国儿童文学理论界产生过较大的影响。儿童文学界（尤其是"左联"）开始强调儿童文学的社会主义教育方向性及其对儿童审美心理的作用等，教育功能受到特别重视。

  蒋风的儿童文学观建立在对前人的批判和吸收上。他在《中国儿童文学讲话》中便批判了封建主义的儿童观，指出"在中国旧文学中，儿童文学作为一种文学体裁是不存在的。中国儿童文学的正式诞生是五四运动以后的事情"。蒋风对"儿童本位论"一开始并不是全盘否定的，在分析叶圣陶童话时，他对作者擅长以儿童眼光、儿童口吻来描绘事物备加赞赏，称之为"天真的童心赋"，后来迫于社会政治思潮，便在批判之余把其中的合理成分也抛弃了。他在1960年发表的一篇文章中专门批判了"复演说""儿童中心主义"原则，对"童心论"也不乏曲解成分，但是蒋风以实事求是的精神，在《"童心"辨析》等文章中，对"童心论"与"儿童本位论"两者关系作了深入的分析和澄清。从根本上来说，蒋风受到了苏联儿童文学观的影响，但他在继承、吸收以及实践的过程中又融汇了"儿童本位论"的合理成分。

纵观蒋风的儿童文学观，他始终强调儿童文学与社会生活的联系。即便是批判"儿童本位论"时，也不像一般人那样挥舞政治工具论的大棒。他认为，"儿童本位论"提倡以儿童兴趣为中心，强调儿童文学要顺应儿童的本能，使其成为儿童"可以逍遥"的"适宜的花园"，它有重视儿童特点的可取之处。但是，蒋风认为"它否定了儿童生活与现实生活的联系，割裂儿童文学与社会、政治、教育的关系，显然是片面的"。蒋风批判了"儿童本位论"将儿童作为超社会、超时代、超阶级的封闭体的缺陷以及夸大儿童心理的共同性，将儿童外在生活与身心看成原始人类复演的偏颇。他将儿童从生活的真空中拉回到活生生的现实生活中，试图从儿童的内在生理因素与外界环境的相互依存、相互作用中建立他自己的儿童文学观。无论是他的早期论著，还是近期代表作《儿童文学概论》和《中国现代儿童文学史》，始终贯彻了这种思想。进而，他以社会、时代的眼光去审视儿童文学主题以及创作走向。如他的论文《八十年代儿童特点和儿童文学典型人物创造问题》就是这方面的典范。

蒋风的儿童文学观中渗透了强烈的教育意识，这与他的经历以及世界观有关。最早引起他对儿童文学的注意和关心的，是20世纪40年代，他在报上看到三个孩子受神怪、迷信的儿童读物的影响，结伴去四川峨眉山求仙学道的消息，这使他认识到少年儿童读物对下一代教育的巨大影响和作用，并萌发了献身儿童文学事业的心愿。由此，他的内心一开始就留下了以儿童文学来教育孩子成长的烙印。从历史上看，儿童文学与儿童教育一开始就结下不解之缘，人类为了培养后代延续种族而产生了对婴幼儿的抚爱天性与教育自发性。新文化运动中的新的儿童观，也是将儿童文学当作教育儿童的一种工具而受到社会注意的，他们把儿童文学作为拯救儿童、灌输真理的武器。蒋风在《中国现代儿童文学史》中总结道："中国现代儿童文学一开始就注意到教育的方向性。"他结合自己的实践，进一步阐明这一观点：由于儿童文学的读者都是刚刚进入社会不久的儿童，他们的世界观和人生观刚开始形成，可塑性很大，因此教育对他们今后的生活道路起着极大的作用。蒋风直截了当地提出"儿童文学是教育儿童的有力工具""社会主义儿童文学应该具有明确的共产主义教育方向性"。这种理论虽非蒋风独创，却是他一贯坚持并始终强调的，无论是在他的著述中，还是在一些学术会议上。对年轻一代世界观、人生观的培养的责任感使教育方向性成为蒋风儿童文学观的核心。此外，蒋风对教育作用的理解也力图摆脱片面、狭窄的弊病。在《儿童文学概论》中他反对有些人对儿童文学的教育作过分狭隘的功利主义理解，特别反对从公式、概念出发去编造故事，希望收到"立竿见影"的效果的拙劣做法，强调儿童文学的教育要求必须结合文学艺术的特点这一规律,即要借助儿童文学的特点,通过艺术形象来潜移默化地教育孩子们。

按照蒋风的理解,儿童文学首先是文学,具有文学的自身特征,不仅有教育的作用,还有认识的、审美的作用。这种观点尤其有现实指导意义。20世纪50年代,基于当时加强青少年思想教育的需要,"儿童文学是教育儿童的文学"的口号被提出,"文革"期间将这个口号绝对化,把教育看成儿童文学的唯一属性,产生了大量的打着儿童文学标记,而实质并非儿童文学的东西,使儿童文学处于僵化的、公式化的状态。蒋风在20世纪70年代末就注意到这一点,努力使儿童文学回到文学的本位,澄清了儿童文学基本认识中的偏颇。

二

蒋风儿童文学观的另一个重要方面是对儿童文学特殊性的论述。他认为"儿童文学要完成它对少年儿童的共产主义教育任务,必须先认真了解它工作对象的特点,研究对象的要求、兴趣、爱好、接受能力等"。

对儿童文学特殊性的研究,由来已久。最早在1920年,周作人在北京孔德学校的一次演讲中,就提到了儿童发育阶段与文学材料之间的联系。他认为这些联系是:幼儿前期(3—6岁)对应诗歌、寓言、童话;幼儿后期(6—10岁)对应诗歌、童话、天然故事;少年期(10—15岁)对应诗歌、传说、写实故事、寓言、戏曲等。周邦道在《儿童的文学之研究》(1922年)中也详细论述了儿童发育的程序与文学材料分配的关系。中国第一本《儿童文学概论》（魏寿镛、周侯于编，1923年出版）辟出一章研究儿童在各阶段的年龄特征、心理特点和文学接受能力。之后的儿童文学研究专著和论文都将儿童年龄特征作为研究儿童文学的重要方面。20世纪五六十年代，由于过分强调文学对政治的工具作用，一定程度上忽视了儿童文学对象的特殊性。

蒋风在几十年的研究中，基本上是重视儿童文学特殊性的。早在60年代初，他就发表了颇有影响的几篇论文——《幼儿文学与幼儿心理》《幼儿文学的语言》，论述了幼儿心理特点对幼儿文学的影响以及幼儿的接受能力造成的幼儿文学的语言特征。他在80年代写的《儿童文学的趣味性》则更细致、全面地分析了儿童文学的一个重要特点——趣味性要素。而他的代表作《儿童文学概论》更全面地、理论性地阐述了儿童文学有别于成人文学的特殊性。

蒋风认为，"研究儿童文学的特殊性，首先就要研究不同年龄儿童的特点，因为儿童文学特点是它的对象的特殊要求在文学上的反映"。不同年龄阶段的儿童的生理、心理的独特性向文学提出了各不相同的特殊要求。他将儿童成长过程中所表现的年龄特征分为三个时期：幼儿期（3—6岁）、儿童期（学龄初期）、少年期（学龄中期）。通过对这三个年龄段的特点和对文学读物的要求的阐释，说明了儿童年龄特征的差异性决定了儿童文学概念的多层次性。

中国儿童文学研究在其发展过程中，吸取了两方面的研究成果，即人类学的研究成果和心理学的研究成果。前者将儿童类比于原始人，从个体的发展中研究人类种族的遗留与演变。

这就是"复演说"的起源。后者随西方心理学论著传入，儿童心理学这门崭新学科出现在师范教育与儿童教育的领域，直接影响到儿童文学的建设。中国现代儿童文学的一些专著一开始就努力使儿童文学研究建立在教育学、心理学的科学依据上，这一方面是由于20世纪儿童心理学研究的飞速发展，另一方面也是受"儿童本位论"教育观的积极影响。蒋风长期从事教育工作，对儿童心理的把握有比较丰富的实践经验，他甚至亲自到儿童中间给他们讲故事，体会他们的接受能力，这对他的儿童文学研究起了积极的作用。

蒋风对儿童年龄特征的研究，吸取了前人的研究成果，但又能融合自己的实践经验有所创新，这表现在两个方面。一方面，以前的《儿童文学概论》及其他论著，虽认识到不同发育阶段的儿童对文学有不同的需求，但分类模糊，如周作人的分类中，幼儿前期需要诗歌、寓言、童话，幼儿后期需要的仍然是诗歌、童话等，界限不明确。蒋风将儿童文学分成幼儿文学、儿童文学、少年文学，显得清晰、科学。另一方面，蒋风在儿童年龄特征研究中比较注重儿童年龄特征与社会、时代的关系。这跟他一贯主张的儿童文学在强调儿童特点外，还要注意与现实生活的联系的观点相一致，有别于新中国成立前的一般儿童文学理论。蒋风的缺点是偏重儿童文学与政治、教育的关系，没能深入地、细致地研究儿童不同发育阶段与其随着成长的顺序所经历的社会集团系列的关系，如法国社会学家阿尔弗雷德·富耶将人成长的顺序所经历的社会集团系列分成"家族集团—游戏集团—邻居集团—职业集团—基础社会"。这样可以纠正单纯从儿童生理和心理基础方面进行纯生物性立论的缺陷，使儿童文学除可依据儿童身心发展阶段进行创作外，又有了按照少年儿童读者的社会认识选择创作的内容、形式、方法和表现手法的社会学准绳。相较而言，蒋风在这方面的论述较笼统、粗疏。

三

与儿童文学特殊性密切相连的，就是由于对象的特点产生的对艺术表现的特殊要求，即儿童文学作为"文学"与成人文学相较在表现手法上的特殊性。

蒋风在儿童文学对艺术表现的特殊要求方面，总体上坚持一条原则——"可接受原则"。他依这条原则给儿童文学下定义："儿童文学是适合于少年儿童阅读并能为他们乐于接受的文学作品。"他很强调儿童文学的特殊对象是儿童，虽然立足于教育功用，但是教育也要有方式、方法。儿童心理发展主要还是由适合于儿童心理内因的那些教育条件决定的。比如他在《幼儿文学与幼儿心理》中指出：为什么要单独提出幼儿文学加以讨论呢？这是由于幼儿文学所服务的对象——那些小娃娃们，在感觉、注意、记忆、想象、思维、感情和意志等方面都有一定的特点，他们在思想认识、生活经验和兴趣爱好等方面和稍长于他们的哥哥姐姐们也有差异。蒋风的"可接受原则"有两方面的含义：一方面要求创作者考虑儿童的年龄特征，即儿童的思想、感情、兴趣、爱好、语言等内在和外在的因素；另一方面还要考虑作品的社会效果、教育作用、美感作用，"正确地指引儿童，使他们从小就能正确地认识世界，正确地对待生活"。蒋风还注意到了儿童文学的文学特征，认为儿童文学必须借助作品的艺术效果，产生强大的精神力量，使孩子们的心灵为之激荡，从而起到潜移默化的作用。

蒋风的"可接受原则"为正本清源，建设新的儿童文学理论起到了积极的作用。在"可接受原则"的涵盖下，蒋风对儿童文学特殊的艺术要求做了具体的阐发，归纳起来有三点。第一，趣味性原则。儿童喜欢阅读那些充满趣味的作品，而儿童文学往往作为课外读物来让小读者选择阅读，这决定了趣味性是儿童文学的重要特点之一。趣味性有助于培养儿童的好奇心、注意力，发展儿童的思维和创造性想象。对趣味性的论述，虽然儿童文学界不乏先例，但是相当笼统。蒋风特意将它列为课题，深入地探索了趣味与时代、年龄和美学的关系，详尽地分析了儿童文学趣味性包含的因素：心理的因素（亲切感、丰富的想象、神奇性等）、美学的因素（幽默和滑稽、传奇色彩、悲壮、纯真等）、艺术手法上的因素（夸张、拟人、反复、悬念等）。在强调趣味性的同时，蒋风也反对以轻佻的逗笑、庸俗的噱头来博取小读者廉价的笑声的趣味。他还用趣味性原则分析、评价作家作品，如《谈童话的夸张》一文分析了《大林和小林》中用夸张的手法增加作品的幽默感、趣味性，使故事更加新奇有趣的艺术特点。可以说，蒋风关于儿童文学趣味性原则的研究在深度和广度上都是儿童文学界少见的。第二，语言深入浅出原则。儿童文学的语言特点一直受儿童文学界重视，蒋风对儿童文学语言的研究，主要集中在《幼儿文学的语言》《儿歌浅谈》《儿童文学概论》中。他认为儿童文学作者必须根据儿童的接受能力和心理特点来写作，做到由浅入深、由易到难，语言要具体、形象、简明、口语化。同时由于儿童文学语言对少年儿童读者起着示范作用，所以还要严格保持语言的纯洁和健康。蒋风反对作家完全跟着儿童口语走，反对将自然主义儿语带进文学，认为这有害儿童语言的纯洁与健康。蒋风关于儿童语言特点的论述，对儿童文学创作实践无疑有指导意义，但是就理论论述而言，还是显得一般化，局限于现象的描述，缺少理论分析与思辨。第三，儿童文学篇章结构的特殊性原则。儿童认识事物的直觉性和理解能力都比较差，作家就不得不顾及从儿童的角度来观察生活和选择题材，依据儿童的心理来提炼情节和安排结构。蒋风认为由于儿童注意力不容易集中、不易持久，因此，儿童文学要求有引人入胜的情节，情节要紧凑、集中、动人、曲折，且单一完整；考虑到儿童的理解力与接受能力，要求作品结构单纯，条理清晰，来龙去脉一清二楚，为了加强表现力，还要根据儿童的心理特点采用多样化的手法和体裁等。如果说上述的议论还流于一般性原理说明的话，那么他在对张天翼的《大林和小林》、叶圣陶的童话以及当代儿童小说情节安排特点的分析上，则显得更具体、扎实，避免了空泛议论的弊病。正是因为蒋风先研究了文学史和作家作品论，然后才从文学作品的研究出发去提炼、概括儿童文学理论，并以"史"的眼光作为参照，所以他的理论往往具有实践的指导意义，也使他的儿童文学观着上了鲜明的与创作论相贴近的色彩。此外，蒋风还时常亲自创作，写些散文、儿歌等，将儿童文学作家的感受力与理论家的思辨力结合起来，给他的儿童文学理论带来独特的风韵。

四

1986年蒋风先生去日本大阪参加国际儿童文学研究会议时，应日本儿童文学学会邀请，在儿童文学研究恳谈会上作了题为《中国儿童文学研究现状与课题》的专题发言，在这次发言中他指出：中国儿童文学落后于成人文学，而儿童文学理论又落后于儿童文学创作。平心而论，中国儿童文学的观念和理论还处于探索和初创阶段。

在这种情况下蒋风先生的儿童文学观存在不足之处也是难免的。从总体来看，蒋风更多的是总结、吸收前人的研究成果，虽然其理论体系中不乏真知灼见，但重大的理论突破似乎还没形成，在具体的儿童文学观和理论阐述中还有不少移植成人文学理论的痕迹。从理论风格来说，蒋风由于过于贴近创作实际，加上研究的领域大都在草创期，所以许多方面流于理论描述，缺乏理论思辨力，理论深度尚显不足。从具体的儿童文学观来说，明显地带着他写作时代的印记，许多观念或显得偏颇或已过时。比如以下三个方面：

第一，对儿童文学文学性的理解。蒋风基本上是个"工具论"者，他认为，儿童文学"应该成为向少年儿童进行思想教育、知识教育的工具"。文学具有教育作用，自不待言，但将教育性提到高于一切的位置，势必削弱儿童文学的文学特性。儿童文学是文学，这一在成人文学领域已不言而喻的结论在儿童文学界还没有被彻底澄清。儿童文学必须有别于政治教育，并将文学的全部属性作为其属性，彻底回到文学的观念上来，才能引起儿童文学界的革命。在新的形势下，蒋风的儿童文学观还有待于发展。

第二，对教育方向性的理解。蒋风强调"社会主义儿童文学应该具有明确的共产主义教育方向性"，在具体理解时偏重正面的理想教育、道德情操教育，虽然不否定其认识作用、审美作用，但是理解仍是偏狭的。儿童文学作为文学形象和语言媒介对少年儿童的作用是多方面的、有层次的。如培养儿童对语言的感觉、表现能力，对事物的感受、想象能力；培养人道主义精神，加深对自然、社会、人生的认识以及提高审美能力，等等。所以，我们还得进一步更新观念，从提高民族素质和健全人的品质的高度，关注儿童文学的教育方向性。

第三，对儿童文学特殊艺术表现手法的理解。蒋风的论述是针对当时的创作情况、当时的文学观念总结出来的。应该说，提出儿童文学要有引人入胜的情节、深入浅出的语言、层次清楚的结构等在当年是有积极的指导意义的，但在新的形势下，在某些方面它们却成了束缚儿童文学发展的教条。我们以过去的方式、观念去认识和理解儿童文学就造成了一种审美惰性，阻碍了文学向多样化发展的趋势。如最近的一些探索性作品，改变了只重情节的审美观念，情节趋于淡化，文章的结构也呈多样化，不再恪守有头有尾的教条，在这种情况下理论也要跟上去，及时加以引导。

对蒋风先生在理论上的不足，我们应该放在中国儿童文学理论的历史和现状角度看。前面说过，中国儿童文学理论界对西方儿童文学理论分析不够，没有很好地吸收其合理的内涵，而对来自苏联的理论又是原封不动接纳，缺少批判的眼光，如此一来导致中国儿童文学理论处于依附、贫乏状态,缺乏理论独创性。

儿童文学迄今为止还处于相对被冷落、忽视的地位,理论界人员之缺乏、水平之低,也造成群体的落后。蒋风先生在儿童文学资料散乱、评论单薄、理论贫弱的情况下,筚路蓝缕,开创之功不能不令人钦佩,其成就也应当肯定。但是,随着时代的发展,生活形态、审美观念也在不断变化,文学创作越来越趋向多元化,文学理论也得跟上去。面对新的挑战,我们相信蒋风先生一定能勇敢地沉思、审查自己的过去,不断更新自己的观念,修正自己的理论,更好地指引发展中的儿童文学创作。

(原载《阜阳师院学报》,1990年第1期)

开拓，在中国儿童文学研究的空白点上
——谈蒋风的儿童文学史论

中国儿童文学向来无史，这门年轻的学科尚处在初创阶段。中国现代意义上的儿童文学不过是20世纪以后的事，而儿童文学研究起步更晚，现在空白点还处处可见。在儿童文学史这个领域，蒋风是最早的开拓者之一。从20世纪50年代初编著出版《中国儿童文学讲话》、60年代整理《中国儿童文学史略》，到80年代主编《中国现代儿童文学史》，蒋风的研究视角越来越综合、系统、深入，也使中国儿童文学研究从作家作品的孤立评论，上升到对一个阶段、一个历史时期的整体性宏观透视。蒋风目前又在探索新的制高点《中国当代儿童文学史》。在几十年的辛勤研究中，蒋风形成了他的儿童文学史观。

编史是一项艰巨的工作，因为它不能停留在个别文学现象、文学思潮的描述或作家作品的散点透视上，而是要对零散的史料加以重构，按自己的见解、自己的思想将文学阶段的各个环节联系起来，获得一线洞穿历史、烛照历史的光芒，这自然是相当艰巨的。

应该说明，中国儿童文学研究大都水平较低，而史的研究更是幼稚，我们不敢企望达到勃兰兑斯所说的"文学史，就其最深刻的意义来说是一种心理学，研究人的灵魂，是灵魂的历史"，或柯林伍德的"一切历史都是思想史"这样深刻的理解水准。

综观蒋风的儿童文学史著作，贯穿的一条线索是儿童文学与政治、时代、社会生活的密切联系，处处露出"反映论"的印痕。蒋风说："纵观现代儿童文学发展的道路和轨迹，现代儿童文学是和时代生活的风云变幻和革命形势的迅猛发展紧密相连的，也和整个现代文学同步发展。"这种观念肯定要被夏志清这样的文学史家讥为把文学当作"历史的婢女"，是用"事先形成的历史观决定自己对文学美的审查"了。(《中国现代小说史》) 我想，这应该按中国儿童文学的特殊性来理解，才能得到一种宽容的认同。

中国现代儿童文学从诞生起就与中国的政治思想教育密不可分，尽管其中不乏偏颇，但这是无法改变的史实。蒋风深刻地认识和理解了这一点。他认为，新文化运动改变了人们的儿童观，儿童文学也被当作教育儿童的一种工具而开始受到社会的关注。一些进步的儿童文学家非常强调儿童文学与儿童教育的关系，把儿童文学作为拯救儿童、灌输真理的武器。无产阶级文学兴起后，儿童文学被用作培养共产主义世界观、锻炼革命接班人的有效工具。这体现了中国现代儿童文学的发展与中国革命的发展休戚相关、性质相同的情况，所以蒋风说："中国现代儿童文学和现代文学一样，是无产阶级领导的反帝反封建的儿童文学。"正是如此，蒋风像国内其他文学史家一样，在《新民主主义论》中找到了划分历史阶段的依据，将中国现代儿童文学发展划分为三个阶段：从五四运动到大革命失败（1919—1927年）、左翼无产阶级文学兴起（1927—1937年）、抗战全面爆发到中华人民共和国成立（1937—1949年）。蒋风将中国现代儿童文学放在整个中国文学历史背景下考察，把握特定历史时期社会政治思想对文学思潮消长的制约和影响，这有它合理的一面，但不能仅仅满足于此。儿童文学这一分支毕竟不能等同于整个文学史的发展，而有它自身的发展规律。蒋风的儿童文学史观的另一侧面是注意儿童文学这个特殊领域的独特性，理清现代儿童文学发生发展的轨迹。

　　蒋风抓住中国现代儿童文学起步迟、起点高、发展快的特点，从五四运动发端，经叶圣陶《稻草人》的奠基，到20世纪30年代张天翼的《大林和小林》而走向成熟。由于对世界进步儿童文学的积极借鉴、吸收以及中国共产党对儿童文学的领导，中国儿童文学得到良好的发展，因而"在世界儿童文学发展史上是独树一帜的"。蒋风坚持历史主义的原则评论功过，对"儿童本位论"、对周作人这样的对儿童文学发展作出过很大贡献的历史人物的是非功过，以及对创作方法、文学思潮、艺术流派确定各自的地位问题等，都作了公允的评析。蒋风强调以现实主义为主潮，各种流派相互辉映这一特点。儿童文学虽然伴随着大胆奇妙的想象的特征，但是始终折射着时代的印记和作者明确的思想倾向性，而融汇于中国现代文学"为人生的艺术"思潮的大家庭。这是中国现代儿童文学区别于世界儿童文学的特殊性，而《稻草人》描写的中国破产农民的悲惨遭遇直接植根于中国的时代土壤上。蒋风从儿童文学自身的审美特性和中国文学的民族性出发审视中国儿童文学的发展，不仅颂扬了像鲁迅、郭沫若、茅盾、叶圣陶、冰心、张天翼这样的巨匠，同时还给广大作家（如不被文坛瞩目的陶行知、董纯才等）留下适当的历史地位，而一批专业儿童文学作家（如陈伯吹、贺宜、苏苏、仇重、包蕾、金近等）也找到了他们特殊的历史地位。

作为开拓者，蒋风的儿童文学史观和史的研究，不乏粗疏的痕迹，然而它为通向完美的中国儿童文学史的殿堂大道垫上了块铺路石，一直为后来者所称道。

（原载《文艺报》，1991年7月6日）

路一定会越走越宽
——刘厚明儿童小说论

如果我们考察一下我国当代儿童文学队伍，就会发现儿童文学作家中，教师出身的占了绝大多数。这一方面是由于教师熟悉孩子们的生活，了解孩子的性格，另一方面则出于教育者的责任感：用文学来开启孩子们的心灵，以真、善、美来教育孩子。刘厚明就是一个从教师成长为儿童文学作家的典型。

刘厚明在中学时受班主任江山野的影响和电影《乡村女教师》的感染，立志当教师并业余从事儿童文学创作。这个目标似乎给他一生定下了基调：教师和儿童文学作家，两者相互影响又融合成一体。尽管20世纪60年代后他离开了教师岗位，成为北京市文联的专业作家，近年又被选拔到文化部做行政工作，然而他的性格、他的志趣、他的追求决定了他再也离不开那片他怀有深厚感情的土壤了，他还是将创作的根深深地扎在这块田地里，仍然像一个教师兼儿童文学作家，用"爱"与"真诚"去滋润年幼一代读者的心。

作为作家的刘厚明，他的创作样式是多种多样的，早期创作过儿童诗和散文，最近又开始创作童话，并引起较大的反响。但他的主要成就还是在儿童剧和儿童小说方面，而且有明显的时间分界："文革"前主要创作儿童剧，"文革"后主要写儿童小说。

刘厚明的儿童剧创作，在总体倾向上体现了一个教师兼业余儿童文学作家的特色：从教育者的眼光和观点出发，将教育思想和道德观念灌注于作品之中，意在培养孩子的健康思想品德。这种形式的作品本来很容易陷于主题先行，用形象化的生活图景来图解主题的困境之中，就像20世纪五六十年代产生的一大批儿童文学作品那样，沦为公式化、概念化、毫无艺术感的东西。然而刘厚明凭借他在学校生活的丰富经历，依靠他对孩子们的真切的爱，用一个教师的直觉去处理这些题材，正如他说的："我认为孩子们喜欢怎么写法，就怎么去写；在刻画一个孩子的性格时，我眼前总是浮现着某一个学生的音容笑貌；写对话时，也总要想一想：孩子们会那么说吗？"（《用辛勤的笔为孩子服务》）这就使读者感到儿童生活的真切，孩子们也在趣味盎然的情节、生动活泼的人物互动中受到感染，欣然地接受其中的教育主题。

从戏剧艺术的角度分析，刘厚明的儿童剧的缺点也是明显的。他的创作并没有脱出当时流行的正确与错误、个人与集体二元对立的戏剧模式，以及最后正确思想战胜错误思想，个人融于集体的大团圆结局。此外，取材于学校中的一些小问题，脱不了"问题剧"的印痕，甚至有"头痛医头，脚痛医脚"的毛病。由于重在情节，人物之间的矛盾冲突、人物内心世界的刻画，都不够深入，削弱了作品的艺术魅力。但这些问题在他80年代的儿童小说中得到了解决。

刘厚明在20世纪60年代就开始儿童小说的创作了，但数量不多。进入80年代后，他主要从事儿童小说创作，并且以其独特的艺术表现力受到文坛的重视，成为当代引人瞩目的儿童小说家之一。

离开教师岗位后，成为专业作家的刘厚明突然萌发了一股着意表现和歌颂教师工作的强烈激情，由此才开始写儿童小说。与他的儿童剧反映儿童生活不同，他在六七十年代创作的儿童小说主要写教师，字里行间洋溢着一种追忆的温情，通过对教育工作诗一般的刻画，抒写了对教师的崇敬心理。这些作品主要写两方面的内容：一是以自己的教师生活为蓝本，描写刚走上教师岗位的青年，满怀喜悦的热情积极地工作，其间遇到一系列的困难和挫折，有快乐也有丧气，最后在大家的帮助下成为出色的人民教师。二是遇到教学中的一些棘手问题或面对有缺点的孩子，教师怎样运用巧妙的教育艺术、爱的温暖去与孩子的心灵沟通，使孩子得以转变。刘厚明在这一时期所写的儿童小说，主要收集在《教育新歌》和《红叶书签》两本短篇小说集里。其中较有代表性的作品有《摄影记》《山重山》《在音乐课堂上》《秋夜》《一颗灿烂的小星》《钉木板的小窗》《红叶书签》等。作家在这些作品中塑造了一系列教师形象，有勤勤恳恳几十年如一日的经验丰富的老教师于锦莲（《摄影记》）、陈老师（《红叶书签》）；有初出茅庐、满腔热情扎根山区艰苦办学的年轻教师谢老师（《山重山》）、佟立梅（《一颗灿烂的小星》）；有在困难面前一度后退、后来受到旁人的感染而努力工作的谭筝（《山重山》）；有身处困境爱心不减、一心挂在学生身上的耿老师（《钉木板的小窗》）。刘厚明着意写一些条件最艰苦、工作最繁重的地区，如偏僻的山区小学、耕读小学、盲童学校等，热情讴歌那些怀着崇高信念而默默无闻埋头苦干的园丁们，是他们熬尽心血把科学文化知识传遍祖国的每一个角落，传授给每一个孩子。严格讲，刘厚明的这一批儿童小说，艺术上尚不够成熟（如《摄影记》《山重山》），也大多脱不了三段式叙事模式，缺乏细腻的艺术穿透力。

进入20世纪80年代后，刘厚明创作的儿童小说，无论是思想还是艺术技巧，都有了质的飞跃，并且奠定了他在新时期儿童小说史上的地位。这一方面是由于新时期小说总的水平有所提高，另一方面也取决于他本人在思想感情上的升华和艺术观上的提升。在"锐意创新"的自我要求下，他佳品迭出，创作面目一新。刘厚明在这一时期创作的儿童小说，主要写人与动物的关系，写人与人的爱，写人的善良和人的尊严，如《绿色钱包》《黑箭》《阿诚的龟》《好大的西北风》等都是脍炙人口的佳作。其中，《绿色钱包》被拍成电影上映，《黑箭》获1981年全国优秀短篇小说奖，最近《阿诚的龟》又获首届全国优秀儿童文学奖。

"只有不倦地、积极地探索生活真谛的作者，才能不断地写出创新之作。"刘厚明是这样认识的，也是这样实践的，他不懈地探索生活中的新课题，接受时代给予的启示，抒写自己的生活实感。刘厚明在工读学校工作过五年，与那些失足青年、心灵受创伤而过早地染上社会恶习的少年朝夕相处，他了解他们，同情他们，也把爱和温暖给了他们。人道主义的思想感情在亲身经历了"文革"漫长痛苦的岁月之后，从心灵深处喷涌了出来。在他的笔下诞生了《绿色钱包》，小偷韩小元在老校长的耐心启发下，终于认识到"人不能像耗子那样活着"，重新生发出了做人的尊严感。与此题材相似的《黑箭》，笔触更为细致，写一个对生活失去信心的不良少年，终于相信世上好人毕竟比坏人多的故事。这些作品跟作家自己的前期创作对照，有一个明显的区别，即作家从正确与错误二元对立的情节冲突描写朝向对人物心灵深处作深入细致的探险，探寻人物心灵创伤的根源，以及人物在爱与憎、温暖与冷漠、人性与兽性面前的心灵撞击，麻木了的良知的苏醒，爱的胜利。

试以《黑箭》为例看一看。主角邢玉柱是个对人、对社会都怀有敌意的、自暴自弃的混迹街头巷尾的小偷。小说探索了邢玉柱恶习成癖的客观原因："文革"中对教育和知识的片面否定、社会恶势力的肆虐、后母的歧视与父亲的棍棒教育（甚至于一怒之下残忍地剁掉他一个半手指）。他得不到家庭的温暖，一流落街头就受到恶棍"老袋鼠"之流的控制，家庭和社会给他的冷眼和对人身的摧残，使他那幼小的心灵极为凄凉，看不到光明，看不到希望，产生一种病态心理，终沦落为小偷。作家不仅怀着同情与理解的态度写邢玉柱，还努力发掘他心中的闪光点。当邢玉柱偶然遇到没娘无主的可怜的丑陋小狗时，泛起了淹没在心底的纯洁的爱怜和同情。他感到小狗与自己有着同样的悲惨命运：失去了母爱，失去了家，孤苦伶仃，到处受冷遇。于是他冒险偷食物喂狗，从中得到感情上的慰藉。小说塑造了一个充满同情心而又有丰富教育经验的老校长，他用慈父般的心，抓住邢玉柱心灵中的亮点，因势利导，用爱来滋润受伤的心灵，用温暖去恢复丧失的良知，使邢玉柱感到人情的美好，燃起了重新做人的希望。最后颇有戏剧色彩的一幕：虎子送钱来，使邢玉柱从误会转为感动，感情与意识相撞，豁然点亮心灵，他认识到世界上毕竟还是好人多。虽然刘厚明写邢玉柱的转变不无理想化的色彩，但是作者着力写人，写人的心理复杂性，通过人道主义来疗治残酷年月给人带来的心灵上的创伤，无疑要比前期的儿童文学作品深刻得多。

如果说《绿色钱包》《黑箭》标志着刘厚明创作倾向的转变，那么《阿诚的龟》《好大的西北风》则标志着其艺术上的成熟。《阿诚的龟》据作家自己说立意在于描写"在拜金主义风靡的社会气氛中，一颗纯洁、善良的童心"，但他把这个批判的锋芒隐蔽在后，退居在背景上。场面上只有阿诚与龟的故事，写阿诚拾到龟，悉心养龟，在父亲病逝而造成经济拮据时，拼命护龟不忍心卖龟，后来含泪放龟，又担心龟被贩子捕走而忧龟的经历，孩子的喜、怒、哀、乐，一休一戚都与龟息息相关。无论是在小龟背上刻上"阿诚的龟"，还是"阿诚的龟"带着六个伙伴来找主人避难，都把一颗童心写得活灵活现，卓然多姿，人与龟的深厚情感凸现在眼前。作者写阿诚对龟的感情越真纯，反衬出的拜金主义的铜臭味就越强烈。恩格斯说:"我认为倾向应当从场面和情节中自然而然地流露出来,而不应当特别把它指点出来。"从《阿诚的龟》看,作家已摆脱了前期用思想观念笼罩作品的格局,使作品更接近内在的客观性而具有更丰富的意蕴。

《好大的西北风》是一篇以情感人、情凄意婉的佳作。作家仿佛是在深沉地回忆遥远的童年生活,涌现出一幅凄凉、苦涩又饱含温馨的人生图画。这部作品仍是写师生感情的,可是与作家以前的作品味道大不相同。该作品不是写善恶的对立,而是写善恶的转变,不是描写情节冲突,而是抒写内心情感。作家的态度变得冷静,变得沉着,变得压抑。小说中有两个残疾孩子:一个是天生畸形的侏儒于荣,一个是后天跌断腿的疯子申俊生。他们一个是贫困悲惨受尽欺侮,为了喝碗霉味杂米粥在慈善学校读书而忍气吞声的"癞蛤蟆",一个是出身豪门仗势欺人,到头来父亲弃家而去、家道中落、跌断左腿、遭尽白眼的"狗腿猴儿";一个是无可奈何为了生存到万牲园门口当"动物"展览,一个是饱受世态炎凉、孤独踟蹰的可怜儿。作者围绕着这对可悲的人物,勾勒了不同人物的性格:郑老师的正直,卢宝山的侠义,秃头校长的荒谬,申俊生父亲的卑劣,通过错综的人物关系展现了世态的炎凉。作家用心血和感情,描绘了一幅悲凉的人生图画。在一唱三叹、笼罩全篇的歌声中,人与人的心相遇了,沟通了。不仅人物一个个活灵活现地出现在读者面前,一群穷苦孩子的心灵美,也洋溢在字里行间,使读者受到深深的感染。

从上述小说可以看出,刘厚明近期创作的儿童小说,对人性、人情、人心的深入开掘,在人物形象塑造上的不断探索,给了我们有益的启示：文学是写人、写人的感情的艺术，只有深入到人物的内心情感世界，去体味心灵的颤动与忧喜，才能写出活生生的、动人的形象来。如果说刘厚明前期的儿童小说重在写什么（题材、情节结构、人物行动），那么他近期的儿童小说则侧重在怎么写（人物为什么这样想、这么行动，作家用什么意识观照）。同时其作品在谋篇布局上也有了新的发展，如《黑箭》是以邢玉柱的感觉和视线来展开故事情节的，所以作品里出现的人物、环境都蒙上了主人公的感情色彩。在叙述技巧上，由单纯的外视点发展为外视点与内视点交错使用，使视野得以拓宽。例如，《黑箭》总体上是用第三人称外视点展开的，但也交错着主人公的内视点。作者写邢玉柱随手偷了钱买了个烤白薯，有滋有味地吃着，脚踩着湿软软的田埂，心里也分外滋润。之后，笔触一转，由外视点转向内视点："信不信由你，他本来没打算偷什么，跑出来不过是散散心……"这时还带出一段回想，邢玉柱记起亲妈妈烤白薯给他吃，"用热烘烘的手"捋儿子的脸蛋的情景，用有限的笔墨，写了无尽的情感，这是作者艺术上成熟的标志。又如《好大的西北风》，全篇三次重唱一段歌，在结构上起了重要的作用，不但歌曲本身与主题交融，让歌声消融了人心的隔膜、人生的苦难与不平，使全篇沉浸在诗意的氛围中，而且歌声的三次出现也是独具匠心的，第一次是给小说定下基调，第二次是对秃头校长等恶势力的抗争，第三次是凸显主题。在人物设置上，作者善于运用对照的手法来安排，如《好大的西北风》中，于荣与申俊生的对照，申俊生与卢宝山的映衬……这些都说明作家在人物刻画上有着圆熟的驾驭能力。

当然刘厚明近期的儿童小说也不是完美无缺的。作品中有不少夸张的描写，削弱了小说的艺术魅力，如《阿诚的龟》中写到龟贩子抽出一沓钞票向阿诚姐姐买龟，作者进行了这样夸张的描写，"姐姐：'我们不——卖！'姐姐的目光庄严而冰冷，逼得龟贩子退了几步"。作者在情节上也作了失真的夸张。例如，《黑箭》中开全校大会任命邢玉柱当"狗倌"，虎子送钱来使邢玉柱当场感动得泪珠鼻涕一齐下来等，由于夸张得过分，就使读者感到不可信，从而影响了艺术感染力。当然这都是瑕不掩瑜的小疵，不过在此提一笔而已。

从刘厚明所走过的儿童文学创作道路看，这位教师出身的儿童文学作家，数十年来孜孜不倦地追求、探索，不仅在思想上不断创新，闪烁着人道主义的光辉，还在艺术上不断磨砺，由不够成熟走向成熟，已经为他自己的创作打开了一条宽广的路子。正如他在一个会议上发言的题目"路，越走越宽"一样，我们深信刘厚明今后创作的路一定会越走越宽，走向一个光明的顶峰！

（原载《儿童小说十家》，海燕出版社1989年6月版，副题为后加）

从小说到电影的《闪闪的红星》

在"文化大革命"期间,有一部儿童小说不仅在儿童文学界,甚至还在整个中国文坛产生过影响,那就是中篇儿童小说《闪闪的红星》。小说初稿创作于1961年至1966年,直到20世纪70年代初文坛稍稍恢复,1972年5月,经人民文学出版社编辑部的努力争取,作者修改后才得以出版。"文化大革命"时期,少年儿童的精神食粮匮乏已久,优秀儿童小说《闪闪的红星》的出现,仿佛是黑暗、寂寞夜空之中闪过的一颗流星,或者是旱魃肆虐之时的一场甘霖。小说一出版,人们就争相传阅,如饥似渴地阅读这部作品。1974年,八一电影制片厂根据小说改编并摄制了同名影片,当年10月在全国上映,引起轰动。当时权威的"两报一刊"都对此发表了评价文章，在全国范围内的少年儿童中掀起了一场"学习潘冬子，争做党的好孩子"的运动。

《闪闪的红星》的作者是李心田。1929年，李心田出生于江苏睢宁县一个贫农家庭。他在家乡读了小学，14岁到徐州当店员，开始与文艺结下不解之缘。1950年参军，在部队从事文化教育和政治工作。1953年开始创作，除创作了《青春红似火》《小鹰》等话剧之外，还先后为孩子们写了《两个小八路》《闪闪的红星》《十幅自画像》等文学作品。

《闪闪的红星》通过描写红军后代潘冬子由一个淳朴、天真的苏区儿童逐步成长为一个自觉的解放军战士的历程，表现了根据地人民对土豪劣绅的憎恨、对中国共产党和人民军队的深厚感情，歌颂了他们在艰难困苦之中不屈不挠的斗争精神。

小说采用第一人称回忆式叙述方法。人物从7岁儿童长成青年，时间跨度相当大。这种第一人称回忆式写法，客观上有利于避免当时文坛时兴的"高大全"的"神童"模式，因为回忆需要真切，第一人称叙述，不宜作过分夸张。当然作家不为时俗所羁绊的艺术良心更使作品鹤立鸡群。

小说根据少年儿童的特点，比较真实地反映了革命战争岁月艰苦的斗争生活，表现了主人公潘冬子在激烈的斗争风浪和严酷的战争环境磨炼下从幼稚到成熟的过程。

潘冬子的成长受两方面的影响：一是他本人的曲折经历，二是中国共产党的教育与革命前辈的影响。潘冬子出生于一个贫苦农民家庭。童年时代的潘冬子还是混沌、懵懂的，不明白闹革命是什么意思；后来得到"打土豪、分田地"的直观经验以及受到当赤卫队长的父亲潘行义潜移默化的影响，他才对革命有了些认识。7岁时，"白狗子"打在他爹腿上的子弹引起了他最初最直接的阶级仇恨。接着，大土豪胡汉三把他母亲活活烧死，复仇的火焰就不可抑制了。像他这样的孩子成为革命者是不言而喻的。小说让他通过自身经历一步步地觉悟：当他13岁时，投降日寇的胡汉三抓走了领养他的宋大爹，这使他产生了"白狗子"何以变成"黄（皇）军"的疑惑；在茂源米店的学徒生活，使他弄清了"乡下欺压农民的土豪，城里囤积居奇的老板，和那些什么'皇军'呀，'白狗子'呀，警察局长呀，全是穿一条连裆裤的"。他从实际的体验中朦胧地意识到阶级敌人与民族敌人原是一丘之貉。后来，潘冬子在流浪过程中经受了饥饿、毒打等一系列磨难，他的认识水平有了进一步提高："我在柳溪，胡汉三打我；到了米店，沈老板打我；跑到了双岔河，黄胖子又打我，他们凭什么……"潘冬子的个人复仇心理变成了一种阶级的反抗意识："天下的土豪地主，全是一个样。"从而他义无反顾地渡江去寻找革命队伍。潘冬子的经历典型地反映了那个时代受苦受难的人们走上武装革命道路的艰难历程。作者为了突出中国共产党和革命前辈的引导作用，特意设置了几个象征性的道具：一颗闪闪的红星、一本列宁小学的课本、一个留有潘冬子父亲血迹的子弹头和一件他母亲牺牲前交给他的夹袄。这四样东西贯穿了潘冬子成长的过程。如果说闪闪的红星和列宁小学的课本象征着中国共产党的思想光辉、革命的光明未来，那么子弹头和夹袄则意味着个人的深仇大恨和对父母的深厚感情。不仅如此，作者还不失时机地插入父辈对潘冬子的言传身教：中国共产党的书记吴修竹的思想引导，父亲负伤后舍己为人的品质和刚毅顽强的意志的影响，母亲入党的誓言和她为争取群众利益而壮烈牺牲的精神，之后又有宋大爹、赵先生、姚公公等人语言和行为的感染。这些都对潘冬子明白革命道理、走上革命道路产生了深刻的影响；同时，也给人物的成长提供了比较真实可信的现实背景。

小说在结构上，以时间为顺序安排情节，情节清晰而完整。但是，因为时间跨度大，比较容易流于"流水账"式叙述，作者为此颇费了一番心血。作品始终以描写潘冬子与阶级敌人之间的顽强斗争为主线，而且突出描写的是潘冬子和胡汉三之间的斗争。例如，游击队为了使潘冬子免遭胡汉三毒手，把他送到县城，可是潘冬子在米店又巧遇胡汉三；潘冬子险些被胡汉三认出，危难中幸被伙伴解救；潘冬子放火欲烧死胡汉三，但胡汉三却被米店老板救了出来；直到潘冬子探家时亲自捕获胡汉三，胡汉三被公审伏法。故事情节曲折有致，结构紧凑，矛盾冲突突出，从而有较强的艺术吸引力。

此外，小说在刻画人物心理、行为及语言上比较注意儿童的特征和人物的个性，小说叙述语言简洁、朴素、流畅，这些都增加了小说的美感，读来细腻有味、饶有兴趣。如此，小说《闪闪的红星》成为广大读者，特别是少年儿童十分喜爱的作品，也就不难理解了。

《闪闪的红星》的电影剧本是由八一电影制片厂集体改编，王愿坚、陆柱国执笔完成的。剧本与小说相比有了相当大的改变。电影是一种在观众面前显示、诉诸视觉和听觉的艺术形式，有其自身的艺术样式，这跟用文字语言叙述故事的小说有许多不同。虽然电影跟小说一样通常只是表现一个故事，通过一连串的冲突来刻画人物，但是刻画方式与小说不同，人物的感觉、情绪、思想必须尽量让他们用自己的表情、动作等表示出来，有时还要加上烘托和暗示等艺术表现手法。电影在很大程度上依靠动作、音乐、色彩和极其精练的对话和旁白展现。《闪闪的红星》的电影剧本为了达到电影的效果，采用倒叙的方式，让中年的潘冬子回顾自己的战斗的童年，以中年的潘冬子的"话外音""旁白"为时间变更的标志，而让童年、少年时代的潘冬子在画面上活动。剧本为了使情节更紧凑、矛盾冲突更集中，删除了潘冬子从茂源米店逃出后往北流浪，遭武保长毒打后被姚公公收养，之后因逃避抽壮丁而渡江参加解放军等占小说近一半内容的情节，增加了潘冬子为阻止匪兵溃逃破坏木桥断敌退路、封山斗争中机智过哨卡为游击队收集食盐，以及结局父子会面等情节。电影剧本对小说中的其他情节和细节、人物语言及思想感情等都作了不同程度的改动。

在改编后的剧本中，潘冬子不仅成为绝对的主人公，而且成为一个真正的小英雄，其他人物仅仅作为陪衬。剧本中的潘冬子一开始觉悟就很高，知道闹革命就是革土豪老财的命，帮穷人翻身出气；与胡汉三第一回合的斗争就显出其英雄气概——"昂首挺胸""怒目而视"。小说中，潘冬子在面对胡汉三的拳打脚踢时趁势狠命咬住胡汉三的手，这是带有几分孩子气的；而在剧本中，潘冬子奋不顾身地揪住企图逃跑的胡汉三，咬住胡汉三的手作殊死搏斗，此时他的行为是主动的，境界无疑有了提高。在父亲受伤和母亲牺牲等情节中，潘冬子每每有不俗的表现——"爸爸不怕，我也不怕""我是党的孩子"，这是小说中的潘冬子难以达到的觉悟。潘冬子到游击队后似乎成了游击队斗争中的中心人物：当"白狗子"溃败逃窜时，是潘冬子砍断了竹索、掀翻了桥板切断敌人退路的；在敌人封山、游击队断粮缺盐时，是潘冬子与宋大爹一起在群众中征集食盐支援游击队的。过哨卡这出戏突出了潘冬子的机智勇敢、灵活多变。哨卡检查森严，前面有一个农民在竹杠中藏米已被哨兵识破，而潘冬子运送的竹筒里藏的正是盐水，形势相当危急。剧本描写潘冬子不动声色地走到河边，让盐水渗进棉衣里，再用清水灌进竹筒，还与哨兵闹了一场"小孩戏"。这一招不仅瞒过了哨兵，连经验丰富的宋大爹都没料到，"冬子真是智勇双全"。这件事以后，潘冬子受游击队派遣到茂源米店，名为当学徒实是探情报。剧本还将茂源米店后门抢米风潮的产生原因归结为潘冬子将"今日无米"改为"今日售米"。一字之差，充作敌人军粮的两万斤白米全被百姓抢光了。沈老板气得像疯了一样，而游击队营地里则是一片对潘冬子的赞扬声。潘冬子在影片中的中心地位毋庸置疑了。潘冬子刀劈胡汉三成为全剧的高潮，潘冬子的高大形象也达到了顶峰。

　　如果小说强调的是潘冬子成长过程中内外界的影响，潘冬子战胜胡汉三实为革命形势发展之必然，那么剧本突出的是潘冬子的英雄本质和英雄事迹，刀劈胡汉三是为了完成潘冬子形象的塑造。尽管电影中反复出现《闪闪的红星》主题曲以及党的领导者吴修竹的谆谆教导，但这些并不能作为决定性的影响真正塑造潘冬子的行为。事实上，潘冬子已经具备了一个少年英雄的一切条件。就这个意义上来说，电影失去了一个苦大仇深的孩子成长的真实图景，失去了潘冬子成长的典型意义，而流于对一个出类拔萃的小英雄的事迹展览和歌颂。也许当时流行的"三突出"创作模式使这个风行一时的电影终究没能超越时代的思潮趋向。"学习潘冬子,争做党的好孩子"的群众运动更证明了这部影片的时代特征。

然而,放在那个特定阶段,与同类儿童电影剧本比较,《闪闪的红星》无疑是出色的。尤其是在少年儿童嗷嗷待哺的"饥荒"年代,电影《闪闪的红星》就显得弥足珍贵了。

(原载《中国当代儿童文学史》,
河北少年儿童出版社1991年8月版)

新时期动物小说的开拓

儿童对动物似乎有一种天然的爱好，相应地，动物便成为儿童文学这个百花园里不可缺少的角色。童话的一个重要组成部分便是人与动物相关的故事，这一主题似乎和人与大自然的关系一样难分难舍。动物小说是这类童话的延伸。不同的是，它采用了小说的艺术表现方式，加入了现代生活的内容。这种既特殊又历史悠久的小说样式，在新时期得到异乎寻常的繁荣和发展，称之为"异军突起"实不为过。从中国作家协会首届全国优秀儿童文学奖（1980—1985年）获奖篇目看，短篇小说共13篇，其中动物题材的就占4篇，接近三分之一。与此同时，出现了一批主要从事动物题材小说创作的青年作家，如沈石溪、李子玉、乌热尔图、乔传藻、蔺瑾、姜利国、张征等人；中年作家如梁泊、刘厚明、任大霖等人都曾写过动物题材作品。

动物小说虽然与童话有许多渊源，但它与童话依仗作者的主观感情逻辑来推动情节发展不同，它一般运用写实主义创作方法，着重再现或表现丰富多彩的动物生活图景以及表达人与动物的依存关系。然而动物小说又与介绍自然界生物知识的散文纯纪实性的叙述态度不同，它需要在典型环境中，融入作者的主体感受、思想倾向，塑造富有个性特征的动物艺术形象。这样，动物小说才可以既抒写大自然的千姿百态和动物世界千奇百怪的外在画卷，富有知识性和趣味性，又借助拟人化、童话化的手段深入到动物形象的内心世界，刻画其思想、情感的微妙变化，借以对人的世界作折射式的反映。这种联系着人性与兽性，且洋溢着童心光芒的特殊艺术样式，深受小读者们的欢迎，也就容易理解了。

新时期儿童文学创作中，动物小说数量多，涉及的主题也很多。如果按动物小说中的角色分配划分，可分为无人参与的动物小说（下文称之为"纯动物小说"）和有人参与的动物小说。按主题划分，有传统主题、社会道德主题、自然保护主题等类别。从接受意义上来分，又有知识性、寓言性、讽喻性、教育性、惊险性、探索性等差别。

纯动物小说与以动物为主人公的童话有较密切的联系。它一般是对动物世界作直接的、外在的观察和描绘，或者是使动物"人性化"，刻画动物的内心世界。纯动物小说一般有两种类型：趣味性的和寓言性的。趣味性的，如李子玉的《狐狸

"渔夫"》,乌热尔图的《兔褐马》《银鬃马》,乔传藻的《哨猴》,梁泊的《聪明的狐狸》,马天宝的《山乌龟的遭遇》等。《狐狸"渔夫"》叙述聪明的狐狸叼着树枝横在小瀑布下面以阻挡冲下来的鱼,并趁机将鱼捉住,妙趣横生。《聪明的狐狸》则充满童话气息,描写狐狸妈妈和她的两个孩子的生活:既有觅食的惊险,又有母爱的温情。这类作品以表现动物生活的情趣为主。还有一类作品则不同,具有寓言性,如蔺瑾的《冰河上的激战》,沈石溪的《双角犀鸟复仇记》《蠢熊吉帕》,梁泊的《小鹤黑羽》,李子玉的《小仓鼠花斑豹》等,写的虽然是动物生活,但分明折射出人类生活、人类观念的影子。小说家们将自己从烦嚣、喧哗的人世间析离出来,走向动物世界,却在动物世界里重演着人类社会的永恒冲突:善与恶,美与丑,生与死,个体与群体的矛盾冲突。借用勃兰兑斯《安徒生论》中的话则是"并不是描写人类的兽性,而是描写兽类的人性""所描写的动物有某种新奇的品格、充沛的感情,感情迸发时热烈奔放,强劲有力,这是在家畜身上从来没有发现过的"。跟安徒生的动物题材童话相较,这类作品更接近于杰克·伦敦的《荒野的呼唤》《雪狼》等。它们往往把动物主人公推向生存的极端情境,在严酷的生存法则中刻画动物的命运和抗争,高扬正义和人性,读者因此受到强烈的感染和启迪。蔺瑾的《冰河上的激战》就是这类作品中较出色的一篇。小说描写高原盆地的一块亘古荒漠上发生的一场惊心动魄的动物之战。世世代代在这块土地上生活和栖息的野驴群,遭到了一群饥饿难忍的恶狼的袭击。野驴群为了自身的生存与狼群展开了浴血搏斗。小说塑造了仁义智勇的驴王"江颇噶丹"和凶残狡诈的狼酋"纳更"的形象。小说歌颂了野驴们为了捍卫祖祖辈辈赖以孳养生息的土地，为了保持集体的生存、种族的延续，舍身饲敌、顽强拼搏的精神。全篇洋溢着苍凉、悲壮的气氛，而以落荒突围的"信使"引来狼的天敌红毛斑狗，正义战胜邪恶为结局，其寓意是十分明显的。

动物小说的另一种类型是反映人与动物相互依存、相互斗争主题的。自人类诞生起，人就在跟周围事物发生必然的联系，人与大自然，与动植物息息相关。人类曾经有过狩猎的经验，这种意识和情感保持着从远古至今的绵延性和稳定性。这类动物小说既是人和动物关系的审美反映，又潜藏着现代人理性心理中对动物的颂扬和感情。

新时期反映人与动物关系的动物小说，按其主题倾向可归纳为以下几种：童心主题、社会道德主题、人与动物的相互对立或依存主题、自然保护主题。

一、童心主题类。如果说童话是采用儿童的泛灵论思维来刻画童心的美好的话，那么这类儿童小说往往用天真无邪的眼睛来表现诗意盎然、童趣横生的动物生活。如邱勋的《雀儿妈妈和它的孩子》、杨植材的《我和花猫》、任大霖的《猫的悲喜剧》、范锡林的《养小老鼠的孩子》、龚泽华的《狱鼠》、张凤岭的《黄鼬趣事》等。龚泽华的《狱鼠》写"文革"中被无辜关押的小辉辉与监狱过客小田鼠的亲密友谊。张凤岭的《黄鼬趣事》则以一个童稚可爱的孩子的眼光观察黄鼬一家的愉快生活。邱勋的《雀儿妈妈和它的孩子》从反面着眼，写一个养雀顽童的忏悔。山村孩子爬树、上屋掏鸟蛋、捉雏鸟本是平常事，可是有谁去体谅雀儿妈妈丧子之哀痛呢？当爱养鸟的孩子头领着拖鼻涕、光屁股的伙伴把麻雀窝清洗一空时，雀儿妈妈惊悸、愤怒地鸣叫着在顽童头顶翻飞。它木呆呆地望着笼里的小雀儿，一副凄惨而又茫茫然的神态。这实在能叫人洒下一掬同情之泪。雀儿妈妈风雨无阻地给笼中幼雀喂食，用小小的尖嘴啄打"细细的挺杆儿"——那不啻一堵阻挡母子切肤之爱的残酷之墙。在雀儿妈妈误入囚笼后，为了营救它的孩子，不惜以命相搏，它撞穿竹笼时，顽童也深为母爱的伟大而感动，为自己的行为忏悔了。后来这群光屁股的孩子在绿草如茵的草地上为雀儿妈妈建起了殉道者的坟墓。小说对动物神情进行了毕肖的描绘，在童趣横生的乡村生活图景中讲述的是一个悲壮动人的故事，在童心的真诚、率直之中饱含了深厚的哲理意味，是这类主题中不可多得的佳作。

二、社会道德主题类。这类作品往往通过人和动物的遭遇反映社会问题，或透过动物的眼睛来描绘或评价社会生活，以表达作者的政治或社会道德的倾向。一些是通过动物和人的遭遇来反映政治运动和社会问题的，如刘厚明的《小熊杜杜和它的主人》、姜利国的《我和大黑》、耿昕的《黄虎、白狐和它们的主人》，以动物的不幸遭遇来揭露"文革"给人们带来的灾难，表达动物对人的真挚感情。还有一些是道德寓意小说，如李建树的《黄牯、黑拖和老豹》、姜利国的《奸猫的下场》、王红舒的《失去尾巴的猫》、张征的《草滩奇事》等。在《黄牯、黑拖和老豹》中，作者以对比的手法描写在遭到老豹袭击之时两头牛的不同表现：平时威风凛凛、灵性十足的秦川公牛"黄牯"临阵逃跑、惊慌失措；而满身红癣、迟钝懒散的母牛"黑拖"则奋起抵抗，最后与老豹同归于尽。《失去尾巴的猫》带有讽刺意味，一向受村民称赞的"四蹄踏雪"猫，有一次被人剁掉了尾巴，从此厄运相继而来，不仅被人疑为"偷鸡贼"，备遭冷遇，还被赶出家园。两年以后，它成了一条凶悍的野猫，真的干起了叼鸡偷东西的勾当。

三、人与动物的相互对立或依存主题类。这类作品或者写人与野兽的搏斗，显示人的智慧或动物的灵气；或者写动物对人的善意，人与动物的友好相处。前者如杨骥昌的《我和草原霸主》，描写内蒙古草原的知青们与肆意践踏牛羊的狼群几次斗智斗勇的角逐，其中为首的大灰狼"草原霸主"尤其凶猛、奸诈，几番识破人类设下的圈套，故事最后以知青们的胜利告终。然而"草原霸主"的临危不惧、不屈不挠的斗志，其与"妻子""大白娜娜"和狼崽的感情，以及用头撞柱自戕也不愿离开生存的草原的精神，也使读者动容。蔡振兴的《独眼鳄》，描写捕鳄大王姜老黑和他的儿子与独眼鳄间展开的惊心动魄的较量。同类小说还有宿聚生的《鄂伦春小猎手》等。

动物助人、救人而有恩于人的故事则是新时期动物小说中最为普遍的情节模式。就主要的几个儿童文学刊物统计，这样的作品占动物小说的一半。如乔传藻的《扎山和他的猎狗》和《阿塔斯小熊》、曾宪晃的《耍把戏的老猴》、岑桑的《小哥儿俩与老猴苏苏》、俞燕高的《乔洛和小狗格里高》、李晓海的《热合买提家的狗》、张征的《哈利》、正月的《白雪》、沈石溪的《第七条猎狗》、孙中旦的《雪狼》等。这些作品中的动物与其主人朝夕相处，产生了忠贞不渝的感情。有的写猴子与主人相依为命，主人命丧黄泉，猴子不忍离去饿死坟旁；有的写狗与主人的深厚感情，或解救主人于危难之际，或舍身搏敌不畏生死，或肝脑涂地、为主献身，甚至在被主人误解逐出家门，成为野狗之后，仍忠贞不渝、义无反顾地以身救主。这些作品饱含感情地热烈颂扬了一些动物出自本能的遗传的优秀品质，如狗的忠诚、猫的柔顺、信鸽的坚贞、牛的忠厚，等等。

四、自然保护主题类。虽然传统的动物题材作品也教育青少年要爱护动物，但大都着眼培养青少年诚实、善良、勇敢等美好道德品质或富于人道主义色彩的同情心。新时期的有些作品则已上升到生态平衡问题以及对人和自然、人和动物之间的关系进行哲理探索的层面，这种探索日趋热烈。这类主题以乌热尔图的动物小说为代表。他的《老人和鹿》《猎犬》《七叉犄角的公鹿》等作品都是名篇。其他作家的这类作品也有很多。龚泽华的《少年和鹰》和蔡振兴的《北极熊王》描写动物对人类压抑自由或虐杀无辜的反抗。《北极熊王》中的熊王虽然遭到智慧生灵人类的暗算，但在垂危之际，聚集了满腔仇恨，积攒全身之力，扑向偷猎者，与之同归于尽。还有一些小说是写人对自身行为的忏悔以及与兽类的和解的，如张征的《白耳朵狼记事》、李子玉的《麝鼠黑脊背》，以及沈石溪的《猎狐》和《在捕象的陷阱里》。还有的作品是从人与动植物界的关系、生态平衡的角度来写的，如刘厚明的《阿诚的龟》、屈兴歧的《第七只狍崽儿》、李子玉的《小岛上的雪碑》等。

在诸多动物题材儿童小说作者中，沈石溪、乌热尔图最有代表性。

沈石溪，上海人，1952年生。18岁那年他去云南西双版纳傣族村寨插队落户。他曾跟当地的傣族猎手闯荡原始森林，到动物王国探险猎奇，对千奇百怪的动物世界有较直接的感性体验。从1980年开始，他在《儿童文学》上发表动物小说《第七条猎狗》《白雪公主》《野牛传奇》《双角犀鸟复仇记》《戴银铃的长臂猿》《象冢》《在捕象的陷阱里》《蠢熊吉帕》《猎狐》《牝狼》《退役军犬黄狐》等十余篇。沈石溪的大部分动物小说共同的主题是人和动物的亲密关系。他写的纯动物小说不多，只有《象冢》《蠢熊吉帕》《双角犀鸟复仇记》《牝狼》等少数几篇，这几篇作品都是含有寓意的小说。《象冢》歌颂了老象王它茨甫和母象巴娅间忠贞不渝的爱情；《蠢熊吉帕》则正好相反，讽刺了自私自利的黑熊吉帕在赶走妻子儿女后自食恶果的下场。《双角犀鸟复仇记》中，"双角犀鸟"为爱侣复仇与蟒蛇作殊死决战；而《牝狼》中，母狼白莎为保持种族的纯洁不惜咬死含狗性的狼崽。

　　沈石溪描写人和动物关系的小说直接或间接地借用了猎手们讲述动物故事的角度，而使他的这些小说绝大部分采用第三人称转述语调，如《在捕象的陷阱里》采用一位傣族老猎人自述的方式铺展故事。这些小说讲述了一个个动人的动物与人亲密互动的传奇故事。例如，《象群迁徙的时候》讲的是在原始大森林里，一场地震惊动了祖祖辈辈在那里栖息的一群大象，于是大象群在独牙头象的率领下浩浩荡荡地向边境迁移，任何力量都阻挡不住它们。为了保护这群野象，民兵连要把它们引向自然保护区，但庞大的象群并不听人指挥。后来，老象奴（新中国成立前傣族地区专门为土司养象的奴隶）巴松波依解决了难题，原来独牙头象与老象奴间曾有一段辛酸动人的故事。更多的作品是关于动物救主的古老主题的：一条忠心耿耿甘受委屈的猎狗赤利，因和毒蛇搏斗而遭受到主人的误解，正是这条被放逐的猎狗，在变成野狗首领之后，不惜用血肉之躯解救了老主人（《第七条猎狗》）；一只聪明伶俐的信鸽，身负垂危主人的重托，历经种种险境，飞越关山，命丧黄泉时留得一身洁白完成了使命（《白雪公主》）；一头忠诚倔强的黄牛为了抢救小主人依兰兰，怒吼着冲向毛色斑斓的猛虎（《野牛传奇》）。

沈石溪的一些作品在写作思路上有了新的开拓，他开始向自然保护主题靠近。《戴银铃的长臂猿》中长臂猿南尼逃返故里，写出了动物对大自然自由自在生活的向往。《在捕象的陷阱里》和《猎狐》把动物的母子感情写得真切感人。前者叙述傣族老猎人在追赶一头临产的母鹿时，不幸与母鹿一起跌进陷阱，而陷阱里已有一头饥肠辘辘的云豹。在生与死的搏击中，母鹿帮助猎人杀死了云豹，并在奄奄待毙之际，将新产儿托付给猎人，又用头颅将猎人顶出陷阱。这位号称"马鹿克星"的老猎人深深地忏悔自己的暴行，从此放弃狩猎生涯转而从事马鹿养殖业。后者写受奚落、羞辱的小猎手为了声誉深夜到大森林猎抓，以证明自己的男子汉勇气。他成功了，那头捉弄过他的母狐在捕兽夹上尖叫。然而，当两只小狐狸艰难地搬来一只灰兔，乞求以此来换取母狐的自由时，小猎手禁不住小狐狸眼睛中哀戚的神情，他将母狐放生了。最后他获得了更好的名声。在这几篇小说中，沈石溪不再念叨动物救主的古老主题，而是将动物放在与人平等的地位。动物也有感情，也有亲子之爱，也有灵性。这样小说的主题深化了：从单纯的传奇故事发展到多方位的对人道主义的哲理性探索。

沈石溪的动物小说以祖国西南部的西双版纳为背景，乌热尔图则以北方嫩江岸边的鄂温克猎民生活为素材进行创作。乌热尔图就出生在这个只有一万余人的狩猎民族，他的小说大多是对童年生活的回忆。当乌热尔图成年以后背井离乡，他对童年生活的追忆便始终萦绕于脑海。《兔褐马》中的兔褐马被三次卖到异乡，它却三次历尽艰险逃回故乡。这种对乡土的眷恋正是乌热尔图个人情感的写照。

乌热尔图的动物小说有童话般的轻灵与美丽。《银鬃马》中的银鬃马刚三岁就被父母驱赶出马群，它留恋童年，离不开温暖的、安乐的马群，离不开父母耳鬓厮磨的抚爱。但它毕竟已成为马中的"男子汉"，它向着整个草原呼唤，表达了奔向新生活的渴望。《七叉犄角的公鹿》是一首让人陶醉的颂诗。一个十三岁的少年被生活所迫过早地扛起猎枪进山打猎，第一枪就打伤了一头七叉犄角的公鹿。他在追踪的过程中被这头公鹿无畏的精神、出众的智慧、惊人的美丽所折服，为它那种不可阻挡的、奔向自由天地的神力惊叹。这头公鹿成为少年心目中的偶像。另一篇小说《我是一匹马，从森林里来》中那匹森林里来的充满野性的马不仅有出众的体魄和力量、惊人的耐力和速度，还有面临灾难视死如归的品质。这些动物世界的精英在乌热尔图笔下得到充分的张扬，成为自由之神的象征。

这是世代以狩猎为生的猎手们的情感体验：他们猎鹿，又爱鹿；猎熊，又敬熊。一方面人猎兽，显示人的智慧和勇气；另一方面，在猎手的潜意识中又有对野兽的恐惧感。《棕色的熊》中，巴列大叔杀死熊，却禁忌说杀死，而要说"熊自己睡了"；吃熊肉，却要边吃边学乌鸦叫，表示吃熊肉的是乌鸦而不是他。这是多么神秘、奇妙啊！这是原始狩猎部落的特殊生存方式和思维形式。猎手们不仅从猎物身上，而且从大自然中，从人与动物的关系中寻求启示，获得超自然的灵性。《老人和鹿》中的老人，是一个优秀的猎手，到晚年却深深感悟到他和大自然具有生死与共的关系，于是他年年都要去森林住几天。一到森林里老人就耳聪目明起来，能看见最隐秘的东西，听见最杳渺的声音。

乌热尔图的动物小说对生态保护和人与动物的关系进行了深层的探索，他在近作中篇《雪》"创作谈"里伤心地怀疑自己这个"做梦都在出猎的猎手""怕自己再次端起猎枪的时候会看到、听到猎枪的颤抖和尖叫"。如果说人类之间的战争是在直接杀人和摧残文化，那么人类的生态战争则在间接地、逐渐地消灭地球上的一切生命。《雪》写的就是大自然对人类的掠夺性征战的报复：天塌地陷的雪灾。同时，动物对人类的残杀也要进行反抗，有时"两只脚的野兽比四只脚的野兽更可怕"。乌热尔图的部分小说饱含了这种痛苦的反思和忏悔。《猎犬》中写一条优秀的猎狗额努突然咬起主人来，猎人在惊愕、痛苦之余不得不接受这个事实：猎犬恢复了狼性。最后只能痛苦地离它远去。《老人和鹿》中老人最喜欢听的鹿鸣终于消失了，老猎人为善良的鹿群离自己而去而老泪纵横。这是大自然的悲剧，也是对人类的惩罚。乌热尔图的动物题材小说在思想深度、哲理探索上有了相当程度的突破。

综上所述，新时期动物小说无论是在思想深度上，还是在艺术表现手法上，都有了突破和创新。这些作品或是透过动物主人公的眼睛来反映社会问题、批评现实生活，或是致力于对人和动物、人和大自然之间的生死与共关系的重新探索，寻求人与自然、人与动物以及人与人之间那种和谐关系、真诚感情的意义。同时，诞生了一批富有开拓、创新精神的动物题材小说作者。

（原载《中国当代儿童文学史》，
河北少年儿童出版社1991年8月版）

个体在四重矛盾痛苦中的群体抉择

从古到今，从中到外，从理想到现实，上下求索寻找答案，在浩劫茫茫的人生的狂风暴雨之中抓握希望之锚，虽然失败像重重噩梦禁锢着苦苦探索的思想，但是思想以它凝聚的眼神抗拒着斯芬克斯的凝视。

一、从个体角度的考察

（一）生与死

一个自由人所思索的正是死亡的问题，同时他的智慧就在于沉思生命而不是死亡。

——斯宾诺莎

生如夏花之绚烂，死如秋叶之静美。

——泰戈尔

世人要千万次地庆幸自身的存在，那是无数次"偶然"碰撞的产物，那种机会是如此之微小，以至于世人要对生命大大地作一番礼赞。当胎儿脱离母体，呱呱坠地时，也就宣告了新的个体的诞生，于是他慢慢开始感觉周围世界的存在。就在个体为自己辉煌的诞生而兴高采烈的同时，他发现自己被判了缓期死刑，那将是何等悲哀、沮丧的事情！个体相对于永恒宇宙和人类长河是何等渺小，微不足道，死神无时无刻不在背后悠悠地抽打着鞭子，个体每迈一步就越接近坟墓与永寂。波涛激荡的生命之河似乎只是虚寂夜空中的一道幻影。对于那些啜饮生命的泉水，品尝善恶知识之树果实的人，谁也无法摆脱这种厄运：死亡，不仅包括死亡过程之剧痛，还包括死亡背后空空静寂的永恒和永被人遗忘的冷酷深渊。

人逃脱不了必然死亡，因此无法回避个人在世界上的地位问题，必然死亡的命运无比清楚地揭示了人的地位，以及将给人带来多么可怕的结果，迫使人作出对"生命"的全面反应。

个体急于从无比黑暗寂寞的深渊里寻求依托，哪怕是一丝虚幻的倒影，让那冰冷的心胸汲取一点温暖的慰藉。人们渴求自己能永存，把灵魂与肉体包孕在无限的时间与空间里。人们仍然对延长生命抱有最大的希冀，就像明知肥皂泡注定要破灭，最后化为乌有，依然用尽全力将它越吹越大。个体在心灵深处迸发出凄绝的呼声："我们需要的不是神，而是永恒。"人们把双手伸向太空，竭力地抓握虚无，企图把世界紧紧地抱在怀中，跟世界一起永存，宇宙却依然露出阴冷寂寥的刀锋。

既然肉体的消亡无法否认，人类只好乞灵于精神。

历史肯定演出过这样一幕：原始人遥望着东升西落的太阳，体验着春、夏、秋、冬四季的更替，一种循环的观念产生，一条令人振奋的信条产生了——精神不朽，生死轮回。

打开积满尘埃的叠叠经卷，挖出数十万年前人类祖先的墓葬，我们都能找到"追寻灵魂不死"的种种证据。

1856年，德国尼安德河谷中发现了骨骼化石，据说死者在安葬时千篇一律是头东脚西。我们可以想象初民的长期体验：太阳从东方出来，带来光明，西边则是黑暗的世界，太阳的东升西落不正是象征了生命的周而复始？

在中国山顶洞人遗址中，埋葬死者残骨处的周围布满着赤铁矿，火红的颜色意味着红色的血液和火。这是原始人仅有的生命和灵魂知识，红色的灵魂将复归于人世获得再生。

古埃及人制作木乃伊难道不也是为了等待灵魂输入获得再生吗？

诸如此类的证据，透露出一丝信息，即原始人在死亡的恐惧与绝望中如何找到安慰和信念：肉体消亡了，人的精神依然存在，人们可以寄希望于来世。

自此原始宗教观念已经形成，哲学也从这里找到出发点。

在黑暗中蹒跚的人们终于找到了新的乐土的入口。他们垂下了睫毛，进入温暖的梦乡，伊甸园之门已经打开。

宗教的经典表达的思想不都是摆脱或超越最后的审判吗？

释迦牟尼身为王子,享受尘世各种优待尚且痛感人世生、老、病、死各种苦恼,舍身修道,悟出"一切众生皆具如来智慧德相,只因妄想执着,不能证得"。木匠之子耶稣最能体会尘世艰难和死亡痛苦,怀拯救苦难人类之志,授徒传教,即便被钉死在十字架上,第三日便"复活"了,现在西方仍有"复活节"。

面对死亡,谁都无法做到像庄子和伊壁鸠鲁那样坦然自若:生命的终结就如晚宴结束后就是就寝。庄子说:"死生终始将为昼夜,而莫之能滑。"伊壁鸠鲁则说:"死并非死者的不幸,而是生者的不幸。"在人生之河中,人是游泳者不是看客,谁能站在大堤之上悠然自得欣赏水中苦苦挣扎的同类?人往往在茫茫苍苍的海洋之中寻找彼岸而不是在彼岸之上嘲笑随海浪起伏翻腾的一叶扁舟。

整个中世纪就这样度过:个体在教会的摇篮里呀呀地唱着颂诗,领略饲养牛羊与翻耕土地的田园风光,陶醉于含情脉脉的温柔乡,为了心灵的平静与安宁把脑袋、思想交给教会。

一些杰出的哲学家、科学家也不敢越雷池一步,反而虔诚得可笑地用科学证明上帝的存在。

托马斯·阿奎纳曾提出一个有名的关于上帝存在的"宇宙论证明"。

笛卡尔有一个上帝存在的本体论证明。

牛顿的《评但以理书和圣约翰启示录》,试图证明上帝存在。

克鲁克斯应用物理仪器去证明"神的存在"。

18世纪启蒙运动与机械唯物主义崛起,科学以雷霆万钧之势摧枯拉朽地荡涤宗教,杀死了"有形的上帝"。科学飞速发展已使人类登上月球，唯理主义与科学至上主义者兴高采烈地唱着凯歌得胜回朝。再也没有人相信灵魂不死，具象上帝不存在了。杀尽人间妖魔的钟馗开始呼呼大睡做着美妙的梦。

然而当人们回首审视内心世界时，惊异地发现那里已杂草丛生，就如艾略特笔下的"荒原"。每一个人的生命又要万劫不复地归为虚无。通向彼岸之舟已经毁坏，我们何以渡过这个苦海？

>……
>这是死亡的地带
>这里石头的人像
>被竖立起，这里他们受到了
>一个死人的手的哀求
>在一颗隐退下去的星星的闪光下
>……
>世界就是这样告终的
>不是砰的一声而是一声抽泣。
>
>——艾略特《空心人》

哥德尔定理，怪圈出现了。一只苍蝇飞了半天发现又回到原地。

人有这样一种强烈的内在需要：在稍纵即逝的短暂人生和瞬息万变的茫茫宇宙中，他们的精神需要找到一个固定不变的支撑点。

茫茫宇宙，精神家园在何处？

一种新的信仰，不是具象上帝的斯宾诺莎的信仰，在伟大科学家的头脑中产生。

一个目光如炬的白发老人步履蹒跚地拄着拐杖行走街头，他仰望苍穹："我信仰斯宾诺莎的那个在存在事物的有秩序的和谐中显示出来的上帝，而不信仰那个同人类的命运和行为有牵累的上帝。"（《爱因斯坦文集》第一卷）

这种信仰已不是对有形的、人格化的上帝的顶礼膜拜，不是残酷宗教裁判所熊熊火炬下的卑躬屈膝，而是对宇宙万古不变的井然秩序的赞叹与敬畏。

正是这种坚定信念才使科学的航船冲破重重迷雾，绕过道道暗礁驰向真理的彼岸。

如果说科学是外在生活的法则，那么信念是人类心灵的平衡木，是灵魂的家园。

在世俗经验无法感知的神秘领地，消融了生与死的折磨而植根在心灵深处，至今还具有令人迷惑、敬畏、归属的魅力。

正是凭着这种信仰，人类才能骄傲地以深沉的目光注视任何最可怕形式的死亡背后那一种空空的寂寞的永恒。人类认识的发展已经使自然界处处刻上烙印。

生命之歌深沉而坚定地吹响。

（二）理想与现实

> 每一个人在本性上都想求知。
>
> ——亚里士多德

科林斯国王西西弗斯是个暴君，死后被罚在地狱把巨石推到山上。但他将要把巨石推到山上时，巨石又滚下来，又得重新再推，如此循环不止。

——希腊神话故事

个体作为本能的第一需要是生存，其次则是由此产生出的第二需要——求知，满足人的好奇天性。人绝对不像动物那样只能被动地接受直接给予的事实，而总是生活在理想世界，总是向着"可能性"前进，这种对未来的期望，如此强烈与盲目，以至于个体常常无法了解目标的用意如何，甚至不知目标何在，仅仅追求一道美丽的幻影而已。

爱因斯坦集人类智慧之大成，面对斯芬克斯之谜也束手无策："一个人很难知道在他自己的生活中什么是有意义的，当然也就不应当以此去打扰别人。鱼对于它终生都在其中游泳的水又知道些什么呢？"（转引自赵鑫珊《科学·艺术·哲学断想》之《人是什么》）

风烛残年的歌德回顾自己的一生："人们通常把我看成一个最幸运的人……我这一生基本上只是辛苦工作。我可以说，我活了七十五岁，没有哪一个月过的是真正的舒服生活。就好像推一块石头上山，石头不停地滚下来又推上去。我的年表将是这番话的很清楚的说明……"（《歌德谈话录》）

人是充满了好奇心和创造性的动物，他总是孜孜不倦地努力着，但并没有最终目标或者说无所谓达到目标而终结。"在生活中达到了绝对满意——这本身就是一个征候，它表明这是一种无所事事的安谧，一切动机都已停止，感觉以及与此相关的活动也迟钝了。但是，这样一种状态就像心脏在动物机体中停止了工作一样，是与人的精神生活格格不入的。"（康德《人

是什么》）

　　人的那种追求本能是对孤寂、苦闷心理的摆脱，个体无法容忍空间和时间注视下的绝对静止，让空荡荡的头脑中充满孤寂与虚无的梦幻。如果说宗教是人们想把有限的个体生命与永恒的宇宙捆绑在一辆战车上，那么无尽的劳作与创造是填塞现时光阴空隙、在现实中寻找支柱的手段。每当个体踏上人生舞台，就得穿上"红舞鞋"无休无止地跳下去直到奄奄一息。个体的每块肌肉都将随着心脏的跳动而散发活力，直至消耗殆尽。

　　在个体存在的这段时间里，打发光阴的方式是各式各样的。我考察了周围的人和事，发现大致可分为两派：一种是现实派，我称之为"吃喝玩乐派"；另一种是理想派，我称之为"苦苦追求派"。前者注重物欲的发泄，后者珍视精神的渴求。

　　我们常常可以看到这样的场景：饭馆里酒樽交错，舞场里歇斯底里，席梦思上辗转反侧……就像所罗门宝瓶里释放出来的魔鬼，恣意放纵，让荒唐的兴奋麻醉自己紧张的神经，在机械的重复之中暂时忘却绝望与虚无。这种物质欲望的满足维持不了很久，痛苦与无聊不一会儿就找上门来。物欲享受无止无尽、得寸进尺，甚至还会自伤身体，不能平安终其天年。

　　理想派则陷于自设目标的苦苦追求中。这样的场景也很常见：夜幕下商店老板将算盘子打得溜响，计算着何时才能暴发致富；名利场里钩心斗角绞尽脑汁，盘算如何爬上高位；求知的人们踩着发霉的书堆收罗微言大义；科学家为了"奥卡姆剃刀"如痴如狂……

　　但是，要问他们有没有体验过实现目标的持久欢乐——所谓的"幸福"，谁都会低头无语。也许只是在逼近目标时才会产生瞬间的欣喜，这使我想起浮士德对这个"瞬间"的赞美——"噢！留着吧，你，你是如此美妙"，说完他就倒下了。美妙的瞬间又化为新的持续的追求。

我有过这样的体验。当我在中学时，我对迈入大学的门槛充满了崇敬与向往，多少青灯伴读的梦幻之夜，充满激情与希冀的苦苦追求，终于盼来了录取通知书，却记得当时不是欣喜若狂而是茫然若失。尤其是进了校门后平淡的生活远离昔日梦想，我成了"孤独者"。为了躲避被无聊吞噬，我又选择了新的目标——研究生。然而如今的感觉与当初一模一样。理想的光芒只能照耀黑暗中摸索的人们，一旦放到现实的烈日之下，便会变得黯淡无光。生活就像埃舍尔的画，一个圈连着一个圈，或者是巴哈贝尔的卡农变奏，最终回归本调。

我想起了孔夫子的训导："生无所息。"

我们羡慕的很多彪炳千秋的伟人，他们的一生都是在劳累、忧患中度过的，尽管他们实现了一个又一个目标，每一个目标都足以载入人类史册，然而他们终未达到终极幸福。

方登纳在《幸福论》中说："幸福是人们希望永久不变的一种境界。"安德烈·莫罗阿对《论幸福》解释说："构成幸福的，既非事故与娱乐，亦非赏心悦目的奇观，而是把心中自有的美点传达给外界事故的一种精神状态，我们祈求永续不变的亦是此种精神状态而非纷繁的世事。"这就是中国古人说的"境由心造"。然而人类天性无时无刻不在打破这种宁静，一阕美妙音乐总有终了之时，一道绚烂的彩虹也有消失的时候。幸福的瞬间不过是灵光一闪，便在持久的追求中消失。

很难说历史伟人体验到的幸福有多深，一生一帆风顺的歌德尚且说没经历过真正舒服的生活，更何况在躁动不安中奋斗的人们。

然而正是理想与现实的永恒撞击才爆发出人类物质和精神文明的灿烂火花。那些"吃喝玩乐"者永远消失之后，"苦苦追求"者却永久地留在子孙后代的记忆中。

人类的不满足天性创造了人类历史。

幸福在追求过程中。

（三）理智与情感

> 你只能希求一切理智所能希求的东西。
>
> ——谢林
>
> 认识你自己。
>
> ——希腊箴言

人类从兽类中进化而来，明显的区别与标志是人有自我意识、有理智。自我意识作为人类认知世界的窗口，不仅是我们理解自身存在的关键，也是区别于其他动物的根本所在。然而人本性中潜在的兽性并没有完全根除，动物本能的欲求时常冒出来，于是理智与情感、灵与肉的冲突永恒地在人心灵中存在。

个体要维持存在，需满足各种各样的需求。物质的和感觉的财欲、色欲、食欲、睡眠欲等，精神的和感应的情欲、名欲、控制欲等。如果全然依从情感的要求，那么个体需要便得随时得到满足，因为情感遵循的是快乐原则。试想如果让狂热的情欲在每一个人的行为中猖狂地表现出来，这一世界将是何等的混乱……人类将很快在混战、罪恶中灭绝。正如朱熹所言："盖人心不全是人欲，若全是人欲，则直是丧乱，岂止危而已哉！"（《朱子语类》卷一百一十八）群体为了生存下去只好制定规范个体的行为准则，于是产生了许多道德公理（就如欧几里得精妙的几何公理一样），借此建筑起人类社会的道德大厦。"摩西十诫"就是最原始的道德公理。这种约定俗成的公理经过几千年的强化形成戒律和禁忌，只要个体触犯戒律，群体就要按规定惩处他。经过反复强化，这种道德法令又在个体心中生根开花变成内化了的道德要求。

我们从摩尔根、达尔文的著作中不难找到足够的证据说明，在原始人类中，个体是如何无法在大自然中生存，只能依靠群体维持生存的。人类刚刚从动物群中脱离出来时，劳动工具是天然的石块、木棒等，劳动技能十分低下，只有通过集体的力量才能获得生存的资源，单个人脱离群体的结局只有死亡，所以集体利益比个体生命更重要。按普列汉诺夫的说法是："不是单独一个人而是以血统集团的共同力量来为生存奋斗的。"（《论艺术》）

这种外在的或内化的道德律令是个体求生本能的推广，人们必须在互助中维持自身的存在。那么，为什么物质水平高度发展的今天，个体还要遵守那些清规戒律呢？

个体一来到这个世界上，就处于群体包围之中。其生前历史积淀下来的文化意识是他生长发育的温床，即便是最富有叛逆精神的个体也不过是在某个细小方面逆反传统而已。即使这样，他内心的折磨也已远胜于外在的审判。正如我们习以为常的谚语"入乡随俗"所表达的那样，对于每一个新来世的个体来说，他是个外乡人，既然来到这个世界就得接受这个世界合理的或者不合理的既定规则。

如果我们再进一步地分析，会发现这种臣服是"黄盖挨打"——自愿的。个体一旦发觉自己是莫名其妙被抛到世上的存在物，而其他部分是异己的客体，便会涌起孤独和分离的情感，他便急于寻找能跟自己捆绑在一起的外在事物，以摆脱吊在半空之中脚不着地的尴尬处境。他终于找到了连结自身与他人的绳索——人伦关系。在那张无形的网络庇护下，个体找到了自己的位置而充满安全感，而那所谓的理智也就是对道德公理重要性的认识而已。一旦失去了这些公理，道德大厦行将倾覆。于是大厦的卫兵就会毫不留情地惩罚这些叛逆者，最厉害的一手是个体被群体抛弃，失去精神家园，成为流浪儿、孤独旅客。

尽管情感面对诱人的需求对象，时常因贪婪流出口水，内心蠢蠢欲动渴望满足，但理智毫不留情又恪尽职守地提出警告。相对于超越本能的异己道德力量，情欲像过街老鼠人人喊打，只好躲在阴暗的角落里窥视着，趁理智不注意跑出来捞点油水满足欲望。于是，个体灵魂中充满了争斗，本能欲求与道德规范无休止地吵架、冲撞、言和，周而复始，像一对不美满的情侣，甚至是一对冤家。

理智与情感的冲突在现实生活中的反映比比皆是，最复杂的要数婚姻问题。婚姻从本质上看是群体为了维持生存发展内化的一种措施：是契约，是合作，是关系，是伦理，是繁衍；也是责任，是快乐，是归宿。从心理学上来讲，是为了满足归属的需要和抗拒孤独的需要。

动物也有爱美的本能，试看动物园里孔雀的搔首弄姿，人类亦然。告子所谓"食色，性也"，这是人的本性。"宋华父督见孔父之妻于路，目逆而送之，曰：'美而艳。'"（《左传·桓公元年》）然而，理智却给人戴上了假面具。不仅如此，理智还时时给情感注射镇静剂，人会毫不犹豫地选择美貌配偶，然而一旦这个对象有道德问题，理智马上皱起眉头急急忙忙拉着情感远离而去——人的道德意识已渗透到个体的选择之中。

对于配偶的选择，我曾经胡乱地总结出两种类型："共鸣型"与"互补型"。所谓"共鸣型"是指性格、气质相似的男女双方结合；所谓"互补型"是性格、气质相异的男女双方结合。从志同道合的角度分析应该是"共鸣型"组合为好，事实上"互补型"组合远为居多。虽然从情感出发，需要相似的欲求保证二者足够适配，但是理智告诉人两者相异更能相互补充形成整体的合目的性。

理智与情感的交锋渗透在社会、家庭、个人内心世界的任何一个角落，这对永恒矛盾的平衡决定了社会、家庭、内心道德的平静与稳定，也决定了人类社会历史的连续性和保守性。

而使人类历史发生变更的是那些敢于冒天下之大不韪的叛逆者（他们大多成为当时社会的牺牲品）。如果响应者足够庞大，能够形成新的道德意识，那么旧的规范便会被推翻，同时又会建立起新的牢笼，个体就在这个牢笼中徒劳地伸出手臂挥舞着。

（四）自卑与超越

当一个人面对他无法适应或难以应对的问题时，他确定自己无力解决这个问题，此时出现的便是自卑情结。

——阿德勒

邦陶尔是人类第一个女子，赋有一切美德。邱比特将她嫁给人类第一个男子爱比曼德时赠予一盒，把一切灾祸、疾病、死亡、贫困、嫉妒等集锢在内。爱比曼德不听嘱咐，偷偷地把盒子打开了，于是人间满布着灾祸的种子。

——希腊神话故事

人有一种奇特的弱点：经常过分重视他人对自己的看法。人作为一种自觉的存在物，会因为他自己的想法（也许事实上并不存在）而感到惭愧。在世上要寻求一个十全十美的人是困难的，每个人都有自己的不足之处，每个人又力图掩饰这些不足从而获取超越他人、出人头地的体验，目的在于得到群体的关注和羡慕，人们往往称之为虚荣。虚荣就其本质来讲是个体企求群体肯定的一种方式，不仅为了内心满足，更在于从他人眼中肯定个体自身的存在，同样是为了攫取精神阴影中的永存（哪怕这种肯定只存在于短暂的现世，当然如果能得到世世代代的肯定，则名垂青史、万古不朽了，这比肉体永恒更富有魅力）。

姑且撇开这些问题的理论依据。

哪怕是再普通的人总有某一方面（哪怕是微小的一点）是自己所引以为豪的，这是为了让自我得到某种程度上的安慰。

心理学家阿德勒认为人类的一切行为都出自"自卑感"和对"自卑感"的超越。也许是他本人驼背的生理缺陷体验太深了,自我意识太强,所以特别强调"自卑情结"。但是"自卑"在人的潜意识深处确实是相当活跃的部分,这是无疑的。

最强烈的自卑感是对生理缺陷的苦恼,不论男性或女性都有一种要求身体强壮有力的内在愿望,这大概起源于人类早年在自然界中物竞天择时的生存要求。如果人有了生理缺陷,并因此感到自卑,他必定会找另外的渠道宣泄那种紧张、痛苦的情绪。

以"个子矮"这个所谓生理缺陷引起的自卑的自治方法为例,我总结了三种。

第一种:拿破仑式。电影《拿破仑在奥斯特里茨》中有这么一个镜头——拿破仑在测量身高时作弊,把脚尖跷起来了。显然,拿破仑为他一米六几的个头感到自卑,然而他表现出来的是征服全欧洲——"我比阿尔卑斯山还高"。

第二种:武大郎式。武大郎太缺乏自信了,面对"三寸丁谷树皮"的讥笑,毫不反抗,表现出来的是完全屈从与认命。他没有任何超脱自卑的力量,任人宰割。

第三种:阿Q式。非但不承认自己缺乏,反而臆造出自己的优越之处。即不是设法克服障碍,反而用一种优越感来自我麻醉。用阿Q的说法:"你还不配!"

对于普通人来说,惯用的是阿Q式:丧失自我意识,以自欺来调节心理平衡。有个故事最能说明这一点——当你丢了或被偷了钱,懊恼之余,忽然心喜:"譬如买药吃掉!"(吴谚)

当然,比较明智的方法是升华。一方面不具备以另一方面超常作替代,尤其是升华为勤奋与创造力。

从悲观意义上说,自身的生理上的缺陷产生的自卑最根深蒂固，就如血淋淋的伤痕吞噬人心。无论你做什么样的努力来抵消自卑的紧张状态，缺陷依然存在，还会时时冒出来，咬你一口，尤其是夜深人静头脑空空之时。拿破仑直至生命终结才摆脱身高一米六几的阴影，尽管他由于自身文治武功举世瞩目，这种自卑情结已压到生命的最底层——潜意识深处。

多少人因为摆脱不了自卑的追逐而悲伤绝望地死去？强烈的自卑紧张情绪能导致人的自杀。贝多芬惨痛绝望地谈到他的失聪："当站在我身旁的人可以听到远处的笛声，而我却什么也听不到时，当他可以听到牧羊人歌唱而我却辨别不出任何声音时，这是多么大的羞辱啊！这种情结使我处于绝望的边缘，差一点逼我自杀了。只是为了艺术我才没有下手。"

多少人因为羡慕别人之优越，变得孤僻、敏感、嫉妒、狂躁、失去常态，对造物主充满憎恨并将愤怒迁于他人。一旦有人刺伤了隐晦的"疮疤"，他就睁着血红的复仇之眼，刻骨铭心地仇恨，处心积虑地复仇。我要警告世人，与这种人相处千万要小心，否则弄丢小命还不知道哪儿出了错。

然而，有不少先天残疾者，凝聚自己的意志和力量，升华结晶为对某种事物的不懈追求，他们的精神世界是异常雄伟、异常坚韧的。他们往往发愤图强，力求振作地补偿自己的缺失。例如古希腊演说家戴蒙斯·赛因斯原先患有口吃，为了摆脱不幸，他口含石子面对大海终日苦练，终于成为一名杰出的演说家；美国历史上绝无仅有的连任四届总统的罗斯福不正是坐在轮椅里的政治巨人吗？同样的，我发现一些伟大的人物在生活方面是存在不足的，如身矮畸形的康德，疾病缠身的尼采，乖戾成性的叔本华……终身未婚的同样不胜枚举，如莱布尼茨、贝多芬、屠格涅夫……他们享受的不是尘世的幸福，而是自己超凡的头脑所创造的精神乐园里的快乐。正是他们用惊人的天才与勤奋为人类贡献了累累硕果。他们的不足已被忘却，肉体已消失，而崇高的精神力量则高高耸立于健全的芸芸众生之中，振奋人心。

当我们仰望人类长河浩浩渺渺、星光跃动的壮景时，那一颗颗最亮的星，不就是在自卑的精神阵痛中诞生的吗？

行文至此，对个体人生四个角度的考察亦已完毕，现在有必要作些归纳和说明：

生与死的矛盾是个体对终极意义的探寻，思索这个问题的人往往是人类的精英，一些哲人、殉道者、思想家……我称之为"智慧的痛苦"，属于抽象的哲学层次。

理想与现实，对这种矛盾冲突感受最强烈的是一些不满现状、颇有野心的人，我称之为"追求者的痛苦"，属于实在的现实层次。

理智与情感的矛盾是个体本能欲求与社会积淀之间的冲突，这种冲突普遍地存在于正常人心中，对于内省意识、道德感强的人而言，这种痛苦显得更加剧烈。我称之为"心理的痛苦"，属于内在的心理层次。

自卑与超越，是个体为了获得心理平衡而做的潜意识的挣扎，每一个具有虚荣心的人均有，而生理缺陷者、精神过敏者的自卑与超越自卑的痛苦更加强烈，这种痛苦深植于个体的潜意识中，我称之为"潜意识的痛苦"。

二、从群体角度的考察

"人"类的才能的这种发展，虽然在开始时要靠牺牲多数的个人，甚至靠牺牲整个阶段，但最终会克服这种对抗，而同每个个人的发展相一致。

——马克思

小金鱼对海国女王说："我老听说有海，可是海是什么，海在哪里，我却不知道。"海国女王回答说："你就在海里生息游动，海在你身边，也在你身内。你是海生的，你死后还要被海吞没。海就是你的存在。"

——东方寓言故事

从个体角度出发，人充满了欲望和欲望不能实现的痛苦。我们的精神成了欲望的构建体系，这个体系中心的最强烈的欲望是为了个体自身，通过自身对外在一切进行统一，即以我观物。如此，个体成为万物的尺度，个体的生命也仅仅在于维持和发展自己。

如果个体能统一外在一切，将现象世界包罗在自己的系统之中，那么个体就达到了"自我中心主义"状态，就如儿童早年时代一样，他是无忧无虑的。

然而我们果真能够以个人的欲望为中心对一切进行统一吗？世界不是为个人创造的，外界与个人是相对的，个人的生命一定会跟外在世界相冲突，并且在内部世界自我意识中陷于矛盾，前述四种矛盾均从此产生，因此为了寻求稳定必须找到更高层次的生命。

理论上来说，我们企图以主观自我的扩张来包罗客观世界，就如一叶障目，这毕竟是相对的、自欺的，正如前述四种矛盾的个体解脱方式所产生的结果一样，是臆造的自足。我们只有抛弃主观的统一，使它与客观相一致，达到物我同一的境界才是真正的统一。

让我们回顾一下生命的发展过程，这有助于说明这个问题。

在个体的生命史中，当婴儿脱离母胎，被剪断脐带的瞬间，他便成为独立的生物个体，然而个体尚不能把自己与宇宙分开。皮亚杰有趣地描述了儿童理解的混乱状态和理智的"自我中心状态"："直接占有对象，如此直接，以致主体不认识自己了，无法使自己超脱自我，以便在一个没有主观关系的宇宙中去看待自己。"（《儿童的语言与思维》）在那时物我是具有同一性的。当个体发育，发展出自我意识，便开始明白自己是独立的整体。某个阶段，儿童依赖成人的判断，以成人的话为绝对真理，有服从权威的倾向。当个体完全成熟，尤其是富有知识与思维能力后，那种孑然孤立的感受越来越强烈。因为相对于个体而言他还面对着一个异己的充满危险的世界，主客观发生背离，于是人生的欲求与烦恼产生了。

这时个体产生了想要放弃其个人独立性的冲动，逃脱不堪忍受的隔世囹圄，把自己完全隐没在客观外在世界中，借以克服孤独与不安全的感觉。于是个体怀着一种沉郁的乡愁冲动到处寻找家园。

诚然个体可以沉湎于酒精、游戏等能带来快感的刺激活动寻求瞬间狂喜，然而一旦狂喜体验消退，孤独感将猛烈地叩击人心，于是个体不得不寻找新的更强烈的狂喜体验，如此，周而复始。这毕竟没有真正地解脱紧张状态。

这样，个体宁可选择更自然更持久的方式：将个体自身融于群体之中，从群体的同一中寻求安宁。当然最高层次的同一是知意未分以前的统一，即庄子所谓的"齐物"，那是哲学意义上的最高境界，是庄子笔下的"至人"形象。事实上这种情况是不存在的，或者说只能存在于某一时刻、某一场合。对于生存在这个世上的人来说，要逃避社会是有可能的，但是不可能做到逃避人生，如嵇康、陶潜等人实际是逃避政治，可岂能逃避人生哉？所以庄子笔下的"至人"是个理想人物，不可能存在于现实之中。

将个体融于群体，那么自我就成为人类大海中的一滴水，就像东方寓言故事中海国女王说的那样，"海在你身边，也在你身内""海就是你的存在"。个体在群体的永存中分享生命永恒的寄托和个体存在的宁静。

正是因为人类身上有强烈的与他人融为一体的最深沉激情，不同个体才得以紧紧相连，家庭、民族、国家、全人类才得以长存不衰。

基于上述考虑，对于生命的意义的思考只能立足于群体。只有从群体角度出发考察，个体存在才显得有意义。

在人类文明发展历史中，哲学家、思想家、殉道者、科学家都在思考永恒的生命的斯芬克斯之谜。托尔斯泰在《安娜·卡列尼娜》中细致而生动地描绘了列文对现世生活意义的思考，从痛苦、绝望中得到解脱的路径。列文苦苦思索自己活着为了什么，"在无限的时间里，在无限的物质里，在无限的空间里，分离出一个生物体水泡，这个水泡一刹那破灭了，我就是这样的一个水泡"。他经过长时间痛苦思索才恍然大悟，活着是为了对善的信仰、找到爱的归宿。

从历史看，个体与群体的同一是一切人道主义宗教与哲学所共同尊奉的道德理想。即使是那些唯物主义者也都认为社会历史的发展取决于道德认识的进步。

让我们回顾一下"人道主义哲学—18世纪唯物主义—空想社会主义—科学社会主义"的发展，对人生意义的探寻会有帮助。

中世纪基督教会禁锢了人的所有思想，个体在教会的牢笼之中虽有安身之处却失去了自由的思想。文艺复兴张扬人道主义，马丁·路德和加尔文的宗教改革，一方面强调个人解脱，另一方面又强调利他主义精神。培根的"全体福利说"、边沁追求的"最大多数人的最大幸福"和约翰·穆勒的"最大幸福主义"都说明，他们认识到，人性中有一个强大的欲望，即满足人类的社会感情需要，这种感情使个人需同人类成为一体，而且这种欲望随人类文化进步而不断加强。

18世纪法国启蒙思想家主张用立法和教育来改造人性，以此作为改造社会的杠杆。由于人类善良本性趋于败坏，私有制使个体品性中充满欺诈、虚伪、贪婪和邪恶，因而可以由社会责任支配生理冲动。德国古典哲学家费尔巴哈强调"人的本质只是包含在团体之中，包含在人与人的统一之中"。

19世纪空想社会主义者主张"人人都应当兄待"原则，即人人都能获得才能和幸福，人类社会靠一种最高级统一欲来调整达到和谐。傅立叶认为，统一欲——这是人类要使自己的幸福和自己周围的一切人的幸福、全人类的幸福相协调的意向。这是无限的博爱、普遍的善心。傅立叶还提出了劳动自由和劳动成为享受以及七种劳动之间相互协调的思想。(《傅立叶文选》)

那些哲人一方面重视个体的存在价值和自我追求，另一方面认为个体的追求需同群体相一致，至少不能损害他人利益。不仅如此，他们还用人性来解释种种纷杂的历史现象，试图从人的精神形态中寻找历史发展的动力和轨迹。于是产生了两个问题：如果人性是不变的，那么怎样解释社会历史的变化多端？如果人性是变化的，那么决定人性变化的又是什么？18世纪法国唯物主义者就陷入"环境决定人"和"意见支配世界"这个二律背反中不能自拔。

马克思站在人类思想的奥林匹斯山上，透过历史和哲学的层层迷雾，找到了解决问题的症结：旧唯物主义在历史领域内自己背叛了自己，因为它认为在历史领域中起作用的精神的动力是最终原因，而不去研究隐藏在这些动力后面的是什么，这些动力的动力是什么。(《路德维希·费尔巴哈和德国古典哲学的终结》)

是的，"整个历史也无非是人类本性的不断改变而已"。马克思发现了解决问题的钥匙："人性是变化的，变化的动因是社会的物质资料的生产活动，人正是通过生产劳动改变自己本性的。"这个伟大的发现被恩格斯称为"对于历史，同能量转化定律对于自然科学具有同样的意义"，因为它标志着历史唯物主义的空前思想大厦的耸起。在马克思主义哲学中，劳动被视为人类社会存在和发展的基础，同时也是人性变化和发展的根本动力。劳动是人类与自然互动的过程，通过这一过程，人类不但改变了自然物的形式，还实现了自身的目的和价值。劳动的过程和结果，即物质资料的生产活动，对人性产生了深远的影响，这种影响体现在人性的变化上。

在这座大厦的顶楼放射出耀人的光彩，马克思给人类指明了通向人间乐园的金桥。"任何一种解放都是把人的世界和人的关系还给人自己。"马克思这样设想空前壮观的蓝图："只有当现实的个人同时也是抽象的公民，并且作为个人，在自己的经验生活、自己的个人劳动、自己的个人关系中间，成为类存在物的时候……人类解放才能完成。"（《〈黑格尔法哲学批判〉导言》）

在资本主义社会，劳动者出卖自己的劳动力仅仅是为了维持个体生存，劳动是强制的、外在的，个体不能发挥自己的体力与智力追求幸福，反而肉体受到折磨，精神受到摧残。个体活在世上并不安逸自在，而是被迫地与他生产的产品（自然）、与他的同胞异化了，潜在的创造的人类天性也被异化了。

马克思说，在理想的共产主义社会，每一个人"都可以在任何部门内发展，社会调节着整个生产，因而使我有可能随自己的心愿今天干这事、明天干那事，上午打猎，下午捕鱼，傍晚从事畜牧，晚饭后从事批判，但并不因此就使我成为一个猎人、渔夫、牧人或批判者"。（《德意志意识形态》）劳动不再是奴役人的手段，而成了解放人的手段，从一种负担变成一种快乐。那时个体在社会中获得完全自由，劳动只是一种内在需要——个体改造外在自然必然性使之符合自己提出的目的，甚至是一种创造性劳动。这样个体在共产主义社会乐园中，身心发展得到解放，本能欲望与社会要求达到统一，现实也不成为理想之羁绊，人人平等和谐更无自卑可言，人将返璞归真，与自然完全一致达到主客观同一的美学境界，于是人从必然王国飞跃到自由王国。

这样，我的这篇文章也有了终结。正如哥德尔定理所示，个体在本系统中无法解决的悖论，在更高层次的系统中消除了。

于是，我在这儿打上了句号。

(原载《黄金时代》，1987年第9期、第10期，收录时有所修改）

后 记

人们常说,做编辑就是"为他人作嫁衣裳",辛辛苦苦做的漂亮衣裳,都穿在别人身上了。编辑是做服务性工作的,他的才华和勤奋,都融汇到担任责编的一本本书里了。做编辑有不少副产品,且不说编辑图书时有许多辅文,如审稿意见、出版说明、内容简介,出了书要写图书介绍、书评,还要写编辑学、出版学方面的论文,将工作经验总结升华,这样就会积累一些自己的文字。

从现代出版史上看,许多大作家同时也是编辑家,如茅盾、叶圣陶、巴金,都做过报刊、出版社的编辑。鲁迅还喜欢设计封面,兼做美术编辑。20世纪八九十年代的老编辑,大多有业余写作的习惯,他们本身就是作家、学者、翻译家。他们中的一些人,把自己写下的文字结集成书,如浙江文艺出版社第一任总编辑夏钦瀚先生的《鲐背集》、当代文学编辑室老主任费淑芬老师的《秋叶集》。《书事余墨》这本小书,就是我见贤思齐的产物。只是我生性慵懒,忙于琐碎杂务，写得既少又拙，深为愧怍，本书权当是我三十多年出版从业实践的总结。除了个别篇目，大部分入选文章都在报刊、图书上发表过。

1989年，我从中国现当代文学专业研究生毕业走上工作岗位，在浙江文艺出版社当代文学编辑室做文学编辑，可谓专业对口。当代文学出版工作难度大，因为作品没有经过时间的过滤，难以变成"经典"，或在读者中形成共识。当代文学出版需要良好的艺术判断力和市场前瞻性。我有幸与不少1985年后崛起的新潮小说家结成朋友，他们的年纪跟我差不多。改革开放初期，欧美文学和文论大量地翻译进来，我们都深受影响。他们是写作者，我是背后的支持者和吹鼓手。我曾主持出版了"收获丛书"，责编了洪峰的《东八时区》、格非的《边缘》等先锋长篇小说。我曾策划、组稿、责编了汪曾祺的《菰蒲深处》、梁晓声的《黑纽扣》、苏童的《妇女乐园》等"系列小说"，在读书界产生良好反响。我策划、责编了一套"中国当代最新小说文库"，最早对1985年以来的文学思潮作了总结。我策划、组稿、责编或主持出版了张建伟和邓琼琼的《中国院士》、王旭烽的《家国书》《主义之花》、海飞的《回家》，四次获中宣部精神文明建设"五个一工程"奖；策划、责编了黄亚洲的《行吟长征路》，策划了丁晓平的《红船启航》，两次获得鲁迅文学奖。回顾自己的出版生涯，看到浙版集团展示历史成就的样书陈列柜里，有我策划、组稿、担任责编的几种图书，我的心中就有一份成就感。"书比人长寿"，做编辑的好处就在于，当你回首往事时，还有那么几本好书让你回味，人生不至于过得一片空白。

本书分三辑，主要有三个方面的内容。

第一辑"书里书外"，汇聚的是我写的书评。记得刚进浙江文艺出版社做文学编辑没两个月，社里有一套重点书"新大陆书系"，出版了孙力、余小惠的长篇小说《都市风流》，这是写北方某大城市城市改造重大工程的。室主任汪逸芳老师就让我写篇评论文章。我花了一周时间，阅读小说，构思写作，完成了书评《变革时代的都市景观》。文章得到中国作家协会创作研究部副主任顾骧老师的好评，不久以较大篇幅刊于1989年10月21日的《文艺报》。之后，作家肖建国的长篇小说《闯荡都市》出版了，我又写了《都市里的"乡下人"》，写农村新人向往城市又怀念故乡的矛盾。现在读这篇书评，有观点、有情感，可代表我当年的写作风格。《中国院士》《涨潮时分》都是我担任责编的图书，前者获中宣部精神文明建设"五个一工程"奖，后者获"中国图书奖"，在《中国图书评论》和《文艺报》发表书评，也是为了满足宣传、评奖的工作需要。此外，在《光明日报》发表的《数目字里的中国历史》和《镜头中的中国历史》，是文史类重点图书的书评。近年则因参加重点书的研讨会，将发言稿改写成书评在报刊发表。

第二辑"编书者说"，汇编文学出版的体会文章。《谈谈编辑与当代文学的出版工作》，是我当年接受新编辑入职培训时写的，写了自己对文学出版的理想。之后，更系统的思考成果是《试论书刊编辑在当代文学发展史上的作用》。我认为编辑是文学梦想的追求者、文学新潮的鼓吹者、文学新人的发现者、文学佳作的催生者、文学成果的总结者、文学作品的宣传者；一部文学史，是一部作家的创作史，也是一部编辑的奋斗史。我工作刚满三年就担任编辑室主任，后来参加了国家新闻出版署的编辑室主任研讨会。我撰写了《编辑室主任的个性色彩与出版社的特色》，强调编辑是出版社的中心，是出版社的灵魂和核心，需要找准自己的定位，做出具有个性特色的图书。我做文学编辑，是以做好书为宗旨的，充满理想和激情。《中国编辑》约我写稿，我就以《文学出版：在理想和现实的夹缝中求生存》为题，写了自己的甘苦与追求。这一辑中还有《出版需要创意更需要传承文明》《元宇宙与出版业的前景》，是我对出版的历史与未来的思考。《中宣部"五个一工程"奖评选图书类（1991—2022）综述》一文写得比较长，对三十多年来"五个一工程"奖评选情况作了回顾和分析，我是参与者、亲历者，文章中有我自己的亲身实践体会，也许会对青年编辑有所启发。

第三辑"读书生涯"，包含我读研究生时期发表的儿童文学研究文章。儿童研究在西方是显学，我曾研读过让·皮亚杰的《儿童的道德判断》，试图搞懂儿童艺术与儿童游戏的关系，从而探讨人类艺术活动的发生动因，写了《略论现代派文艺与儿童文艺的契合及其原因》一文发表在《浙江师范大学学报》上，该文还收入《1949—2009浙江儿童文学60年理论精选》。后来，导师蒋风先生让我跟他一起写《中国当代儿童文学史》，我负责写儿童小说部分，之后该书在河北少年儿童出版社出版了。关于蒋风先生的儿童文学观以及对刘厚明的小说、《闪闪的红星》、新时期动物小说的论述性文章，就是写作这本书的副产品。《个体在四重矛盾痛苦中的群体抉择》一文，则是我在大量阅读中西方文论之后，从哲学、心理学、社会学等方面对人生的综合思考，带着一个青年人探索世界的求真精神，将理论叙述和人生感悟诗化表达。走上社会以后，我就再也写不出这种文字了，作为纪念收在书末。

特别感谢浙江教育出版集团周俊社长，在一起做事的过程中，我深切地体会到他处事的大气和专业，他一直关心和支持我的写作。感谢学术出版中心主任王凤珠、副主任江雷，特别感谢责编姚璐，跟年轻编辑作交流，传统的编辑出版经验积累固然重要，相互触发新想法、新思路并付诸实施更有价值。感谢景迪云兄为拙著题签，他的书法渗透出古意高情的文人气息。作为曾经的同事，我们一起见证了出版的黄金时代，拙著也是对那段历史的回望，其中有我们的青春年华。

邹　亮

2024 年 8 月于杭州汀溪院